艺术为灵魂开光

王文澜 ◎ 著

中国文联出版社

图书在版编目（CIP）数据

艺术为灵魂开光／王文澜著. -- 北京：中国文联
出版社，2023.4
ISBN 978-7-5190-5103-7

Ⅰ.①艺… Ⅱ.①王… Ⅲ.①散文集—中国—当代
Ⅳ.①I267

中国国家版本馆 CIP 数据核字（2023）第 034609 号

著　　者　王文澜
责任编辑　胡　笋
责任校对　乔宇佳
装帧设计　中联华文

出版发行　中国文联出版社有限公司
地　　址　北京市朝阳区农展馆南里 10 号　　　　邮编　100125
电　　话　010 - 85923025（发行部）　　　　010 - 85923091（总编室）
经　　销　全国新华书店等
印　　刷　三河市华东印刷有限公司

开　　本　710 毫米×1000 毫米　　1/16
印　　张　17
字　　数　305 千字
版　　次　2024 年 1 月第 1 版第 1 次印刷
定　　价　78.00 元

诗与梦想的星空下，有那么多
圣洁的灵魂和不朽的艺术陪伴我们……

——王文澜

目 录
CONTENTS

剪一片时光给世外桃源

这个秋天雨真多。

连着下了多日的雨，突然放晴了的天，给人一种透心的清爽和喜悦。山上茂密的草们被雨水清洗了，窗外墨绿的树冠被雨水清洗了，从敞开的窗户飘进来的空气也被雨水清洗了，就连头顶上高远的天也被雨水梳洗打扮了。于是，你觉得被红尘的污浊之气糟践浸染得一脸无奈的心，也被雨水清洗了。

身心搁在电脑前，不知不觉三个小时过去了，脑壳感觉有点木木的，不像是自个儿熟悉的那个脑壳。写下的字儿们瞅着你，像是在怯怯地说：我的哥，歇歇吧。抬起头，望望黎明时分才梳洗打扮过的远山，那满眼的绿色也像是在对着我说：兄弟，歇歇吧……

两只脑子跟我一样简单啥都不懂的小鸟，开心地欢笑着从我窗前飞过；一辆接一辆的宝马奔驰和凯迪拉克什么的，从远处的环城高速发疯一样飞驰而过；一架像是航拍的无人机喝醉了酒似的侧身在窗外摇摇晃晃飞过；空气能见度实在太好，不知是幻觉还是真的被我瞄见了：对面山上躲避了好几天秋雨此刻正跑出来做操晒太阳的小山鼠，眨巴着圆溜心疼的眼睛开始唱歌，一边唱一边左顾右盼心神不宁，显然是在寻找那可爱的小恋人……啊，所有的一切，所有的你们，多么美好。这美好，轻轻唤起我休眠在心底的诗意……

茶烟升起，龙井的淡淡香气弥散开来。怀揣着一份伴了茶香的悠然与惬意，像一位心里装满鲜花和月亮的诗人一样，轻轻走进梦里的桃花源……

就今天，用不了太多的时间和路程，再去一趟那人迹罕至，还没被太多游人发现的"森林花园"吧。在那里自由自在随性走走，看看那些可爱的小蜜蜂们在花蕊间飞来飞去忘情劳作的公爵蓝吧，领略一番洁白玉簪沁人心脾的馥郁馨香吧，顺便再看看那一见你便会发出会心微笑的七色爱之花吧……走累了，就在那茂密的树冠底下驻足，在你幻想中那个永远不长胡须的大诗人曾无数次坐过的石头上，随心所欲坐一坐，顺便想想你心头最愿意想的那些五颜六色的惬意，酸酸的，甜甜的。或是歪着脖子仰起头，眯缝了眼望一望不远的天空正

1

在轻轻飘动的白云，或者就近和路边瞅着你含羞微笑的小山菊谈谈忘年恋……懂得爱、懂得美、懂得缘分、懂得感恩、懂得生命无常、懂得啥都重要其实啥都不重要的你，肯定懂得该如何用心领略和珍惜这眼前的美景；放眼望去，所有让你养心养眼的一切，那都是为了你的到来早已默默等候于此的。就连此刻坐下的这块有温度的石头，你难道没听见它正在对你的窃窃私语？它说，你得把它当作大地对你的一份爱和温存……啊，是的，亲爱的石头呀多么美好，眼前的小花小草多么美好，不远处的小河流水多么美好，生活多么美好，世界多么美好——除了你我和上苍都觉得讨厌得要命的沙尘暴和不多几个无足挂齿的人等，一切都美好。

跟我学，约几位性情相投的音乐家，去他们家，去他们的音乐里做客。在他们那喜怒哀乐的音乐世界里，跟他们一同游玩，一同欢乐，一同开心，一同忧愁，一同歌唱，一同哭泣，有情有趣，蛮好蛮惬意。莫扎特、贝多芬、勃拉姆斯，还有那亲亲的哥们马勒，都是些挺好的人，他们从来不曾拒绝我。他们的看似傲慢那只是表面现象，其实他们一个个都天真得跟我不相上下。我听着他们的音乐喝过不少的下午茶，真的。门德尔松家的小点心不错，是他那如花似玉的爱妻亲手制作的，每回想起来都让人止不住地咽口水；勃拉姆斯看似严肃，其实你猜猜怎么着？送他一包吉祥兰州，如此小的一点感情贿赂，他就笑了，笑得很开心的样子。如果再亲手替他点支烟，他就会把你当成一辈子的朋友，把他跟克拉拉的故事全部倒给你，前提是必须让他看得见你的一切都是真心诚意的；柴可夫斯基的书房和花园都很漂亮，全是那位懂得他情趣的仆人精心打理的。亲爱的，容许把柴叔叔稍稍多说两句，我不止一次陪他一同在长满白桦林的花园里漫步，或是在不远处的那把椅子上坐下来跟他聊天。他神情有点严肃，看似抑郁的神情中总是透出一种人间少有的纯净和高贵。你不会想得到，老柴说话的声音好有磁性，俨然他那些好听的音乐。从他的眼神可以直接望见他的心底和那心底里摆放的一切美好。真心说一句：世上再无这样高雅的绅士，挡不住的人格魅力让你从此对"精神贵族"有了全新的理解。我和格里格也有着不一般的交情，我们不止一次坐在他家别墅前的长椅上聊天。望着眼前平静的蔚蓝色海湾，如若置身世外一座梦的伊甸园。兴之所至，他竟然跟我忘情地谈起跟年轻妮娜的那次树林里的约会，谈笑之间，荡漾心头的幸福溢于言表；你根本想不到，柏辽兹经常让我给他挠痒痒，他一再夸赞我是世界上最会挠痒痒的高人，比他的女神史密逊强多了；贝多芬的拥抱和狂笑简直让人受不了，一个看似暴怒实则温情得一塌糊涂的疯子呀！人们都把他叫乐圣，可一想起让他成为乐圣这背后的一切，我就忍不住的身心下沉掉眼泪。哈哈，还有那位不便透露姓名的大诗人，可真是天真得一塌糊涂，每回跟他品茗、聊天、赏乐、看星星、数月亮，总是忘了时间的长短。"人性之黑暗，有时可以黑暗成一道无底深渊。"这句深刻揭露黑暗人性的名言，就是出自这天真哥们的嘴里……

你知道，听音乐总会心不由己将自己淹没在那音乐里。可读书又何尝不是呢？我的隔世忘年交安徒生和川端康成，都是那种一不小心就会让你掉进去，而一旦掉进去就很难走出来或根本走不出来的魔法师。我时常在他们的世界里迷路而找不到回家的路径，或者根本就是故意地不想找见回家的路。结果就赖在他们那儿没完没了地蹭吃蹭喝，心里踏实得就像是待在自己的舅姥姥家过年一样。我不仅爱读书，也真心地热爱和崇拜写了这书的人。

我一直感叹，托尔斯泰究竟是怎么走进他著作中那些人物的心里，把他们的灵魂直至每一个细胞拿放大镜、显微镜、透视镜里里外外翻摆折腾的？折服得五体投地的我，满心虔诚地探寻他的秘密。那天跟他一同打理他那心爱的菜园子，老头一高兴，不小心把秘诀全倒给了我。你猜这倔脾气老胡子怎么告诉我：作为一个艺术家，能学来的只是知识和技巧，而学不到的是天才。天才是爹妈给的，它与生俱来，从一开始便跟你的灵魂紧紧长在一起。我疑惑地望着他，结果他又原话大声重复一遍。那就是说，他让我神奇得五体投地那一切，都是天生的。摸着他长长的胡须，我终于清楚了一会：想模仿天才的人，都是这世界上最天真的傻瓜。

说说看，当电脑替代写作的今天，你是否已经忘记了用钢笔写字？你难道不觉得在今天这个几乎人人早已经忘记了拿纸笔写信的时代，用纸和笔给亲人好友写封信，或是给自己的爱人写一首情诗，是一件非常浪漫惬意的事？那般惬意，想想都是一种充满了美妙的温暖。想想看，选用上好的信笺，最好是徽宣，选用上好的笔墨，然后闭上眼睛，坐在收拾得干干净净的写字台前，让你心头孕育出一片尘埃落定的悠然。在如此的清新悠然中，俗世中一切乱七八糟、鸡毛蒜皮、羊杂狗碎，全都离你远去。书房内变得无比安静，安静到只听得见你的心跳和伴着心跳而生发于内心深处的话语真情。在如此美妙的安静中，把流淌在你心头的那份情愫和温馨搅拌在一起，用手头精美的纸笔书写出来……写信，是人世间最舒心、最真情，也是最圣洁的一件事，不比当今那些浮躁得乌烟瘴气坐卧不宁的教授学者们做学问、写论文，他完全亵渎不得、怠慢不得，他必须干干净净。

那是谁？眼前突然一亮，心也随之突然一亮。身心清丽、气质不凡的女子，脚步轻盈从不远处的花间走来。满园的芳华因她的美丽而美丽，因她的清澈明媚而散发沁满芬芳的微笑。望着脱去俗尘的女子，你的心头不由拂起一丝轻轻的柔风，让你顿觉周边的一切开始变得异常的清新美好，因为你看到了世间纤尘不染和晶莹剔透的灵魂。这被上帝的爱和微笑抚慰过的灵魂，那份受了大爱洗礼的善良、纯粹和爱憎，分明写在她天使一样洁净的脸上。如此淡泊物质名利，把人性的美和诗意珍藏在灵魂深处的冰清女子，造化让她成为一件有生命的艺术品……如此这般的女子，有缘走进你的视野，便是美丽了眼前的图画，诗意了心头的风景，悠然荡起你心底为之陶醉的清清涟漪……听了这么一大堆献给女子的溢美之词，那些道貌岸然的正人君子和正襟危坐的巫婆修女假正经，怕是早已经坐不住了。他们瞪大眼睛对你呵斥："不健康的灵魂！下流的好色之徒！"我说："呸！道貌岸然的伪君子，你们才是折腾在那见不得人的阴沟里的老鼠，令人作呕。"哎呀，只顾着骂道貌岸然的伪君子假正经了，一转眼，那美丽天使从眼前消失得不见了踪影。清清神，发现适才一切原来是一场令人心动的梦。可梦有啥不好呢？你不觉得，人生，能有这样的梦不也是蛮养心的？

夜色多么温柔。窗外，巨大的树冠间传来轻轻鸟鸣。听那悦耳的音调，莫非是那曾在我们眼前的草坪和树丛里飞来飞去漂亮到极致的班头鹊们在窃窃私语？真是令人悦心到忘却尘世烦恼的小可爱啊。突然想起一位诗人的话："一个民族要有仰望星空的人。"如我这般水平和境界的天真之人，自然懂不得该怎么仰望。可我懂得，拥有今夜如此美妙的夜色，得以独自一个人遥望苍穹，单是数数那里的星星和月亮，掬一捧清凉入心的月色洗洗你的灵魂，难道不是一件极奢侈极惬意的享受？透过窗棂，啾着近在咫尺、脸蛋靓得如同芙蓉仙子一样的月亮，找寻着遥远天际小若灯盏的星星们，我的心是那样的曼妙，那样的平静和忘我。天上，可是星星们的家，那里住着多得永远都数不清的星星和他们永远不为人知的秘密。可宇宙再大也比不过人的心大啊。人的心，可真是大得无边无际，大得可以将广袤宇宙间你看得见看不见的星星们都装在你的心里，吃到你的肚子里。可是，我们这自以为是的生命们，又是何等的渺小啊，渺小到宇宙间的任何一颗星星，都绝不会发现你，看见你，在乎你。它们完全不知道你的存在，因为你实在渺小得不值一提。在星星们的眼里，你连砂砾尘埃都算不上，真的。

2018-09-28

窗外一片天

他最近刚分到一套房子，
在高楼上，窗外一大片天空……
——高尔泰：纪念方××先生

窗外有一片蓝天真的很好。

跟窗外的蓝天一样好的，是让我们的心头也孕育出一片蓝天。窗外的蓝天可以滋润心头的蓝天；心头的蓝天可以让窗外的蓝天变得更蓝、更美、更辽远。

朋友，想想看，我们生活中八九成的烦恼和不快，难道不都是来自身边的一些说起来并不那么重要的人和事吗？想想看，我们更多的时候其实并不是为那些真过不去的、令你痛苦不堪的坎儿所困扰，而是被身边的一些很可能过了今天便不再想起、不再重要的鸡毛蒜皮困扰对吗？如果是，那么说白了都是因为我们不够淡定，不够智慧，是因为我们距离懂得人生的真谛和参透生命的本质和意义，还有一段不小的距离。

你每天经过的路旁有一堆看着碍眼和散发着臭气的垃圾，这可能让你觉得有点闹心，但你又没有力量甚至没有权利处理这堆垃圾，那该怎么办呢？我们不妨这样思考：你要是去到三十八层的高楼，你会发现那一堆原本让你觉得闹心的东西已经看不到了，尽管它实际上依然存在。不要以为这是简单的躲避，这其实是人生的一种智慧。你要懂得，这个世界到处都有垃圾，而很多的垃圾是你的力量所清理不掉的。想想看，世界上那些你一辈子都不曾看见的垃圾，它们让你闹心过吗？没有。可实际上它们就在那儿，只是不为你所见而已。是的，不见心不再烦。更退一步想，一个没有垃圾的世界既是不可能的，也是不可想象的。有垃圾才有与其相反相成的美洁——这，就是最简单的辩证法。

这世上，君子从来怕小人。道理很简单，因为君子大多时候总是斗不过小人。君子斗不过小人，这似乎很不合理，却是真理。生活中，那种猥琐小样儿到处都是。小样儿人物时时不忘给你做一些"小事情"，防不胜防。有的时候你可能还会不可避免地跟这种小模小样的东西在同一个去处相遇，甚至在一起弄点啥。既然如此，最终的不愉快大概是预料之中的。记得有位同伴说，曾因为小人给他做一些令人无语的事，气愤难平的朋友们一个个义愤填膺到处为他鸣不平。我平静地告诉他：遇到这样的人，不必太在意，太当回事。若是不小心与这类小人交上了道，你就权当是去了一处不够干净臭气熏天的茅厕，手纸一扔，离开就是了。我的人生座右铭是：尊重一切值得我尊重的人，无视一切不值得我尊重和必须无视的人。是的，对于小人，无视他的存在。忘记他，是最简约的处理办法。

回到正题。住高楼可是真的好啊！君不见，推开窗，无论俯瞰近处美景，还是抬头眺望远方，涌入你眼帘的，都是大目标、大气象。看着视野中刷新耳目的大目标，感受着满目蔚然的大气象，你的心、你的胸怀也会因此而变得开阔，于是心中会升起令你身心飘逸的万千气象。要知道，这令人身心升华的蔚然气象，它可是集了天地人文之精华的。

望着窗外的一片天，心情顿时开朗。蓝天是最能养心、养情、养生命的。人生，悟出这个道理的时候，便是幸福走近你的时候。我一次又一次地体悟到：红尘中的诸多烦杂琐事和这些烦杂琐事带来的不愉快，有两个去处可以淡化乃至消解它们：一是被淡化在那些令人心境澄明的艺术里，二是被淡化在窗外这片蔚蓝色的天空里。

此时此刻，心境怡然的我，在美妙音乐的伴随下，望着窗外的一片蓝天，思考和自问自答着有关人生的重大哲学：人生，除了生死，一切皆为小事。试想，一个正在为单位发生的一件令人不快的鸡毛小事大吵大闹的人，却突然听到了自己查出癌症的消息。那一刻，他该是怎样一种状况？他还会继续为那些一文不值的破事烂事老鼠屎生气吵闹吗？那一刻，恐怕生活中所有的鸡零狗碎闹心事，会顿时消失得无影无踪……

既然如此，我们为什么不能在平素的日常生活里，呵护好自己心头的一份安宁和平静，把那些本来就无关紧要的小事拒之心外、忘之脑后呢？可悲的是，对于很多人来说，只有遇到"大劫""大限"的那一刻，才是他最能够明白或彻悟人生何为重、何为轻、何须在乎、何须忽略的时刻。可问题是，一切在这样的明白之时已经为时太晚。不无遗憾的是，太多太多的人总是在安逸舒适中闲来无事，最终无聊出许多的"破事"来。人生的最大愚蠢便是莫过于此。相反，人生的最为可贵之处，就在于那带我们进入澄明之境的"大彻大悟"，能够尽可能早一天降临。

此时此刻，贝多芬直入心扉的田园交响曲弥漫在我的周围。望着窗外的一片天，心情开朗，海阔天空。心中有美，天地之美俯拾皆是；心中有爱，上苍之爱随时降临。让我们拥抱蓝天吧，它可是最能养心、养情、养灵魂、养生命的……

每个人都希望自己的心胸广袤无垠，海阔天空。智者告诉我们：海阔天空的前提是必须做到精神世界的丰盈和自足。精神自足者，心中便有万里蓝天，便有心神旷远的海阔天空。

2018-12-09

过 年

　　许久以来，朋友们总这样问我：为什么你的脸上总挂着笑容，一脸的风和日丽，永远的阳光明媚，难道你从来没有不开心的时候？好了，那我今天就说说我日子里的阴天，还有站在这阴天里的被雾霾包裹的黯然心情。

　　年三十一早，和妻儿一道回市里看望岳母。这个春节我们一家三口只能分开来过——妻儿陪伴岳母，我陪伴母亲，两位老人都已年近八旬。

　　下午二时许，准备从西关十字返回安宁我的住处。

　　临夏路，妻子站在马路边送我。也许是因为本该团圆的除夕却不能在一起过的缘故吧，她以不无依恋的伤感口吻到："我要看着你过了马路再回去。"不善风情、含蓄了三十年的她，很少口头上这么温馨细腻过。

　　站在马路边，见迎面有车快速驶来，我下意识后退了一步。就这后退一步，我身后被猛烈推了一下，同时左腿左脚受到撞击和挤压。一时间，我彻底蒙了。

　　转身一看，是一辆牌号为 129× 的逆行摩托。

　　一点不夸张地说，如果当时我再多退一厘米，便完全是另一种结果。

　　被惊呆的妻子，质问那人一句："你为什么要逆行呢？"那骑摩托的人一句："真的对不起！"我们就再什么话都没说。没错，我们让他走了，再没有半句责备的话。一切皆因我心里闪过一个念头：已经快三点了，他肯定也是急着回家过年，才赶得那么匆忙……

　　看着我痛苦的模样，妻子顿时现出一脸的疼痛……

　　生来不迷信的我，突然想起"年关"二字。我暗自心想：这莫非是我躲不过去的遭遇。大年三十，可真是见了"鬼"了！于是，从未有过的伤感袭上我的心头——我并非惧怕肉体伤痛，关键它来得可真不是时候。

　　但无论怎样，我没被彻底撞翻，我还是站着的。按妻子的话说，"这是我们不幸中的万幸。"

　　突如其来的遭遇。我心想，这个样子，必须坚持回家才是最明智也是最合适的选择。妻子反复问我怎么样，是否去医院？因为兰大二院就在马路对面，一步之遥。我若无其事地告诉她"不打紧"。我催促她赶紧回去，自己执意打车回家，很坚强的样子。

回家，到了小区门口，下了车我才知道问题有多么严重——脚疼得根本不能着地。距离我的那幢楼不到三十米的距离，可此时此刻，这三十米仿佛变得非常遥远。我不知道自己该怎么挪过去。好不容易折腾到楼梯口，又不知道五楼该怎么爬上去……

扒着楼梯扶手好不容易挪到了家。装出轻松的样子，跟午休的母亲小声打声招呼，便去躺下休息了。是的，我没有让母亲看出来。年近八旬的老母，严重的腿病、高血压、哮喘，一身的病。我心想，能让母亲迟一点知道就尽可能迟一点，哪怕迟一个小时也可以。

心情一片郁闷，眼睁睁躺到五点。发现母亲独自静静地坐在沙发上等我起床。疼得火辣辣的脚，肿得没了样子。没办法，我实话实说，没有骗母亲，因为比我还要心细的母亲，我是骗不过去的。看到我的样子，听了我的诉说，母亲的神情，母亲的惊骇、心疼和难过，就像每一位曾看到过母亲的痛苦和难过的人所看到的那样。

原本说好了，今天回来跟母亲包饺子的——这个除夕，虽说只有我们两个人，但饺子是一定要吃的。我发现我回来之前，母亲已经把一切包饺子的材料都准备好了。除夕夜的饺子，母亲和的面、拌的馅、擀的皮儿。我和母亲在不无黯然的心境中吃了饺子。母亲没吃上几个，说是不饿，可我比谁都知道，她老人家为啥不饿。

从来没有改变过的习俗：只要在家，每年的除夕夜，都要给已经故去的亲人在路边烧一张纸，今年却是断然没有这种可能了。默默望着几天前买好的那一沓冥纸，我伤感地闭上了眼睛！生命中曾疼爱过我的亲人，爷爷、奶奶、父亲……一个个音容笑貌清晰地浮现在我的眼前。

脚疼得不知该如何是好。可是除夕夜，一百、两百、三百个祝福的微信，我不能不回——因为弟子、好友、亲朋们无人知道，此时此刻的我是这个样子。我不能没有礼貌，微信依然加上一个愉快的笑脸。

为了尽上一份孝心，看电视的时候，我特意给母亲泡了一杯加了冰糖的花茶。儿子知道，多少年来，这是母亲最喜欢喝的"糖茶"。遥远的记忆里，在那贫穷的年月，这样的糖茶平时是喝不到也不敢去想的，只有等到过年的时候才能奢侈地喝上一杯。可是，今晚不知道怎么了，茶递给母亲，老人家只喝了一口，就被呛了，剧烈咳嗽到气都喘不过来。我心想，天下所谓不孝之子，也许就我这样的德行。

午夜时分，母亲的灯还亮着。我说："妈你怎么还不睡？"妈妈说："我给你等着取冰袋呢。"（冷敷用）直到我再三地说不用了，她才熄了灯。屋子里黑黑的，我的心情黯然如同这除夕的黑夜，眼泪止不住流淌下来……

大年初一，脚疼得不知道该放到头上地下的哪里才合适——不是我不坚强，那种疼痛，真是太难以忍受了。那一阵，我心里不由得想到：电影里头那些在战场上头破血流、有胳膊没腿的英雄们始终在坚持战斗。我真不知道他们是怎么坚持、怎么做到的。

按照旧有的习俗，在我的概念中，大年初一，儿女们要给老人做一餐可口的饭菜才是。可是这个大年初一，我们母子的两顿饭只能让年迈多病的母亲做了——按我的提议，中午是一碗酸菜面；晚上熬了一碗小米粥……

记忆中的除夕，记忆中的大年初一，我从来没有过这样的凄然和满心愧疚。

大年初四，去医院拍 X 光片，左脚两处骨折，医生还是那句话：伤筋动骨一百天。

2017-02-06

你是我的天堂

我的书房从其诞生之日起，便称它为"听云轩"。

听云轩有两副自撰的对联：一副是"读雪识洁净，听云忘嚣尘"。关于这副对联，我为朋友如是解释：雪，何等洁白，何时读懂了它，方知世间何为洁净；自然界，风雨雷电皆发而有声，唯独飘逸的白云轻盈无声。人心是何等的充满贪欲，何等的浮躁不安，有一天，当你的心宁静到足以听得见白云之呼吸，你便可以忘却尘世间你无法割舍难以忘却的一切。

听云轩的另一副对联："关门即深山，宁静向无极。"其中含义一望而知。是的，我们生活的这个世界，充满着浮躁之气。当困顿的心灵需要滋养休憩的时候，我们需要回归自然，投身于大自然那清凉的怀抱。大自然，有灿烂的阳光，有苍翠的绿色，有和煦的微风，有清澈的溪流，而这一切，超然的心灵在听云轩便可获得。宇宙是无极的，人类创造的文化知识是无极的，日夜兼程的生命对未知的探索和创造更是无极的——我们的世界就是一个永恒、无极的世界。听云轩是灵魂的栖息地，在这个美丽而宁谧的去处，甘愿寂寞的心灵可以怡然自得地拥抱那无极的时空。

在这个灵魂的栖息地，我拥有心灵想要的一切。在我的眼前，是由无数不朽的文化先哲们的精神创造矗立起来的、在我的世界里绝无仅有的一面"神圣之墙"。这是一面世界上无论任何强大的、人为的权术和鲁莽之力都无法摧毁和征服的"铜墙铁壁"。因为，这面蕴藏着非凡之力的"神圣之墙"，由人类非凡的生命与灵魂、伟大的思想与智慧凝结和铸就而成。身居其间，我便时刻感觉到：这里，是离圣人和缪斯女神最近的地方。

面对"圣墙"，你可以沉思，你可以静默；你可以让身心得以休憩，你可以让灵魂自由飞翔；你可以让明辨善恶、充满同情的心悄悄流泪，你可以让一颗童心永驻、永远天真的心热血沸腾；你可以和日月星辰对话，你可以拥抱太阳和大海；你可以认清魔鬼的狰狞面目和丑陋嘴脸，你可以拥抱伟大的圣贤亲吻他的灵魂……

当我虔诚面对这方天地的时候，只要我轻轻按响无论哪位圣贤的门铃，他们都会无比热情地接待，视我为他的上宾。

在皇村（又称"普希金城"）那遮天蔽日的氤氲森林里，伟大的普希金和我一边散步，一边诉说他心头永远的激情和无尽的苦闷。

神情优雅明澈得如清泉一般的屠格涅夫，带我再次来到白净草原，和那些孩子们一同在大自然的怀抱里过夜，尽情地享受满天的星斗和星空下夜色的温柔。

银须如耶和华一般的托尔斯泰牵着我的手，像天真的孩子一样，和我一同看他的马厩还有他亲自劳作的菜地，还去那个他一向钟情的池塘洗浴。

天真如孩童、智慧如神明的卢梭，和我有着永远说不完的知心话。他坚持认为，我就是他相隔两百多年的知音。对此，渺小如沙砾的我，岂敢担当……

当我匍匐于这方天地的时候，美的情愫在我的心头孕育。

当莫扎特的任何一个天真纯净的音符响起的时候，我看见人性的天空顿时阴云散尽，晴空万里。

在肖邦那永远诗意隽永的旋律中，我们可以走进人类美丽而宁静的心灵深处，触摸和感受人性的洁净与魅力。

走进门德尔松和格里格那充满阳光和绿色荡漾的时空，我们会深切领悟，人类与自然的美妙缘分和无尽谐和的秘密。

当我们的心灵被贝多芬、马勒、布鲁克纳和理查·施特劳斯那铺天盖地的音的洪流所覆盖、席卷和震慑之时，我牵着神明的手叩问自己的心灵：在这伟大的音乐声中，人生的痛苦，精神的灾难，人性濒于枯竭和死灭的一切，该虔心接受上苍神圣的洗礼，浴火重生！走过痛苦和灾难的生命啊，该告别过去，该拥抱未来。

静思于这方天地，潜藏于心灵深处的奇思妙想便在这里显影。

无论一个人独处，还是和知心的友人相聚，当袅袅茶烟从这里悠然升起的时候，心灵的大门也随之欣然开启。在太阳神一般的声音和心灵之光的呼唤和照耀下，我的精神大餐在这里开启：随着一道又一道的"山珍海味"被你享用，一种新颖的思想就会如同大地上一个个鲜活生命的孕育和降临一样随之诞生。那样的氛围是惬意的，感觉是清新的；那样的时光是美妙而充实的，收获是丰盈而富足的。

在一次次如梦似幻的体验里，每当我借助圣贤智慧和造化之力俯瞰脚下大地，我终于懂得：这里，是让我完成生命净化与升华的最后天堂！它让我看到：世间有那么多的灵魂被笼罩在沉重的乌烟瘴气之中无以自拔；在如此混浊的沉重裹挟之下，良知在有气无力地哀叹，人性在无声无息走向堕落；尘世间的一切是多么富有诱惑，人的贪欲之心是何等的难以满足，最终让你陷入身心毁灭的泥沼。

当我能以平静的心面对世间一切的时候，我知道，这方天地，可以让我成为自己精神王国天马行空、自由驰骋的主宰——我自己的神明。

听云轩，你这美丽宁谧的地方，在你神圣的怀抱里，甘愿享受孤独的心灵，可以怡然自得地面向那无极的时空。

听云轩，你是我心灵得以最终幸福和快乐的天堂！在你的温馨怀抱里，我不再痛苦、不再绝望，无论怎样的梦魇和魔咒横亘在我生命前行的路上。

从前，啥都简单

亲爱的朋友，你可以
把这篇文字静心读下去吗？

母亲时常讲起故乡那些远去的人和事。

其中有些是祖母在世的时候一遍一遍讲过的。不过今天讲的这些故事，是多少年来被我视作"编外"的——年轻时，对这些自认为缺油少盐的唠叨从不上心。随着时光的一天天变老，生命的一天天沉淀，我越来越意识到，这些根系深埋在故乡的泥土里，看似平常得跟脚下的黄土没啥两样的故事，他们竟是如此珍贵，珍贵到足以淹没我太多自以为惊天动地的"大事"……

那一山湾的树

民国末年从通渭迁到会宁南乡那阵，爷爷奶奶的日子过得差不多只剩一个字"穷"。没开玩笑，那种穷，穷到完全有资格用"一贫如洗"来形容。那时，老家那地儿人真少，少到人与人之间不沾亲带故都会感到亲亲的。那可是真的亲呀，发自心底的亲。不像今天，打招呼动辄来个"亲——"

老家那个人烟稀少的地方，一个不大的小山湾，就住了爷爷奶奶一家。那样寂静的空山里，据说有时漆黑的夜里，河对面会听得到一些离奇古怪的动物和孤独"野山鬼"有前音没后音的叫唤。隔壁小山湾，同样只有一户人家，姓段。和善的段老汉一家，人可是真的好啊，好到让爷爷奶奶念念不忘感恩他们一辈子，母亲也是念叨至今。爷爷奶奶刚住到山里那年春天，段老汉专门找上门来，笑呵呵地告诉爷爷，让爷爷到他们盖满河沟的柳树上砍"树栽子"（用来栽培的粗树干）。按今天的话说，算是典型的义务精准扶贫。就这样，爷爷用段家送的树干，栽下了最初的那百八十棵树。

多年后，我出生那会儿，家已经搬离原先山湾那座院落了。可儿时的我清晰记得那座废弃的老院子，窑前屋后满山满洼满河沟的，全是各种各样的树。杏树、梨树、椿树、柳树、白杨树，夏日里，一片一片的浓荫茂密。我那时太小，尚不知道那数百的树种，都是善良好施的老段家白送给爷爷奶奶的。

后来的那个新家——也就是我的出生地，异常勤劳的爷爷奶奶，给庄院旁边还有门前的河坡，到处又都栽满了树，也是足有百八十棵。留在儿时记忆里的是每到夏天便盖满了整个河坡的绿色，还有从那茂密的树冠里传来的黄鹂鸟赛过百灵一般的清脆歌声。那些树种，全是从原来的母树上砍下来的，也就是说，还是属于好心的段家的……

祖母的免费吃喝

穷，有时也就意味着简单——啥都没有，自然简单。可是，穷并不意味着日子过得不快乐，过的没有人情味。人不愿意回到从前的苦日子，但这并不意味着曾经的穷日子留下的就一定都是可怕的记忆。祖母和母亲都是这么说的，我也是这样认为的（这话，可是不能让我的老乡马光远先生听见）。祖母的诸多故事中，下面这个是毫不起眼的，是在以往的记述中被我忽略了的。今天突然发现，它虽然平淡，却绝不可以被忽略，被遗忘。

那时人少，山里很清静，也很清爽，鸟比人多，鸟鸣的声音也比人的声音更有范儿。人少了，乡亲邻里间都处得亲。母亲说，夏月大热天里，奶奶只要看见有村子里的婶子、大嫂、小媳妇来附近的山湾河坡拾柴火，便一定会给她们准备一些好吃好喝的——那是奶奶做的荞面、豆面、莜麦面的发糕，还有用野山里采来的"黑根子"（一种草本中药材，老家山坡地埂上不时可以见到。热锅里烘焙至焦黄，而后煮水，清热解渴，有股沁人心脾的独特香味）在铁锅里烧的"滚水"。那些又暄又香的发面馍馍，搁在麦秸秆编的笼子里，凉滚水盛在抹得锃亮锃亮的青瓷瓦罐里。然后，奶奶和馍馍、凉茶一道，就候在门前崖畔的树荫下，等候着远处拾柴火的姊妹。

门前涝坝边上那条打扫得干干净净的小路，是村里人放牧或田间劳作的一条必经之路。背着柴火的大婶、大嫂、山妹子，笑吟吟地走到树荫下，放下柴火，撩起衣襟抹一把汗。祖母门前的浓荫下，有大热天的好时光。看着奶奶预备好的吃喝，那些姊妹有时会客气一句，有时连客气话都不用——山里人喜欢的就是这份实诚。在奶奶的热情招呼下，一边喝着香香的凉茶，一边吃着暄暄的馍馍，开始聊天。"大嫂子的馍，真是好吃得很！"。大家都是淳朴实诚的人，不用太多客气。说馍好吃，奶奶爱听，于是赶紧招呼："好，好，好吃就多吃些，多吃些……"挂在奶奶脸上的，是源自心头的喜悦。

爷爷的赞誉

下庄的马家婶子身材瘦小，寡言少语，生性胆怯，人前不爱说话。年轻时弟兄们分家那阵，邻里都说："等分了家，这个小可怜女人啥都不会做，眼看着给娃饭都吃不到嘴里头……"

有一回，爷爷干活路过附近，被马家婶子的掌柜看见了，热情有加地要爷爷到他们家坐坐。平素很少串门的爷爷，那天没有推辞，去了。他是突然想起了邻里们曾说的那番笑话。没错，他是想要看看这个"给娃饭都吃不到嘴里的可怜人"，到底咋个持家过日子呢。

爷爷手巧，算大山里的能工巧匠，时常给村里邻人帮忙箍窑擀毡做点小木活，深得乡亲们敬重。这天突然走进马家婶子的院子，很是出乎一家人的意料。爷爷被这一家人视为贵客，咋说都要留下来让他吃顿饭再走。山里人，就是这么实诚，这么厚道。

爷爷发现，那一阵马家婶子本已经开始做饭了。但是见"贵客"来了，三下两下赶忙收起原本要做的面食。特意取了几个鸡蛋，莜麦面用细箩儿重又箩了一遍。麻麻利利，烙了几张莜面煎饼，炒了鸡蛋——在那个年月，莜面煎饼合了炒鸡蛋，这该是招待乾隆皇帝的规格。而今想起这事，想起这故乡的人，我的心里永远都是酸酸的、甜甜的，和着一份铭心的淳朴和温暖……

那以后，爷爷常常挂在嘴边的一句话便是："哈哈，人人都说她马家婶子可怜得给娃饭都吃不到嘴里。我说，曹（咱）都实在是把眼瞎了。"

马家婶子的发面馍馍也是烙得异常的好。记忆中，她经常会送上自己烙的各种杂粮发面馍给奶奶吃。我知道，那是有一份不用言喘（关中方言，意"说"）的感恩心意在里边的。因为在她困难的时候，奶奶总是记得帮助和接济她的。山里人就是这样，彼此间永远记得你对他曾有过的好。滴水之恩当涌泉相报的事，我倒是在当今有吃有穿有文化的城里人跟前，见得越来越少了。后来我们举家迁往城里，听说了马家婶子前来送别奶奶的一幕，永远留在我的记忆里。生来善良又寡言少语的她，就那样静静站在八十岁的奶奶身边，自始至终没说几句话。可我知道，那想说的话全在她的心里头。彼此邻里一生，那是她们见的最后一面……到了城里，奶奶时常提起马家婶子，提起她那好吃的馍馍。我想，其实并不单是因为那馍馍好吃，而是做了那馍馍的人，太好，太善良，太有情义了。

离开老家的三十年里，回去的机会不多。无论是母亲还是我回老家，只要遇到马家婶子，一定要拿个钱给她。前年回去，我给见到的邻里婶子每人给了一大张。发现一旁站着一个不言不语的后生，一问，得知是马家婶子的小儿子（同样的寡言少语）。我很高兴能见到他，以为是缘分，赶紧给了他一张，特意嘱托，代我送一份心意给老人家。

这么做，只是习惯，只是一份心意，跟俗不俗气无关。一切皆因待人真诚善良的马家婶子那份不言不语的淳朴厚道，还有待我的长辈们的那份亲近，那份简简单单却又发自心底的亲近。我确信，属于山里人彼此间那样的简单和亲近，在今天似乎越来越少，越来越成为遥远的记忆了……

月是儿时明

做了几十年的城里人，故乡山湾里的许许多多都已变成了越来越亲切的记忆。而今上街买菜，塑料袋里提上几个被菜贩子糊满了黑泥巴的洋芋，金贵得就像曾几何时的山珍海味。可心中属于故乡的"曾几何时"，乡亲们的土豆，那可是又多又好吃，沙沙的。心肠跟土豆一样憨厚的山里人，随便送你几筐自家地里的土豆，从来是丁点的小意思。记得和善一生的李家大婶，一辈子光阴从来没有富裕过，但她又是大方得出了名的。听说我喜欢吃胡萝卜，便天天吆喝着叫我们提了筐子到她家菜地里去挖，其实我们家园子里也有。还有，一见面便一定要我在她家吃饭的郭家奶奶，送菜从来是满满一大篮子，萝卜、瓠子、西红柿，外加两个金瓜（金黄色的南瓜），啥都有……如今想起故乡人，只想用心祝福一句：愿你们健康，愿你们好人一生平安！

这是一个温馨的夏夜。如今大城市的楼房越盖越高。住在伸手摸得着云彩，伸着脖子可以和飞机上的人说话的高楼上，"接地气"变成了越来越难的事。高高在上，只能独自想些自个儿心上的事。不知何故，我觉得在啥都变了样的今天，唯有天上的月亮还是跟儿时故乡的那个月亮一样。今天十五，是个月圆之夜。透过窗棂，我看到了夜空中圆圆的月亮。望着，望着，隐隐中，便是望见了故乡小院树梢背后的那轮圆月，那么清澈，那么亮，静静洒下透心的清辉，就像记忆中故乡的人心，那么清澈，还那么简单……

2019-07-20

童年狗车

对于生来怕热的我，兰州这个夏天真的不是很热。

温柔的夜色里，清凉的晚风不时掠过。漫步在被我称之为"夏宫"的这座浓荫蔽日的"第一花园"，满心道不尽的惬意。

夜幕中的苍穹深邃得出奇，能看到夜空里很多的星星。西天的低处，是那颗耀眼得像是作了假的、不像星星的星星。我指给我身边的妻子和孩子："那是金星，天空中最亮的一颗。看看，还有南边和东南边这两颗，差不多比得上金星一样明亮的，也是咱太阳系的……"

儿子停下脚步，专注仰望金星，惊奇地发出一声赞叹："咋离得这么近啊，像是一盏明亮的灯，不像星星的。"

仰着头的儿子，那神情，那模样，瞬间像是退回到了儿时的样。

行走在如此温馨宁谧的夜色里，我被拽回到往日时光，再次想起儿子的童年。捎带着，也想想自己的童年。

儿子的童年比我的童年富有，因为他有玩具，虽不多，但至少有那么三五样。不像我的儿时和儿时的我，很贫穷，差不多什么都没有。就有自己亲自动手制造的那两样"手工制作"——一件木头削成、画了一大一小俩眼睛和小小嘴巴的玩偶娃娃，另一件同样是就地取材，精心削成的木头小手枪。不能遗漏的事件：为制造这把木头手枪，偷了在外工作的父亲孝敬爷爷新买的那把锋利无比的剃刀，结果"呲溜"一下，差点削掉我一根指头——第一次看见自己流那么多血的一刻，我真以为我马上就要死了！哈哈，此刻，瞅瞅我左手食指留下的明显刀疤，依然有种压不住的心惊肉跳，手指也开始不由自主地哆嗦一下。

儿子不多的几样玩具中，最让他爱不释手的，莫过于那架精致有趣的狗车。狗车，顾名思义，就是狗拉的车。上满了发条，那只小狗便拉了四轮狗车走得像模像样。狗车不大，从狗头到车尾通体也就二十厘米尺度。车上坐着有模有样的小绅士，脸上露出夏日阳光沐浴过的喜悦，你看那副清新滋润的神情，好不神气，俨然赶了狗车去会女朋友的样。这件宝贝，是我的一个学生来看儿子的时候送的。那年月，能送这样一部小狗车，不简单，算是蛮有交情的那种。作为儿子童年最美好的记忆，退休之后的狗车本应该郑重保存下来，进入儿子的经典收藏，可偏偏不知后来被弄哪去了，而今想起真是个错——我这当爹的，从来缺乏"文物"保护意识。

儿子对这架狗车那是少有的情有独钟。家里来了客人，第一件事便是津津乐道，全力炫耀狗车。展示狗车是儿子那个年月的一件大事。以至于前不久遇到一位二十多年不见的朋友，一见面便乐呵呵说起儿子的狗车来："哈哈，迷恋狗车的孩子该是大学毕业了吧?"我不无自豪地告诉他："何止，博士读完，做音乐学院的老师了。"

想起那时的孩子，真是穷巴，根本就没有什么玩具可言。孩子穷，说白了还是做父母的穷。钱包瘪了，视野变得狭窄，观念和意识也就不知不觉穷得跟不上趟了，像是压根想不起给孩子买个什么玩具。好在孩子并不觉得自己穷，从不缠着爸妈给他买玩具。现在想想，生来听话的儿子那会儿可能觉得自己蛮富有——除了狗车、积木、画笔啥的不多几样简单玩具，他还有别的兴趣，别的玩头。自己看童话故事是其重要一项，而晚间定时定点听音乐，听故事，更是他每天的隆重项目。

晚间故事，是孩子每天最为开心的期盼。记忆中那套配有世界名曲的童话故事，真是精彩。而今孩子熟记许多世界名曲，其中一部分正是从那里听来的。现在想起来，儿子那时的自觉真的令我心生感慨，深感欣慰。我至今清晰记得那时的情景：每天晚上到了就寝的时候，他会很听话很利索地躺到自己的小床上，自个儿打理将被子盖得好好的。等一切准备就绪，然后神色喜悦地请我们开始给他讲故事或听音乐或播放配乐童话，直至在美妙的乐声或是童话故事伴随下，进入童话一般的梦乡……

儿子小时候真算得上是乖孩子。记得有一次，因为我和妻子都忙，孩子发烧咳嗽没法上幼儿园，我们就把小家伙一个人锁在家里且特意安排：自己操持听录音机。等我们中午下班回来，孩子一脸认真地告诉我们：他把车尔尼的599和849两个盒带翻来覆去听了一上午，还津津乐道带表演地给我们描述他在乐曲里"听到了"什么。记得我们当时一副乐得了不得的样子。而今想起，只觉得后背一阵阵发凉——我们太疏忽，也太无知，把那么小的孩子留在家，做父母的毫无安全意识，满脑子进水缺氧的节奏……

儿子的童年，不是一般的爱读书，爱听音乐。比起儿时酷爱读书却难得有书可读的我，儿子真的挺幸福，因为他的童年根本不愁没书可读，所以他读了不少的书。但谁都知道，有书可读和爱读书，那是两码事。有的人，拥有堆满屋子的书，却不见得他喜欢读书……等儿子一天天长大进了中学，功课太忙，反倒没有时间能像小的时候那样读书了。再后来，进了中央音乐学院，专业学习太忙或是"术业有专攻"的缘故，似乎也不像小的时候或是我理想中所期盼的那样，听那么多音乐了（特别提示：如此评价的参照对象和标准，是几十年如一日疯狂听音乐的他爹）。有时想来，人还是不要长大的好。

儿子爱读书，音乐听得也不错，但学习钢琴的势头，我这当爹的不敢太恭维。他是五岁开始学的钢琴。总体讲，弹得不好不赖，初中就过了相对严格的中国音协十级，还获得过少儿珠江钢琴比赛二等奖。后来考中央音乐学院那一阵，同专业考生中钢琴得了第二，懂行的明白，那算不错的成绩。即便这样，我清楚，儿子对钢琴从来没有打心底里特别上心深爱过——尽管学琴十多年，从来没有过跟我们提抗议的记录。不像我听朋友说过的一个孩子，看到邻居家的娃学琴，立马叫嚷着让妈妈给他买了钢琴。可琴买来学了不到一个月，就像是犯了魔咒似的，直接告诉父母：再逼他学那破玩意，就拿大斧头"啪、啪、啪"，劈了！吓得那母亲赶紧卖了"那破玩意儿"了事。我从来认准一个理儿：任何东西，若不是像我写小说、像你谈恋爱一样，一头栽到里面拔不出来的那般上心和痴迷；若不是处于绝对的热情忘我犯神经状态，那就压根算不上是真爱。任何真正的动心真正的爱，只有一个答案：必须热恋一般彻底心无旁骛。正是依照我这样的标准，我说孩子对钢琴没真爱过。这不奇怪，就像是全世界百分之九十九的琴童那样，压根找不见一个是完全主动的。

言归正传。儿子童年的真爱，当属狗车。理由简单：物以稀为贵。这话，也就在这里悄悄说说，不能让儿子听见的。

几年前，在一位相当有身份地位的人家，我见到了她家孩子的玩具，那阵势，实乃让孤陋寡闻的我大开了眼界：一座偌大的房间，地上、博古架上，到处是孩子的玩具——大小不等的汽车、火车、飞机、坦克、轮船等，诸如此类，品种齐全，琳琅满目。据说现存只剩下一二百——因为摆置不下，另有数量可观的部分已送人或处理……瞅着一屋子让我眼花缭乱的玩具，我在想：如果玩具的数量跟孩子的幸福值、跟孩子的智力开发、跟孩子将来的成功成正比，那这孩子未来的一切将是何等的壮观呢？

相比之下，想想我这当爹的，实在是贫穷和寒碜了孩子的童年。

我认同老乡马光远先生的那句话："我永远诅咒贫穷。"——不光是马光远，凡是曾经穷怕了的人，恐怕没有人是不诅咒贫穷的。贫穷是令人厌恶的，这世上，没有一个人愿意回到曾经的贫穷。

可不知为啥，我又觉得曾经的那番贫穷所造就的，并不完全是令人深恶痛绝的坏事。所以我想说的是对于很多人来说，我们不得不承认，贫穷里走过的路还有发生在那贫穷路上的一些人或事，往往会成为令人刻骨铭心的，甚至是无比美好的记忆。如果硬要说贫穷岁月里没有过令人怀念的美好，那才是真正的胡说。

（谨以此文献给阳光明媚的 2019 年 7 月 28 日儿子完婚之日）

2019-07-30

为远方的菩提与幻想

人的灵魂，是为自由、为天马行空而生的。

一

茶烟升起。缥缈的茶烟里，你看到了一个清澈透亮、宁静如禅的世界，那是一个让遭受污染的心能够获得恬静休憩的清凉世界。茶烟里，沁心的歌声缥缈而来。那如天籁令人心怡的歌声咏唱道：啊，这儿真好，远处河面粼粼波光像火烧，缀满野花的草地如彩色地毯，白云在天上飘。这儿没有人，这儿真安静。除了苍松，只有上帝和我，还有你——我的幻想……

茶烟青青。隔着隐隐茶烟，缥缈中望得见那静如明月携着诗与远方的幻想。此时，心很静，静到让你听得见空气的轻轻颤动，听得见心头杂念的无声落定；静到让你情愿把整个红尘俗世都放下，只求人生清净忘我，生命超然物外——一切，只为那远方的菩提和幻想。此刻，你能听见自己的灵魂在耳畔对你轻轻私语：亲爱的，谢谢你，此刻，我得到了无比惬意的养生。

灵魂在袅袅茶烟中惬意地养生，多么廉价又奢华的享受啊。

二

碧澈如洗的夜空，一轮明月悬在不远处。那月，耀眼得让你没法长时间盯着她瞧，可你又忍不住地想要看，就像一颗模样永远青春的心，忍不住看那单恋半生的梦中人。万籁俱寂的夜晚，如果你恰好身居河西千年马场那样的广袤草原，或是巴丹吉林那样的空旷沙漠，或是独自流浪去了远在天边期盼安顿灵魂的拉姆措湖畔。内心想要的一切，都会如愿。头上是密密麻麻群星满缀的苍

23

穹，然后静静地看上一刻或是三个小时的月亮，你便能看出月亮很多的心愿，会发现她多得不得了的秘密。月亮看似宁静，其实她有着太多的心事和秘密。她高悬苍穹俯瞰大地，目力所及之处，地上发生的一切都让她看得清清楚楚。她不仅看得见你的踪影，就连你最隐秘的那点心思都看得见——她望穿你的灵魂而不言。

那模样如同月亮仙子一般的，怀揣了诗与梦的期盼，去往仲夏时节的烂漫草原。夜深人静，独自走出帐篷，静静站在群星点缀的天幕下那一望无际的草原，抬眼向着星空下的远方静静遥望。月亮看得见：这清新曼妙之人，穿过夜空遥望的千里之外，该有驻扎在灵魂深处的思念——在这宁静又温馨的夏夜，她听得见远方的心跳，看得见动情的阿帕契之泪……

月亮多情，月亮相思，月亮是让你寄托千言万语的梦中人。你看，那晚，有人窥视了刻意梳妆、精心美容的月亮。说是窥视，其实一切全被月亮看得清清楚楚：看我梳洗美容，你是觉得好奇？世间有太多如你一般怀着好奇从小到老都长不大的孩子，每个晚上都和你一样久久忘我地瞅着我，就像是瞅着自己前世今生的生生恋人。瞅了就瞅了，还要为月亮仙子吟诗作画唱情歌，把我当作从遥远前世走来的梦里情人……我知道，在这等"不接地气"的浪漫者眼里，不老的时空里没有比月亮仙子更娇美的容颜。你说，我如何能不"月为悦己者容"呢？

三

摆满眼前的唱片，是你灵魂的家宴。看看，这里是你情有独钟的马勒。心中永远的马勒，面对你，我心犹如面对宗教。只看看这些一字排开着的唱片，流淌自魔法师阿巴多指挥棒下的音乐，已在你的耳畔、你的心中鸣响，随即弥漫裹挟了你整个的身心。乐声中，马勒的人生像电影一样在你的眼前开始无声地上演，无声地叩击和搅拌你的灵魂……和着涌自心底的激情和感动，这忘我之人，情不自禁走上前去，深深拥抱马勒，拥抱他的幸福，拥抱他的痛苦，拥抱他那无可奈何的艰难人生，拥抱他的一切、他的全世界……

清泉荡涤过的晨光，透过明净的窗户，照在另一片散开的唱片上，那是我同样钟情的诗人格里格。我屈膝而坐，静静地望着它们，望着唱片封面上迷人的景色，记忆瞬间回到挪威，回到特罗尔豪根。那是无可比拟的人间世外桃源最仙境。

　　坐在作曲小屋窗前那块永垂不朽的石头上，眼前碧蓝的海面是那般的宁静，宁静得就像此时此刻我的这颗心。身后，是作曲家亲自设计建造的红色小木屋。多少个日日夜夜，他在这童话般的小木屋，忘记外面的嘈杂世界，像个玩得忘我、玩得痴迷的天真小孩，伴着他的侏儒山妖、小精灵，神游在自己梦幻般的音乐王国……

　　幻觉中，熟悉的琴声、熟悉的旋律，从我身后的小木屋轻轻飘来。不用转身，我知道是我们的矮个子天才，此刻正坐在他那架半新不旧的钢琴前，一头飘逸的黑发，透过窗棂刚好看得见……日复一日，年复一年，那飘逸的黑发最终变成了万古长青的一头银发。唯独不变的，是那永远的琴声，是那坐在琴前神情忘我心灵如水的音乐诗人。

　　如我一般在窗外草地席地而坐的，是刚刚歇了工的、扛着农具双脚沾满泥土赶来小木屋听诗人演奏的农夫近邻。美妙的音乐，一曲接着一曲，直至月亮升上天空，星星布满苍穹……

　　幻觉中，可亲的音乐诗人，拄着拐杖来到我的面前，微笑着牵了我的手。我们一同登上身后的山峦，听山风掠过森林发出的轻轻咏叹。多么温柔的夜色呀，你的眼前，你的耳畔，你的心头，被天地造化和音乐诗人创造的浪漫与和谐，浓浓地裹挟了……

四

　　如果上苍允诺，一生能沉浸在为心灵的文字中，真的很幸福。

　　我自知天资平庸，能力不济，却又偏偏迷恋写作不自量力不知天高地厚。我曾小心翼翼地拽着造物主的衣袖问他：此生可否做个写下心上文字的人？造物主朝我点了点头。从他那一脸和善我看到了一份怜爱。写作是最自我、最心甘情愿的事情。我钟情于写作，只是因为不愿掐灭造化给予我的这份激情与敏感；我是想忠实地听从内心的呼唤；我是想对得起我这颗天真得无法平静和经不起美的诱惑的心；我是想对得起能把我眼里的生活和生命体验烤熟了的滚烫热情……

　　作为一个命定要默默无闻的人，我知道，我今生必然默默无闻。但人生的幸福和惬意，跟默默无闻或惊天动地，没有多大关系。我在造化安顿给我的默默无闻中知足着，惬意着。我深知自己跟脚下的泥土一个高度，所以整个世界都忘记、都不屑、都想不起我。我无人过问，我没人干涉，我自知没人想得起跟我这样一个人争什么，抢什么。于是，我的心在一片寂静中变得自言自语，我行我素。天地间的万籁俱寂，还有我随时可以上去高山望平川的私家情愫，都由我任意享受，自由折腾。正是这自在无比的默默无闻，让怡然自得的灵魂随心随性游走在一片无比清凉的世界里，一切犹如游走在万籁俱寂的夜幕下那广袤无垠的大地。

我最明白的一点就是：我热爱的精神家园就是我一辈子都走不到边缘的大千世界。在这个不可能被盗窃、被复制的世界里，我赐我为自己的君主。在放牧心灵的私家领地，我夜郎自大，我天马行空，想我之所想，做我之想做，写我之想写，美美地做无数个属于我的梦。

写作于我，就是为了回应自己灵魂的深情呼唤。说白了，就是为了在有限的时空和岁月里，安顿自己无限的灵魂。

写作是须得自由的，它绝对要不得看他人的眼色行事。写作不能让自己的个性有任何伤筋动骨的损伤。在这个人心浮躁物欲横流的世界，源自灵魂的写作跟世俗功利格格不入，它必须是纯粹的，纯粹得像一个天真的孩子画画那样，严肃又任性地画自己眼里鲜红的绿辣椒，画自己心头那长满胡须的蓝太阳。

真正的写作者必然是忘情忘我的。好的文字从来是有暖心温度的，文字的温度源自心灵的温度和生命的热情。我坚信，忘情的写作是一种热恋，是一次次真正意义上的纯粹而忘我的热恋。我一贯主张的人生信条是：以热恋般的激情和心思做事，世间便没有做不到和做不好的事。只要忘我投入，你眼前的许多麻烦会自行退却、烟消云散。写作向来如此，永远如此。一旦投入写作，你身后那扇世俗的浮躁之门便自动关闭。从那一刻开始，你的心、你的情、你的真诚是受过洗礼的。写作中的你，必须是一个纯粹的人，你的身心所有被无上的虔诚笼罩。那时那刻，你独居其间的世界只受你灵魂的支配，只记得神游在自己创造的世界里；那时那刻，你一心活在你的作品里——你的呼吸、你的脉动、你的喜怒哀乐、你的一切，都跟创作血肉相关；那时那刻，你必须替作品中的欢乐者欢乐、幸福者幸福、痛苦者痛苦、痴情者痴情；那时那刻，你的身心开始不可救药地燃烧或结冰……

是的，真正进入状态的写作者，你的心比任何时候都纯粹，都忘我。忠实而虔诚的写作者，你必须将自己的一切置之度外，你将不计任何得失，因为，你可以在自己的作品里拥有你想要的大千世界。一个拥有全世界的自由远行者，难道不比那贪婪的帝王更感满足吗？

五

造化赐天真和纯粹于你的人们需得记住，爱情婚姻最是需要小心了。爱情婚姻永远掌握在你自己的手里，而你自己的一切又往往掌控在命运之神的手里。

人生无不渴望真爱，而人间真爱又谈何容易，何其少？什么是真爱？真爱就是灵魂的门当户对，就是仰面跌落时身心的放心托付，就是除了真爱便纯粹得没有他求的生死交代。真爱是可遇不可求的。真爱者的心底，有上帝用心安放在那里稳如泰山的金字塔。生命旅途有缘一见钟情，第一眼望见便深信望见了自己的今生今世，从此身心牵手一路相随、心灵默契、披星戴月走向地老天荒，最终被岁月证明真是你的今生今世的，那是真爱。真爱或许只属于那心、那情、那模样生得如同莫高窟的菩萨一个模样的；真爱是凤毛麟角少之又少的。我的记忆里，福克纳以及那些不小心活得像福克纳一样的人，真的很幸运……关于真爱，我时常想起面对福克纳的墓碑，那个注定要化作永恒的孤独女子的背影——那是世间最美的爱之背影。

真爱终究少之又少，所以关于真爱的话不能说得太多了。生活中，我们发现许多貌似要万古长青的"真爱"，最终却是来去匆匆、难以持久的"雷阵雨"；世间不乏对待阿弥陀佛一般对待"真爱"的施主，信誓旦旦认定自己遇到了敢放心仰面跌落的痴情真爱，遇到了灵魂的"门当户对"，于是如此这般地深情唱道：即便生命结束了，对你的真情真爱也不会终了……可是岁月还没走上几步，那唱歌的打个哈欠跑调忘谱转身了，留下个面无表情的失忆背影烟消云散了，赶着前去打理"生命中的又一个遇见"了。

爱的世界，最不值得一提的就是那些好听到山穷水尽的海誓山盟。而真正可靠可信赖的，永远是那金子一般让你放心和值得珍惜的人品和本性。人生遇个天生靠谱的，陪你走过三生三世也不足为奇；若是遇个不靠谱，能过个一年半载都属不易，更不要说不小心跟你走过三秋五载十年八载，那简直就是难以置信的人间奇迹——想想看，一个人得有多大的魅力和不可思议的吸引，才能架得住一颗天生蜻蜓点水飘忽不定的心？

关于真爱，诗与远方的幻想如是说：如果你足够幸运，足够好命，遇到了门当户对又至死不渝敢于仰面跌落的，那是你的修行到了。

2019-08-22

爱无言

幸福，心情说了算；

心情，爱说了算。

雨过天晴那个傍晚，于"夏宫花园"散步，突然被眼前一幕吸引。

我停下脚步，像小时候神情专注奥特曼的儿子那样，凝神眼前情景：三只麻雀，小的那只，毛茸茸，摇摇摆摆站不稳。两只大的，忙霍霍跳来跳去，看上去很是有趣。只看了不过一分钟，明白了。摇摇晃晃站不稳当那个，是出窝不久的雀孩。那勤快跳来跳去的俩，是雀孩的爹和娘。

接下来，更有趣的来了，不，是让我更感吃惊的来了——

你看那一对雀爹雀妈，其中的一只，跳跳跳，跳到稍远处，一阵机灵的左顾右盼，紧接着便在地上东啄西啄，然后，跳跳跳，急霍霍回到孩子身边。再看那另外一只，只见他紧跟自己的伴侣，跳跳跳，跳过去，跳跳跳，跳回来，两腿不停跳得忙忙霍霍。不同的是，他只是陪着自己的伴侣在那不停地跳跳跳，却没有给孩子找一嘴食吃。我当下断定，那急匆匆给孩子找食吃的，是雀妈，那陪着老婆跳来跳去游山玩水浪风景的，是雀爹——一个不靠谱只顾玩的浪荡公子。真没想到，这麻雀，啥时候也开始学得跟咱人类一个做派了。

言归正传，你看那雀孩小可怜，没等妈妈走到跟前，小嘴儿老早张得大大的已经，等候妈妈给它喂饭吃。再看那一心一意的雀妈，嘴对嘴眼疾嘴快心无旁骛喂孩子的精准熟练聚精会神，根本简直绝对不是咱高智商的人类可比的。我被这母爱满满的雀妈深深感动了。我极轻地蹲下身来，唯恐惊动了眼前的一家三口。我聚精会神，决定一直看下去，要一直看到那雀妈喂饱自己的孩子，一直看到那不靠谱的雀爹跳跳跳，崴了脚，岔了气……可是，真扫兴——我看得正上心，飘飘荡荡不知从哪个塔塔（方言，意"地方"）冒出一个黑衣女人来。

那女人走近，瞅瞅我，再瞅瞅那三只麻雀，然后落下一脸的不以为意，从我眼前飘飘荡荡过了。看得出，那心里，边走边讥笑呢："一个这么老的大男人竟然蹲地上眼睛直勾勾瞅几只麻雀，无聊神经病。"

眼前过就过了，讥笑也没关系，关键是，受到她惊吓的麻雀们"扑棱棱"飞走了。你看那小不点儿，飞得马马虎虎，根本就找不见个平稳。一切都怪那个女人。

次日散步，来到头天遇见麻雀的老地方，将昨日所见告诉我家长（从子称谓，即孩子妈妈），边说边责骂那只雀爹。那口气，像是在自我反省。结果，你猜猜家长跟我说啥呢？她说：你知道人家麻雀家庭是咋分工的？说不定那精心喂食的就是雀爸，陪着跳来跳去散心的，是孵养孩子立下汗马功劳的雀妈，这事你得咨询一下鸟类专家。再说了，即便那跳跳来、跳跳去的真是雀爹，也蛮好的。没雀爹陪着跳，那雀妈没准就跳不动了。一个家庭，有人干活有人一旁陪着说话，那也算是过上了"余生"级别的浪漫。生活，说到底，要的就是个"欧耶"好心情——幸福，心情说了算；心情，爱说了算。懂？

我心想，家长就是家长。一番话听上去蛮有道理的，于是，我就没敢多说啥再。麻雀是咋分工的我真的没研究。但无论怎样，我心里始终认定：那专心喂养雀孩的，就是雀妈。

好几天过去了，三只麻雀的情景一直驻留在我大脑屏幕。我听得见心底深处的声音：生命的世界里，母爱永远温润暖心、永远哺育我们的生命，滋养我们的灵魂。我不愿人云亦云"母爱伟大"这个词。面对世上再朴素不过的母爱，这个被随便信口念叨的词，终究变得苍白了。谁都知道，世上所有的母亲，从没有人标榜过自己的伟大。

母爱是世间最默默无言的爱，就像脚下沉默的大地；母爱是最纯粹、最不思回报的爱，就像永远光照人间不思回报的日月。

2019-08-14

你是我的记忆

看了我此前的《爱无言》，看到我说自己是多么深情地喜爱麻雀，这世上至少有三个人会哈哈大笑：古有"叶公好龙"，今有"王公好雀"。

说来还真不能怪别人——作为权威见证人，几位朋友可是亲眼目睹过我被飞进房间的"癞蛤蟆"吓得稀里哗啦的情景。

敦煌那家宾馆。

黑漆漆的夜，借着一丝儿微弱的光，看见我对门房间那门口有个麻糊啦叽黑的东西，轻轻蠕动了一下，又动了一下下。凭直觉，凭多年老经验，我判断应该是从外面花园爬进来的一只癞蛤蟆之类。顿时毛骨悚然，因为我平生最怕、最毛、最恶心三样东西：长虫（蛇）、老鼠、癞蛤蟆。我打开自己房间的门，启了灯，借光一瞅，嗨，人家好像不是……哎呦呦，没等我看清楚明白，那麻糊啦叽的东西，见光一跃而起，"扑棱棱棱"擦过我头顶，斜刺里直接飞进我屋。

正如你所想，我心跳八丈高。

据说，我当时一声惊叫惨不忍睹，伴着些许不合"绅士"的动作。我想，那一刻惊叫应该有的，但"惨不忍睹"说法略有出入。朋友们之所说，我是不记得了，我只记得那几个人当场笑翻过去。

伴着七零八乱的心跳，仔细搜寻着进得屋来。只见那"癞蛤蟆"早已摇身变成了一只俊俏的麻雀，亭亭玉立，侧身站在床头灯上，瞪了亮晶晶的眼睛，侧目瞅我，松鼠样一副警觉范儿。那神情，俨然一位获了博士学位的聪明人。我心想，小乖乖，站哪儿不好，偏要选择那么个高不攀低不就去处？刚想着该怎么商量一下，说上几句好话，比如恭维它跟百灵鸟一样可爱啥的，请它行行方便。没想到，这家伙当下猜透我的心思，"扑棱棱棱"一咕噜钻我床下去了。哎呦呦，我那心啊，木（方言，表语气）只是个跳。心想，这家伙，若是拿定主意，铁了心在床底下一夜的扑棱，我这一宿该咋整？

折腾半宿的麻雀，最终是由朋友们唤来的门房师傅请出房间的。其间一些细节略作交代：

　　为了顾全我"胆小如啥"的面子，为了不让我在外人面前丢面子失尊严，门房师傅到来之前，那几位，善意婉言安顿我在对面房间暂时回避片刻。我有些无语，不知道该说啥。

　　其实，小时候的我，从来就没害怕过麻雀，而且跟麻雀很是友好，眼里、心里都喜欢小麻雀。可七年前的一次经历，最终让一切发生了改变。公元某年某月某日，为了救助一只像是误食鼠药昏昏沉沉、低头沉闷、神情恍惚的小麻雀，我好生想把它救起来安顿到旁边的花园里，可最终我的一切努力事与愿违。我小心翼翼伸手抓着麻雀的一刻，那不靠谱的小活物，毛茸茸，在我手心里出乎意料使尽浑身的力，拼命一扑棱。惊心动魄。我的心被吓着了，着实。你有所不知，那种被突然"扑棱"的感觉，就咱常说的"发毛感"，"嗖——"一下，从手心直直钻进心脏，比电的速度还要快。哎呦，我那个心跳呀跳……就这样，我当场落下心病——从此再也不敢动一切"毛茸茸"小活物，无论他们在我的记忆里曾是多么可爱。

　　惊吓当晚，做了个梦，梦见借着八月十五中秋月，去那花园草丛里找寻那只吃错了药、辨别好坏的中枢出了问题的小麻雀，可左看右看半晌，死活不见它的踪影……

　　世上事真是蹊跷得不得了——敦煌宾馆那夜，入睡不久又做了个梦：那费九牛二虎之力请出去的麻雀，"二进宫"了。她着一身黛色唐朝丝绸衣裙，化了妆，眉毛弯弯，嘴唇红红，重又亭亭玉立站在荷花样的台灯上，眼睛亮晶晶，眼皮儿眨呢眨呢道：书生，你可晓得，我就是你七年前曾好心救过的那只小麻雀。这些年一直为那天不小心吓到你而歉疚。今日见你一人孤寂，本想陪你说说话什么的，没想到你硬生生无情叫人把我撵了走……

　　哎呦，乖乖，亲爱的小麻雀，真心说一句：抱歉！真的！对不起！但话说回来，我这是一朝被你吓，十年怕雀雀。说来，一切只怪咱情分不济，缘分太浅。

2019-09-13

临终的小蝴蝶

看完彗星撞击木星的短片，得知火星上撞击出现的那个相当于三个地球大小的陨石坑时，我深深意识到：地球之于宇宙是何等的微小。而如我一样的生命活在地球上，又是何等的渺小，何等的微不足道……

话虽这么说，可当我面对任何一个生命——哪怕是一个最微不足道的生命，我从来没有轻视、没有忽略过它作为生命存在的尊严和该有的被关注与被珍视。

晚间散步，马路中央遇到一只蝴蝶。不经意看到它的那一刻，我仿佛觉得它就是专门静静等候在那里，要我发现要我看见的。心头顿生一念：我和眼前的小蝴蝶，今生有缘。

这个阴冷季节，看到蝴蝶不免心生惊喜，可这只可怜的蝴蝶已垂危。

它瞅着我，缓缓挣扎着，缓缓扇动着翅膀，像是在告诉我，它还活着。

我用了三毫克不到的力量，用手指极轻微极轻微地夹住小蝴蝶合拢起来的翅膀，小心翼翼想要把它安顿到路边的花丛里。可我发现那里太潮湿，怕它被冻死，于是，又走到马路的另一边，经过一番选择，终于将小蝴蝶安放在草坪里。可此时，我发现它已经一动不动了。

适才轻轻抓着它的时候，我留意到它的翅膀还在轻微地动。我想，那，或许就是它最后仅有的一点气力。

现在它不动了，或许已经死了。想想气力既然已经耗尽，如此也好。

离开它，我一直想：让小蝴蝶最后安息在草丛里，挺好，在我看来那也算得上是"善终"了——如果留在马路中间且不被我看见，不出几分钟肯定就会遭了灭顶——或被过往的车子碾压，或被来往行人踩个粉碎，不见了踪影。

是的，这濒临死亡的小蝴蝶，奄奄一息之际遇到我，定是前世今生跟我有缘的。想到这，心头月光一样敷上一抹淡淡的欣慰。

"你是唐僧吗？"身边的家长（孩子妈妈）笑眼望着我。

我看着她，没说话，心里默默到："是的，我希望自己是另一个唐僧。唐僧，那个自从有了他便遭人骂的哥们，难道他不也有好多好多常人没有的可爱处吗？这个世界，说白了，唐僧和孙悟空一样，各有各的模样，各有各的善良，都是稀缺的主儿。"

我想，小蝴蝶应该死得有情、有爱、有尊严——那该属于它的情爱和尊严，因为它也是一个生命，尽管这生命真的很渺小……

回到家，写下这篇简短文字的时候，眼前一直是那只奄奄一息的小蝴蝶。我仿佛听到它微弱的心跳，还有最后轻轻漫过它心头的一丝温暖和欣慰……

2019-11-04

大爱在大难中淬火

突然降临的"新冠肺炎疫情"灾难，令人恐慌，令人措手不及。

我泱泱大国，煌煌生民，受如此骇人瘟疫恐袭，一时束手禁足，不得出户。上苍遑论善恶，不分好歹，苍生蚁众无不身心笼罩在看不见的疫情魔网之下，水深火热，受尽熬煎。文明古国几千年，史上何曾有过如此骇人听闻的瘟疫蔓延？辗转反侧，夜不成寐，打开床前灯，给你写下这封长信。

元宵节包了饺子。家里上有老下有小，不吃一顿元宵夜餐，心上似有过意不去。可今晚，望着眼前的饺子，我的心在流泪，觉得这是一种奢侈。每吃下一个饺子都觉得是一种罪过……我不知道此刻拼命在武汉的医护人员和我们可爱的人民子弟兵们，还有那些日夜忘我奋战的志愿者们，他们吃的是什么？盒饭可曾送到？我的心亦看见了那位煎熬五天五夜，在空荡荡的大街上为等候床位的儿子寻找食物的90岁母亲，上苍让我看到那风烛残年人一颗焦灼的疼子之心……今夜，我的心在流泪，窗外的月亮陪着我一同流泪。

作为一个艺术事业的工作者，这些日子发现各地有那么一些人，显得有点忙碌。国难之时，全民心痛之时，他们在网上成天的"晒"，各种各样的"晒"。是的，他们美其名曰在忙着所谓的"创作"——或画画，或吟诗，或鸡血作曲，或激情高歌，或修养生息、赏乐品茗，满心的热情、梦幻、月亮河，满眼的高山、流水、花月夜。艺术家创作，很正常，但做些啥、怎么做，得讲个时节，分个场合，有个合乎情理的名目，这是从艺者应守的精神风貌。中华乃礼仪之邦，弄乐者不可损了乐德。何为乐德，道理讲来烦琐，举一个简单的例子所有道理皆在其中：别人家正在举行葬礼，你不能锣鼓喧天喜洋洋，管弦高奏向天歌——这，是为乐之道的最起码，人情世故的最基本，必须懂得可与不可。君不见，有些貌似忙活的"创作"者们，啥样的神情、啥样的心思都有：伤感的、激动的、蹭热度的、暗摸着借此机会一鸣惊人的……不一而足。可是，我把那里的许许多多，都归于娱乐——疫情肆虐、大灾大难时期的娱乐。

罪过啊！看看那些难听得要命的哼哼唧唧！叫什么曲子，算什么玩意儿？

更退一步说，这等时候，捯饬这些破烂，你想给谁听？谁想听？谁愿意听你的啊？你是给那些一床难求焦灼等待的确诊病人听？还是给那些面对死神命悬一线的绝望患者听？是给那些载着上百吨物资心急如焚不分昼夜飞奔在驰援路上的志愿者听？还是给那些汗流如雨早已累得喘不过气来抢救生命的白衣天使们听？都啥时候了，难道你们就不能省省心吗？这个时候，还有心思满心鸡血地抒情诗，还能哼哼唧唧地度曲儿，还能站在那儿貌似啥啥啥地引吭高歌？痛心啊！宽容一点说，有些忙碌者貌似没啥错——充其量，那明晃晃貌似展现"大爱"的煽情举动，只是被兴奋、无知和功利的迷雾，笼罩了他们浅薄、无知、麻木的头；如果说严重点，这是在用心不纯地蹭热度，是在合着恐怖的瘟疫乱上添乱！真正的造孽啊！

这个时候如果真的需要播放音乐，那最合适的恐怕就是一首——我们不朽的的《义勇军进行曲》……

真是痛心于那些麻木的、擅长娱乐的灵魂啊！看他们在朋友圈里不停地鸡血，不停的娱乐，上蹿下跳，热热闹闹，表面看似在关注、在用心、在投入这场抗疫战争，实际上只有老天知道他们在热闹些什么——如果这个世界真有良知，那么良知会告诉你：他们是一些只懂得娱乐的国难局外人。这样的局外人，没有、也不可能有真正痛彻心扉的悲悯和大爱之心。对那些一味地娱乐者，我在灵魂深处鄙视和屏蔽了他们，因为我的心在告诉我：我们实难在一个频道，我们不属于同道。试想，有点知识的文化人是如此，就更不用提那些明目张胆的作恶多端的无良者了，尽管他们只是众生之少数。

灾难是一座炼丹炉，更是一面照妖镜，它用无情烤灼和逼迫你现出原形的方式，明明白白地考验你的人性，暴露你的灵魂。它让我们看到无数的心中有爱者那人性的大慈大悲、崇高善良。于此同时，让我们看到那些该鄙视、该唾弃、该钉上耻辱柱、该下地狱者的人性之庸俗、之丑陋、之五颜六色、奇形怪状、不可容赦。

我心疼那无数的患者。此时此刻，我心的焦虑携着"熬煎"一词，冰冷地堵在我的眼前，让我有生前所未有地体验这个词的含义。望着这个严酷的词，想着我的需要救助的亲爱的同胞，我的心在滴血，我心疼我亲爱的祖国……

我心疼那些不分昼夜与死神抢夺时间挽救生命而累得站立不住汗如雨下的医护人员。他们是肩负使命、怀揣大爱的拯救生命者，是上苍派到人间的白衣天使。就是这些天使们，把超乎我们想象的辛苦、疲惫和随时可能被感染的危险置之度外，无怨无悔。可是我们又怎能不体谅，他们都是那担惊受怕的白发父母的儿女！他们都是四面八方万千孩子的父母！他们都是有人疼、有人爱、有人牵挂的好姑娘、好男儿！他们跟咱每个人一样，血肉之躯啊！面对他们，不是张开大嘴不过脑子随随便便喊一声"武汉加油"了事，我们是需要把自己的良知良心疼爱之心掏出来搁在人性的供案上，换位思考，感同身受，祈求他们平安！想想他们的每时每刻怎么度过，再看看侥幸远离重灾区、被好说歹说才能待在家过得轻松滋润的"侥幸者"，竟在那忘乎所以地晒开心，晒欢乐……真想问问，你们是怎样做到无心无情的自私冷血？

我们看得见，这场千年不遇的瘟疫面前，我们的国家在怎样的竭尽全力，在怎样的不惜一切代价同疫魔殊死搏斗。我的祖国，她是在想尽一切所能够想到的办法，倾举国之人力物力，同这场史无前例的瘟疫做殊死搏斗。九天时间建成火神山医院，背后的故事催人泪下。我把它看成当今世界令人难以置信的极限速度。这速度，庄严面对全世界再次书写地球人类的传奇。中国人，大难来临的齐心协力不遗余力无不令人感动，她向世界展示我们的中华民族是一个在巨大灾难面前有着拼死精神的伟大民族。可与此同时，我们看得到我们不愿看到的情景，我们这个民族无法排除在外的一部分。种种劣行恶行，都是我们不愿看到的，但它无时无刻都在发生，让我们必须面对，这就是现实，这就是照妖镜下暴露出来的阴暗人性之内里……短暂的愤然和痛恨之后，是纠缠着你的漫长的痛心和悲哀——为这些依然没有获得进化或游走在人性边缘等待救赎的灵魂。面对现实，我们怎么才能从根本上解决我们心知肚明的诸多问题？这是我们每一个国人应该思考的问题。

面对灾难，我们必须对明天充满信心、赋予梦想。我们坚信，身心遭受烈火般的灾难考验，这一定是、必须是我们每一个人的人性开始苏醒和思考的庄严时刻。我想说，此时此刻，对祖国，对同胞，对煎熬在生死线上的每一位患难者，对奋战在前线的每一位救人性命的白衣天使和人民子弟兵的真正关爱，真正慷慨，就是拍打麻木的灵魂，拍醒我们的良知。就是虔诚地将善良请在我们的心中，过滤和升华我们的灵魂。以一颗悲悯之心、仁爱之心、虔敬之心——一句话，以一个人该有的人样，换位思考，感同身受那些正处在水深火热之中的患者，用心体谅累得精疲力竭的医护人员和英雄战士，痛彻心扉地懂得：他们是和我们一样的血肉之躯。愿我们像疼爱自己、疼爱亲人一样疼爱他们，疼爱我们的祖国母亲。人类应该懂得，虔诚的真情、真爱、大爱之心，真的可以战胜一切困难，战胜一切灾难。

面对如此灾难，我们不得不思考，不得不承认，人的力量不是无限的。人类惯常的大谢，莫过于谢天谢地，那么人类的大敬畏，也自然莫过于敬畏天敬畏地！有了虔诚的敬畏之心，人类尚可获得救赎，从此不再无法无天，不再自以为是地冒犯和触怒上苍——自然法则：那不可不遵守、不得不敬畏的天地自然法则。国人众生当知：自然法则，才是人类应该认真学习领会的天下第一教科书。

　　大难之初，武汉因缺乏经验，缺乏必要准备导致的一时失控，的确令人痛心疾首。但是，谩骂和痛心疾首又有何用？真心祈盼这场大难之后，真能迎来一个全民痛彻心扉的大反思、大觉悟、大提升。大爱在灾难中淬火，相信这场灾难将使我们伟大的中华民族从整体上获得空前的洗礼和升华。

2020-02-08

洗礼与升华

室外阳光灿烂，一派明媚。可是我的心情有种难以消解的沉重。明晃晃的光天化日之下，寂静无声、空无人影的校园，给予我的不是身心惬意，不是宁馨悠然，而是一种仿佛被颠倒了自然的、无法消解的压抑和郁闷。

记忆中，每年这个时节，学校早已开学，绿色林荫的美丽校园，书声琅琅，生机满园。可是今年，这个人人期盼着"爱你爱你"的2020年份，可爱的校园竟然是如此这般——校园想念学子，学子回不了校园。是的，这一切皆因新冠肺炎疫情灾难——这终将刻在我们记忆里的鼠年疫情，空前灾难。亲爱的朋友，这份看似失衡的抑郁和愁绪，不仅仅是因为一个人感情难以调理的脆弱，更是因为我对这里的一切爱得深切，是因为我对生活、我对生命、我对我的校园和脚下的深情土地我的国，爱得深切……

这前所未有之灾难的凶险降临，一时间以无尽的凶煞、惊恐和失去同胞生命的悲恸，裹挟武汉肆虐湖北漫过全中国人民的身心。噩梦般天灾的突然袭击，让武汉这座有着光荣传统英雄传奇的美丽都市人间乐园，一夜间陷入疫情旋涡。疫情降临，吃了闷棍的一刻，位于疫情中心的市民一时陷入莫名寒流一般的恐慌之中……然而，中央政府及时高效的强力指挥，举国上下的齐心协力、迅疾反映，万众一心力挽狂澜于危难时刻。我的中国，以九天时间的速度建成一座火神山医院的一个个当代奇迹为代表，上演了一个个令国人倍感振奋、令世界不敢相信的中国神话。

中国人永远不能忘记，一批又一批的白衣天使、解放军指战员，无数的志愿者和大批救援物资，从全国各地驰援武汉、救助湖北。举国上下万众一心抗击疫情的一幕幕，感天地，泣鬼神，使得疫情在最短的时间内，得到了强有力控制。在这空前的战役中，无数战士，无数英雄，无数可歌可泣的白衣天使，尤其是占抗疫一线人员大多数的那些赴汤蹈火的巾帼英雄，他们日夜不息与疫情搏斗，拯救我们的祖国于危难之中，用大爱书写了必将刻进民族记忆的壮美人生。抗击疫情，其间的无数常人难以预料的艰难困苦，只有身临其境者明白，但对这一切的困苦和牺牲，他们始终无怨无悔。正是这些最可爱的人，集体塑造了一座屹立于亿万人民心目中的英雄丰碑，筑起了一道临危不惧、战胜困难、彰显伟大民族凝聚力的精神长城——这丰碑、这长城，烙印在亿万人民的心中，赢得祖国九百六十万大地的崇高致礼。

对中国人来说，这场空前的疫情，是考验我们的一次空前苛刻的闭卷考试。既然是闭卷考试，不出现这样那样的难以预料是不可能的。疫情初期，遭受突然袭击的武汉等重灾区，医护救治遇到巨大考验，患者人心恐惧以致发出各种抱怨，在所难免。远离疫区中心的我们，心系武汉同胞所经受的苦难于日日夜夜，对他们经受的一切，我们时时刻刻感同身受。有目共睹的是，在党中央的坚强领导下，在祖国人们万众一心的共同努力下，疫情得到了最有效的控制。痛定思痛，这场灾难给我们留下的，不只是灾难本身给予我们的痛苦和不幸，他更是要我们从此添上一份刻骨记忆，甚至比刻骨记忆更多、更广、更深刻、更通透的思想、经验与启迪。

灾难让我们静心地思考，让我们思想，让我们上升，让我们从此变得聪明、警觉和智慧。是的，这一次规模空前的灾难让我们认识了太多，让我们认清了太多，让我们有了太多的不可忘记——

于内，灾难既前所未有地刷新了我们对中华民族之优秀天性和善良品格的高度认知，同时检测了我们自身所存在的短板与不足；既让我们感动于这个民族于灾难面前临危不惧万众一心的伟大凝聚力，同时让我们在人性的扫描仪、放大镜、透视镜、照妖镜下，看清了一部分吃喝着母亲的奶水和血肉而营养过剩肥头大耳又无时无刻对着母亲发难、吐唾沫、鸡蛋里头挑骨头的狼心狗肺之败类的丑恶嘴脸。

于外，我们前所未有地认识、认清了一向标榜大善、友爱、和平、自由、平等、崇高的一些西方国家和这些国家的大嘴政客无端挑衅的恶性恶行。那些令人大跌眼镜的极端虚伪、无情、无理、无耻、无善可言的狂妄自大、用心险恶、寻衅闹事、见不得他人好、唯恐天下不乱的无耻嘴脸，毫无顾忌地暴露在光天化日之下。他们挖空了各种心思，如同狮子王里的土狼和豺狗子一样，妄想着吞掉中国这头让他们寝食难安的东方雄狮。在狼心裸露的事实面前，我们不得不重温毛主席的一句伟大真言：帝国主义亡我之心不死！

近两百年来，中华民族经历了何等受人欺凌的灾难和不幸。沉痛的历史是不容忘记的。这个不屈的民族，正是在无数的灾难历练中，从此变得更加坚强，更为智慧，懂得思考，获得升华，这一次的天灾自然更不例外。毫无疑问，2020的庚子灾难，让我们整个民族的素质获得了一次前所未有的荡涤洗礼和巨大提升。趟过灾难之烈火，全中国人民必将更加团结，更加爱国，更加热爱生活。从某种意义上讲，抗击灾难之凶险战场，就是这个民族之人性历练、人性淬火、人性升华的庄严神圣的伟大课堂。

再次重申：这场灾难，让中华民族的不屈灵魂亲历了一次神圣淬火！对于一个民族而言，一次淬火般的洗礼就是全民族一次灵魂的刷新。灾难让人们变得坚强和智慧。我们坚信，经过这场空前的烈火洗礼，这个古老而伟大的民族，必将以无可争辩的大爱、大善、大美的事实和伟大气魄，巨人般挺立于全人类面前。

2020-04-02

呵护人类的地球家园

　　问苍茫宇宙的主宰，你可看见人类居住的这个小小星球，正在深陷前所未有的灾难？

　　2020，完全不像爱好和平、祈求吉祥的善良者所祈愿的那样"爱你爱你"。2020，它好像特别地不爱我们人类——看看地球上各种的灾难：眼下蔓延全球威胁生命的新冠肺炎疫情，可怕的澳洲大火，非洲的蝗灾，美洲的洪水……一切犹如传说中的世界末日。

　　面对这次空前的疫情，中国的反应当令全人类感动。中央的果断和强有力部署，举国一盘棋，全民一条心，扼制住了疯狂的疫魔，渡过了令人难以置信的难关，为全世界战胜疫情做出了不容置疑的榜样。灾难刷新国人的意识——我们无比可贵的全民意识、大局意识和举世瞩目的民族凝聚力。这一切，有力证实着这个有着五千年文明历史的民族的可贵精神基因和民族自信。疫情期间，对于出现的这样那样一些不可避免问题，从中央到地方，能得到及时的扼制和解决，彰显空前的令人感动的民族自觉性。毫无疑问，我们的民族素质在这次大难中得到并将继续获得前所未有的洗礼和升华。"祖国""祖国母亲"一词的分量在人人心目中再度加重。

　　不幸的是，这次疫情如同此前中外专家们判断和担心的那样，最终在全球开始蔓延失控。不同的国情、不同的体制和不同的观念和信仰，导致了灾难降临时，各个国家采取不同的反应，以至于失去了本来可控而未得到有效控制的令人痛心的局面……

　　然无论怎样，疫情来袭，任何一个国度的受难民众和普通百姓，永远是令人同情的。让我们站在人性的高地，俯瞰万千生命，俯瞰深陷水火的小小地球。小小的地球是我们人类的共同家园，祈福安宁，保护地球的安宁，是全人类的共同责任。为此，我们当始终心怀全人类该有的危机意识。面对灾难，最可贵的，无疑是全人类彼此的理解、共识、怜悯、友善和互爱。人类的大爱永远是最神圣、最崇高的。这次疫情，中国人民在国内疫情严峻的情势下，依然向世

41

界许多国家在人力物力方面，伸出友情的援助之手，危难之时，彰显了有着七千年悠久文明历史古国的高风亮节和大国担当。

我曾到过欧洲大陆之西欧、北欧、南欧的几乎所有国家，记忆里，那是何等美丽的地方啊。北欧的芬兰、挪威、瑞典，尤其是宛若位居另一个星球的冰岛，何等的遥远啊！意识中，总觉得那是任何污染不可能到达的人间天堂，可这一次，即便任何一个角落，一概不能幸免……国度不同，体制有别，可生活在那里的万千生灵和我们拥有着同一个太阳。尤其是当我听到某些国家明确表示对一些年老患者放弃救治的时候，我的心头开始落雪，仿佛整个世界都开始落雪……

亲爱的人们啊，我们的地球，我们的家园正在遭逢灾难。灾难永远警钟长鸣。人类当懂得，灾难的长鸣警钟，那是敲给地球的每个角落、敲给全人类的。

2020-03-18

艺术是一种信仰

原谅我的浅陋，请允许一个不信"教"的人，却要拿出十分的自信和执念，言说信仰。

没有约定意义上的这个教那个教之信仰的我，从任何一个角度讲似乎都谈不得这方面的文化。但无论如何，在我心中有着胜过任何一种通常意义上的信仰的信仰，那就是艺术。任何真正意义上的艺术，品格纯粹的艺术，无不潜藏善念，潜藏大善大美和心灵的洗涤功能。

各种"教"（用心不良、图谋不轨的各类邪教除外）原本都有其不可动摇的信仰要旨且均有着各自不同的信仰教义和教条。但无论何种宗教，除却其不可回避的神秘主义之外，有一条宗旨则永远是相同的，那就是让信仰者变得崇高，变得美好，变得心生慈悲心存善念，变得精神崇高胸怀大爱。就此番意义而言，艺术之于人，发挥的作用将不次于任何一种"教"。

艺术的大门为整个世界敞开，从不拒绝任何一位虔诚的艺术信仰者，不分身份尊卑，不论地位高下。尽管如此，但并不是所有的人最终能够真正进入艺术世界的腹地，因为真正意义上的艺术殿堂，只为有心人敞开。艺术的神秘园有多重的门扉，但不是所有的人能一进到底，因为那被绿色藤蔓掩映着的秘密花园，有着一重高过一重的门槛。有不少自以为是者以为自己是艺术家，其实闯入其间或混入其间的，只是他们世俗的肉体躯壳，而他们猥琐庸俗在外的、跟艺术不搭界的灵魂，并没有进入。说到底，自以为是的伪艺术家其实永远都是这秘密花园的局外人。艺术接纳和普度众生。可真实的情况是，对一些灵魂不配位的生命肉体，艺术之门是关闭着的。

艺术是人类精神的伊甸园。在这座魅力无边的精神伊甸园里，所有进入者，不分身份的高低贵贱，都是缪斯之神的情人，都能自由地呼吸、拥抱和沐浴这世外桃源的空气、阳光和雨露。生活在这方天地里的修成正果的生命，可以清晰地感受到，艺术于其身心有着不容置疑的辐射、渗透和净化作用。美的艺术具有清理灵魂烟尘、扫除身心垃圾的作用。

任何一位身心受到艺术洗礼和净化者将无不认同：一位真正伟大的艺术家，是真正意义上的人生布道者。他们那用生命和灵魂虔心铸成的不朽创造物，就是他们奉献给人类的历久弥新永不褪色的福音书。艺术的世界里，巴赫、莫扎特、贝多芬、肖邦、马勒、柴可夫斯基、莎士比亚、托尔斯泰、达芬奇、米开朗基罗等有如群星璀璨的艺术大师们，他们都是荡涤和抚慰人类灵魂的伟大牧师。

被艺术净化的身心，无论他们身居何处，心在何方，他们都能随时感受到太阳的温暖、月亮的柔情和弥漫于整个天地之间的美好、友善与大爱。护佑人类灵魂的艺术女神，无时无刻都在引领我们的身心上升。被艺术净化的生命，作为一种为美为善的虔敬修行，在日复一日不舍昼夜地上升到一个阳光普照、清净澄明的境界和高度。置身那样的境界、那样的高度，他们的眼睛于黑夜里见得到光明，他们的身心于严冬中感受得到人间爱的温暖。这样的生命，他的心将包容将抚爱天地间的万物所有……

我相信，任何信仰能达到的高度，艺术亦能达到，各种信仰无法完成的东西，艺术可以办到。艺术可以让你变得崇高，变得美好，变得心胸博大。一句话，艺术让你整个的生命变得清澈忘我、超然物外，让你变得身心通透、阳光普照。

为美、为真、为善的艺术之于我，就是永远不可置疑的信仰。

2020-07-18

爱是灵魂的氧吧

　　人生，最容易和最难得的，都是做到心中有真爱。

　　世上最容易最"理所当然"的爱，是母亲对孩子的爱；世上最难的爱，是每个生命个体对他人的"无私奉献"之爱，包括对生身父母的爱。是的，世间最不容置疑的爱，首当母子之爱。可是母子之爱很多时候并没有对等过。世上的母亲怎么疼爱自己孩子，人人皆知，那是用了连血带肉的整个一颗心，恨不得把自己的一切都拿给儿女。孩子小时在获得母爱与呵护方面，从来是一种肆无忌惮和理所当然的心理，一切都是应该。可是反过来，当母亲老了，白发苍苍需要儿女心疼关爱的时候，却一天胜似一天地变得小心翼翼、战战兢兢。那些时刻不忘看儿女眼色活着的父母，哪敢有丝毫的"肆无忌惮"，哪敢一丝轻言"理所当然"？人世上既然连爱自己的母亲都不能做到理所当然，更何况对他人的"无私"之爱呢……可是，活着，如果你想成为一个心境和谐的幸福之人，那最简单最圣洁的秘诀就是：让自己成为一个心中有爱的人。

　　爱是有天赋的。我不大相信"人之初，性本善"的观点。我相信人在母体内的时候，已经潜在了某些人性的善与恶。也就是说，人生下来的时候，某些善某些恶便是与生带来了。爱也一样，如果忽略不计那些特别或特殊的少数个体，我相信，就大多数人来说，爱是有天赋的，也就是说，爱心的一部分是与生俱来的。爱的行为是受人性主导的，而人性的一大部分，包括人性中的爱之天分，都是天生天然的。当然，先人所赐、与生俱来的爱心，需要后天的用心呵护和养育。天生之爱心的后天滋养，犹如长在地上的花草，需要浇水施肥，需要阳光普照雨露滋润的道理一样。

　　亲情滋养爱。亲情对爱心的养育是最直接、最基本的。生长在一个尊老爱幼充满温馨和睦家庭的孩子，他的爱心会得到天然的滋润和养护。无可置疑，和睦的家庭具有一种和谐的、适于爱心养成的气场，爱心是需要在这般充满阳光雨露和骨肉亲情的温馨气场里"娇生惯养"的。一对夫妻间缺乏和睦关爱，不能善待和孝敬老人的家庭，做父母的即便再怎么关心呵护他的孩子，再怎么望子成龙成凤地上心培养，这孩子的爱心是不能得到健康养成的，因为在这般家庭中，作为爱心培养的磁场从根本上存在着致命的隐患。而一个爱心缺失的孩子，他的未来人生和事业，是一定会大打折扣的。

艺术滋养爱。这里的艺术是指大艺术，即音乐、美术、文学等一切具有审美品质的艺术。艺术对人性的滋养是毫无疑问的。艺术对人性的滋养不分种群、不分身份地位的高低贵贱。值得注意的是，艺术从来是最对敏感的心起作用。有关艺术对人性的滋养和巨大影响，是我走过人生几十年最为深刻的认知、感悟和体验。人之初，当你有幸被艺术之神轻叩了门扉，激灵了你的心智的那一刻开始，便是你生命的福报到了。人活一世，除了养活你肉体的五谷杂粮之外，最滋养你心、你身的，莫过于艺术。艺术是你的心灵之眼睛能听得见、能看得见、能感觉得到、能触摸得到的清新存在。艺术对心灵的荡涤、滋润、通透和升华，犹如上天的雨露甘霖之于干涸土地上的青苗。艺术在对人性、对爱心养成方面，有着其他事物无以替代的特殊功效。艺术的巨大神奇，在于它能给可造就的灵魂开光。

大自然滋养爱。大自然是上苍免费赐予人类的最大恩惠。世间万物，凡是比廉价更廉价亦即"免费"的东西，从来被大千生灵们所疏忽，所漠视。但无论我们怎么疏忽漠视，这些"恩惠"之于生命的重要意义从来不会改变。生命万物最重要的供需就是空气，就是水，还有阳光雨露。离开了他们，生命将不能片刻存活。对上苍这份恩赐的意识、觉悟和虔诚礼敬，会让你立马换一个脑子看待世间万物，看待大自然。于是，在你的心里，白天的太阳是可爱的，夜晚的星星、月亮是可爱的，脚下绿色大地是可爱的，天上飘动的白云是可爱的，地上生长的花草林木和小河里的汩汩流水，一切都是可爱的。于是，你的一颗越来越柔软的心便愿意拥抱这世间的一切美好。而你有了这般纯净心愿的时候，你的身心亦即获得了最有益的滋润和养护，而这一切，皆归咎于大自然对你爱心的唤醒和无私加持。

热爱生活滋养爱。两个本来模样差不多、工作条件和生活条件相当的人，它们的生活态度也许会大不一样。他们的大不一样在于：一个凡事包容、待人宽怀；一个斤斤计较、动辄埋怨。结果，这俩人的人生质量就会形成很大差异——好的越好，良性循环；差的越差，每况愈下。人活着，双脚着地，把自己搁到接地气的尘埃里，心平气静地懂得你所获得多少乃是源于你的付出几何，懂得生活于芸芸众生大体上是公平的，懂得老天爷打瞌睡埋没人才的事儿不会专等着你我，懂得你不亏人的时候别人一般不会硬生亏你，懂得别人嫉妒大多是因为你出色优秀，妒忌你越多你该身心越爽的时候，你的心就平和熨帖了。

心平和了，发现眼里的一切都好、都美、都不错，于是，你就发现生活原来是这般美好，这般值得你善待，值得你热爱，值得你拥抱。生活，就像是一个不期而遇的陌生人，与你之间需要彼此和谐宽容，需要彼此友善的眼睛和温暖的心。与人与事，你对他好，他就对你好，不信你试试。

活着，有饭吃，有衣穿，能看见太阳和月亮，就值得虔心磕头，就必须真诚感恩——时刻记住，只要懂得心存善念、用心感恩，你的心头就会永远有情有义不缺爱。一个有感恩之心的人，他的身心会形成生命所必须的良性循环、大爱磁场，他的心头就会永远有雨露甘霖，有阳光普照。心中有爱的人，即便地上的一只蚂蚁，路边的一朵小草、小花，一块小石头，即便只在一瞬间注视过你的那个小孩的眼神，或者不经意与你擦肩而过的一个陌生身影，你都会觉得他们是美好的、可爱的。

爱是灵魂的氧吧。能行走在太阳底下，沐浴上苍恩赐的阳光雨露，就该时刻懂得，时刻记得，爱己，爱人，爱艺术，爱生活，爱世间万物。一个拥有爱心的生命，他的灵魂等于被安置在了一座氧分充足的绿色氧吧里。这被造化无声息地滋养着的心灵，从此变得崇高，变得美好，变得祥和，变得慈悲，变得风和日丽、阳光普照、一派澄明。被爱沐浴和滋养的心灵是湿润的，是温馨祥和的。爱，就是这样成就你的身心，成就你的人生。我们需记得，有爱的心灵，其实最幸福的首先是自己，并最终是自己。有爱的心灵，你的眼里有大爱祥云，你的心里有清风明月。大千世界，这样湿润有爱的心灵多了，会无形调节和优化天地间的生命磁场。

活着，我们需要一颗阳光普照的心，需要一颗阳光普照的充满爱的心。记得，爱是灵魂的氧吧。

2020-07-30

艺术为灵魂开光

我相信缘分。这种相信与日俱增，直至一种不可动摇的虔诚境地。

今生得以走近、走进艺术，得以与艺术结缘并享受艺术的无上荣光和无边福报，并最终得让身心与艺术化为一体，一切皆为缘分，皆为上苍的恩赐。

缪斯之神的频频降临，是借着那款梦幻般诱惑我心的竹笛，是借着故乡山野里回族青年的悠扬花儿，是借着遥远记忆里那本四四方方有着磁石般魔力的童话书，是借着祖父贴在自家窑洞墙壁上的博古四条屏……在一路感恩的生命旅程中，于心头虔诚设起一座香案。在那用心默默感受的庄严礼仪里，渴望美好的心，将这些遥远的记忆不断刷新、一再放大，一天胜似一天。在这感恩的仪式里，身心自觉沐浴在缪斯赐予的无边恩泽里。

活着，能被无数用心敬仰的大师幸福地垂青和包围，乃艺术之神的无边施舍。我今生最大的幸运最大的幸福，就是在缪斯之神的引领下，得以和那些人类最伟大的灵魂结为"知己"。我和巴赫、莫扎特、贝多芬、舒曼、肖邦、李斯特、瓦格纳、勃拉姆斯、柴可夫斯基、马勒、格里格、普希金、托尔斯泰、屠格涅夫、雨果、川端康成、克拉姆斯柯依、列维坦、安徒生等人类的精英交往数十年，亲近如同闺蜜。我千万次从他们的家园走过，在他们的秘密花园里与他们携手漫步，倾听他们的心声，走进他们的艺术与生命，感悟他们的人生真谛，荡涤我受俗尘侵蚀的心灵。我让自己的整个身心梦游在他们的世界里，满心虔诚地让这凡俗生命打上他们的精神烙印……也许只有我的缪斯之神知道，漫长的岁月里，我的灵魂被他们的艺术和人生怎样滋润和养育过……一个人一旦有缘亲近那样的伟大灵魂，过上如此的生活，有一天，你会突然发现，你的精神世界被圣明们的强大气场和精神能量浸润和同化了——祈盼让自己变得美好的生命，因缪斯之神听见了你心灵的渴望和呼唤而垂青，于是身心就这样被无声地浸润和升华了。

古有贤者曰："腹有诗书气自华。"其实，只是腹有诗书是不够的，人性的滋养和升华还需有比诗书更多的大爱大善，所谓"胸怀大爱心旷远"。只有这样，方能达到"气自华"和"心旷远"的境界。一个人，若能做到腹有诗书又胸怀大爱，方能享受到心中阳光普照，生命四季常青。这，当是世间所有热爱生命者的至高追求。

众人皆知，塑造一尊佛像和菩萨，是必须要为其"装藏""开光"的，装藏是塑造佛尊过程最为神圣庄严的仪式步骤，佛塑如果不被装藏便是一座没有灵性的泥胎，是无以开光"显灵"的。转念一想，其实有生命的人类，才是最需要、最最需要"装藏"、需要"开光"的。这"藏"，就是人类数千年的文明创造和人文结晶，就是爱心、就是善念、就是智慧、就是觉悟、就是人类精神福祉所需要的一切大爱、大善、大美的言与行、理论与实践。芸芸众生之你我可曾想过，每一个有思想、有理想、有追求者的人生，其一生的不懈努力和虔心修为，为追寻觉悟和智慧而不断向上攀升，便是为自己的生命"装藏"，便是为人性、为精神"开光"。在我的认知和意念中，缪斯之神就是专门等候着为世间一切可感、可化、可造就的灵魂"装藏"的。这"藏"，就是人类一切伟大的艺术。被缪斯之神装藏的生命，其灵魂便是被伟大的艺术开了光。

被艺术开光的灵魂里，有了一个跟大海、跟蓝天、跟宇宙一样广阔的世界。那个无限大的世界里，安顿了你的心身，安顿了你热爱的一切，安顿了人类灵魂的伊甸园，安顿了你热爱的和你时时相伴的各路圣贤。那永怀慈悲的大爱之神，为你热爱的伊甸园，也为你的身心，洒下无尽的阳光和雨露甘霖。

被艺术浸泡、浸透开了光的生命，是那样的热爱这个世界，无论这世界风和日丽还是经受灾难，他都爱这个世界。殊不知，热爱世界、热爱生活、热爱生命，乃是人类最大的善心和善行。何时懂得了这个道理，便是参透了人生最简单又最深刻的道理，便是获得了世间最具体又最无边无量的伟大觉悟和智慧。

2020-07-31

心的栖息地

文学的使命，就是打造灵魂栖居的花园——心的栖息地。

文学作品的生命，如同一切艺术的命数一样，只有时间、只有读者才是他最具权威的裁判。

可常言又有"事在人为"一说。一部文学作品一旦脱胎面世，其艺术生命力能持续三年、五年、五十年、一百年，还是五百年？……一切皆不可人为，一切也再无法人为。从严格的意义上讲，文学作品的内在价值和本该寿命，在作者创作完成的那一刻，本已成为定数。但我们所看到的现象是，某些变数也不是没有，如本该活上百八十年的，可能因某些不测而不幸早夭。但那些自身气数只能存活五十年的，一般不大可能活到一百年——无论他拥有怎样的"人为帮衬"。因为，作品的命由作品自身决定。

很多的大师、大作家、大批评家，一般是不屑于当代写作的。他们在等候着时间的沉淀，而完成这种沉淀的，无非是行走在时间长路上的万千读者。我时常听到当代"大家"中的一些"不同俗众"者经常说着一些"不同俗众"的话：我从来不读当代作家的作品，更不读当下网络媒体传播的作品……云云，话语中充满不容置疑的傲慢与武断。对此，实在不敢苟同。

在我看来，对于真正有判断力的读者、批评者来说，无需忌讳、无需不屑身居其间、呼吸其间的当下。历史不都是从一个个"当下"走过来的？当下若是一杯混浊的、等待澄清的水，经过一定的时间便自然沉淀。艺术之常态，就是各种风格、各种层次、各种趣味的并存与共生。追求艺术的高品位、高境界自然没有错，但是世间只有一个鲁迅，只有一个雨果，那也是件麻烦事。文学的世界既需要鲁迅，还需要张恨水，也需要琼瑶。通俗不等于平庸，更不等于低俗。这个问题，只要想想刘欢的通俗音乐艺术，合适的答案基本有了。

评判的公正性永远是个问题。有些本该活下去的作品不幸早夭，往往就是因为被一些自以为是的批评家或一些生来嗓门儿大、手里有家什的"鬼"给活埋了。至于那些用心制造了好东西却又找不到买主销路、永无出头之日的不幸者，只能怪他运气不佳。有时我们的确不要太相信"是金子总会发光"这句道貌岸然的名言——有时候，他可真是一句糊弄人的可恶的鬼话。你须得明白：世上有些黄土蛮可恶的，他们就是专门用来埋金子的。

一些获奖文学作品，让我花费了不少的时光，点着灯盏细心读过了。说心里话，真的不敢太过恭维——尽管里头确有个别好作品。一个占世界四分之一人口的大国，我们真应该有更多抛却功利、远离浮躁的好作家，真应该有更多货真价实、经得起时间检验、使其活上五百年的好作品。当然，我们更应该有好眼光、高境界、不头晕眼花、态度严肃、顾忌读者好声音的"评委法官"。

文学艺术的创作与接受，究其层次，究其境界，那应该是一架天梯，梯子的各个台阶上不可能空着——因为阅读世界的各个台阶上都有人。所以，创作之梯的各个台阶上也必须有人。艺术的创作与接受，究其兴趣，究其口味，那该是一座铺展开来的偌大美食城：创作就像是做美食，千姿百态、风格异样的作品是永远需要的，因为大千世界里"美食者"的口味永远不可能一样。既然读者有各种不同口味，那么作家这一边就得具备可以制作各种美味佳肴的不同作坊。各种不同的作坊，做什么？怎么做？说千道万，关键在于烹饪大厨必须是身怀绝技又懂得和引领食客口味的高手。

说千道万，高品质的文学艺术创作终究是难的，因为他时刻不忘自己的使命是打造供人类灵魂栖居的花园。

2020-03-09

水之恋

对水，他有一种超乎寻常的着迷，那是一种真上了心的感情。

面对水，他时常会显出一种常人难以理解的惬意和安静。这种着迷，这份感情，这份惬意与安静，像是与生俱来、命里注定的。

遥远记忆中，冬天屋顶上厚厚的积雪，太阳照过的第二天，定有挂在屋檐滴水上的长长的晶莹剔透的雪融水冰挂。等太阳一照，于冰挂落地之前，会有清粼粼依然晶莹剔透的大滴大滴的水珠，接连不断地滴落而下。在他眼里，那落下的水滴，就是天仙女渴盼回到人间的欣喜泪珠。每当此时，他会目不转睛静静地凝望好久好久，觉得那由冰雪融化的水滴，真是世间无可比拟的纯净、清凉和珍贵。那纯净和清凉，每落下一滴，都是馈赠给眼睛的一份喜悦，带给心的一次涤清。他就是这样望着，想着，直至那冰挂突然从瓦片的滴水脱落而下，惊悚在眼前的地上。

他的世界里，最令他舒心和难忘的，莫过于久旱之后逢甘霖。久旱，永远是一个让大脑变得干涸燥热的记忆。在那久旱燥热到大地上所有的生灵嗓子眼冒烟的季节里，突然从天上落下来的清亮亮雨水，让他亲近得稀罕得流下泪来。那一刻，恨不得闭了眼躺在地上，让那来自上天的甘霖直接灌进自己的心里，灌进自己跟脚下的大地一样干涸的心里。那一刻，他看得见落在泥土里的雨水，全钻到了泥土的肚子里，渗入泥土的毛细血管和灵魂里。干渴得发了疯的泥土，喝着来自天上的雨水，喜极而泣，哭了。被上天雨露清爽着的泥土湿了，快要干死的禾苗活了，他那颗日夜陪伴着大地禾苗一起快要干死的心也滋润了。水啊，水啊，于生命多么亲、多么珍贵、多么一刻都不得或缺的水啊……

门前小河里的水也是他的亲、他的爱、他的时常忘了吃饭、忘了喝水的玩心道场。说是小河，那可真是世上最名副其实的小河，一股细小得只有半尺宽的溪流，就像是河滩上的小动脉，悄声悄气地往前流淌。在那缺水的山里，有这么一股清流，那是称得上真正弥足珍贵的。小河虽小，却也不乏自己用心流淌的花样和纹路，该弯就弯，该曲便曲，弯弯曲曲流淌得怡然自得像模像样。像个害羞的少女，小河的声息很小，小到只有在夜深人静时分才能听见它"咕咕咕"

的流水声，那羞羞怯怯却又格外好听的流水声，像是情人夜半里的多情私语，给他留下一生的记忆。河水清清，河水亲亲，连那"咕咕咕"好听的流水声也是亲亲，为他咕咕出满心的生机。夏日午后，蹲在小溪边信天游地玩水是最开心的。他跟它尽情地玩，他发现小河里的水从不说话，却非常有主意，而且非常有耐心。你用沙子掩住，它便从旁侧里回流，只是转个弯，不做声，而后继续向前。把它堵得太狠，聚多了，它会把你用心费力设的堵，一股脑冲垮，连声招呼都不打。这时你才发现，细小温顺的小河，不，小河里的水，厉害着呢。

水可是真的厉害着呢，即便是那些你觉得最不起眼的小水滴。

屋檐台阶前，对着屋檐上每只瓦片的滴水，都搁置了一块平整的花岗石。他发现每块石头上面，都有一个小窝窝。是的，那是被屋檐上的雨水日复一日年复一年给滴弄出来的。微不足道的落檐水跟石头较劲，真是不自量力。可是，日久天长，滴水石就被落檐水滴弄出来一个个的窝儿来。起初，那石头生气得不得了，骂那水滴打扰自己的瞌睡，骚扰自己的清静。可水滴将石头根本不当回事，不吵不闹，不动声色，自个儿照滴不误。坚硬的石头拿小水滴没辙，终于给自己的想法换个位，顺势找个台阶儿下：水滴儿，水滴儿，你个清粼小妖精，滴吧，滴吧，尽情地滴，我就当你是诚心恋上了我，一心一意专心专情地跟我亲嘴呢……那滴在石头上的水，厉害着呢。厉害的水滴给他启示，于是，他给自己的生命里虔诚地渗透进去三滴水。

那个夏日的夜，他做了个梦，不知何处的一座城里发了火灾，那是前所未有的火灾。一座城，所有人陷入恐慌，手足无措。突然，天公一声巨吼，雷雨大作，倾盆而下。他惊骇到不能自己，因为他从来没有看到过如此汹涌的倾盆大雨。来自天上的水，瞬时铺天盖地，原本不可一世的肆虐火势被很快浇灭。他看了一眼天公的神色，气定神清。那一刻，他顿时悟得：天公的威力，天公的水，厉害着呢。

梦过次日，他来到不远处的大河边。跟往常一样，独自一个人静静望着他的大河发呆。望着宽阔而平缓流淌着的河面，他满心的崇敬与喜悦。他的眼睛、他的心看得见，那里蕴藏着的是无声而巨大的生机和能量……他的心告诉自己：无论水下的河床怎样的怪石嶙峋，而大河漫过，一切便都得乖乖滴圪蹴（方言，意为"蹲"）在大河的下面。大河的水，厉害着呢。他深信，世间没有比这无声涌动着的、看似平静却蕴含巨大能量的大河，更充满生命之活力者。

大河，日夜川流不息，世间任何的力量，都无法阻挡他涌腾向前，直往大海。

2020-03-10

球还有假的吗？

邻里教育世家广场不久前开了一家玲珑精致的"次第花开"鲜花店。

那日从广场经过，见新添这样一家花店，一时好奇，凑近前去打量欣赏一番。店面不大，但无论外观还是店内的鲜花摆置，一应显得雅致浪漫，不乏时髦，不乏小资情调。

两位清新小女生（"次第花开"业主或店员），其中一位正在给另一位拍照。摆拍那位，手持一束堪称"别致"的花束，背对镜头半侧身侧脸不现庐山面目，云里雾里摆出一个蛮有艺术范儿的靓丽造型。

等拍完照，我凑过去同她们搭话——不是因为两位女生漂亮，而是因为那女孩手里的花束着实有点别致。你看那花束：周围一圈的鲜花，中间是一个大大的球——地地道道被鲜花环绕簇拥的球（记得好像是篮球，也可能是排球，或者是足球，哈哈，记不大清了）。我随口问道："这球是真的吗？"被问到的女生轻轻刷我一眼，用一种我实在找不到合适词儿的口气，不温不火、不轻不重、不高不低、不紧不慢、没表没情地回我道："球还有假的吗？"

我脑子被冷不丁打了个忽闪，当下被噎得差点接不上气儿，更找不见合适的词儿应答。其实，我主要是觉着，那一刻，提溜个任何词儿回答已没必要。

那女生如是那般回答我，在她看来或许很在理，而我那样问话其实更没啥好奇怪。因为你根本不知道当时我看到的是一个被整治成啥长相的球：五颜六色，七彩八道，满身满脸上了彩妆。说实话，那球模样看上去蛮童心的。但是作为一个原本普普通通的球，被浓妆艳抹打理成那般模样，着实是完全没了我们通常印象中的那种球样，哈哈哈。

离开花店，脑子里依然响着小女生温声慢气"怼我"那句话："球还有假的吗？"

一路伴着小女生的那番神情那番话语，心里着实有点忍不住的乐呵。于是，开着心，嘴里开始哼哼那首咱熟悉的"两只老虎跑得快"，一边哼哼一边不由得琢磨：整那么一束"球花"，卖给谁？也就是说，谁会买那样的一束花呢？就这样想着的档口，哎呦喂，我突然茅塞顿开：嗨，那花，是特意为女生们准备的，或者是某位有情趣的女生特意定制的——定制专门送给她那帅帅的球星男友，欧耶！

答案有了。我心想，人家女生回答是没有错。怼我的女生一定在想：都啥子时候啥子年月了，还有这么老土的，竟然不知道如此时髦的"球花"是做啥子用的。

当然，我那样疑问肯定也是没有错的：你想想，在什么东西都可以作假，都可以高难度、高大上、高精尖、弄虚作假、毫不费劲的当下，弄出这么个假球算哪门子难事？做个假球难道会比做其他任何一个假玩意儿更难吗？可爱小女生还是太单纯了。

2020-09-26

从《红楼梦》到舒伯特

　　这个寒假，从《红楼梦》的大千世界和舒伯特的诗意浪漫里用心走过，轻手轻脚，屏声静息，不敢随便言语，不敢随意造次。

　　面对《红楼梦》，说来真是惭愧。一部世间无以比肩的名著，我却是拿起来，又放下，放下了，又拿起来，多年过去，断断续续一次又一次地硬是读它不下。这样的话，说来自然是不顾颜面不怕人笑话了。好歹也是个念书人，明知道人人都读《红楼梦》，无人不品大观园，却唯独自己竟然如此这般的无知于《红楼梦》，该是说不过去的。

　　这一回，受了冥冥之中一番启示，一夜醍醐灌顶，在心里静静燃了一炷香，静了心，再次启读《红楼梦》。这次，真的读下去了。我读书向来很慢的那种，读《红楼梦》就更是如此。从元月九日到二月十八日（2021年），用去了四十天的时间方才读完。虽说读得慢，终因生性愚钝，能力不济，这一回尽管满心虔诚，也依然读得似懂非懂，马马虎虎。斗胆冒言：曹雪芹写在红楼梦里的有些诗词曲赋，即便大学中文系的一些个教授学者，恐怕都要读得连滚带爬，似懂非懂到心里难以踏实，更何况我这样的读者。说白了，《红楼梦》，压根儿哪里是给天下芸芸众生读的。多少年来，他封的、自封的"红学"研究家早已是走了一打又来一打的，至于一般的研读者就更不用说了。研究《红楼梦》的文字，几大仓库都装不下了，所以像我这样的读者，无论心里想着些什么，都是没有资格说长道短的。读了四十天，我只想感叹一句：曹雪芹，是上天赐予他一万个、十万个人的天赋、知识和智慧，才写得出这样令人不可思议的著作。人人皆知宝玉通灵，而写了这样奇书的曹雪芹，定然更是个"通了灵"的。

　　读《红楼梦》，期间又辅助性观看了2010新版50集电视连续剧《红楼梦》（起初本是看1987年版的，见影像模模糊糊实在不尽如人意，无奈只好换作2010版）。电视剧直至元宵之夜子时才看完最后一集。客观讲，很不错的。深以为新版《红楼梦》绝不像一直以来人云亦云的那般这不是那不是，它的整体艺术质量应该说还是超出 1987 年版。诚然，两个版本前后时隔 20 多年，有这样的超越是应该的。看完电视剧的一个深刻感触是：这样一部剧，编剧、导演和演员们尽管再三再四地追求通俗易懂，费尽心思为受众着想，但终究是徒费心机，相信很多人依然是看不大懂，不解其作者深意的。

若要用一句话概括读过《红楼梦》、看完连续剧的启示，那就是：人生就是一场红楼梦。

阅读《红楼梦》的特殊心境，让我一时不愿意听其他任何音乐，而唯独钟情于舒伯特。《红楼梦》，舒伯特——这看似风马牛不相及的两个天地，可就是在同一个时段，可就是这不搭界的两者，同时不可思议地占据了我的灵魂且不曾有任何的冲突。我将其看作深层又深层的机缘巧遇。而深陷红楼梦、深陷舒伯特的那种感觉，有时也真像是中了某种不可言传的魔怔。

比起多年来极爱的一些西方作曲家如贝多芬、柴可夫斯基、格里格、马勒、莫扎特、肖邦，极端钟情于舒伯特的艺术是较晚的。然终有一日，一经不小心"误入"他那清净又幽静的秘密花园，便为自己以往的愚蠢和无知深感自责和愧疚。

因找寻舒伯特一首奏鸣曲，却无意中遇到了他的钢琴作品集——近 80 首（乐章）的作品集，由身心灵魂被莫扎特、被舒伯特净化了一辈子的钢琴女神内田光子演奏。遇到这套作品集，真是如获至宝，激动的心情久久不能平静。两个月的时间，反反复复，无休无止地用心品读舒伯特，期间不曾有一日中断。两个月，天天舒伯特，不曾一日中断——这样的欣赏，这样的情景，这样的痴着，容我妄言一句：纵横中国的欣赏者，世界的欣赏者，如此这般专心痴迷者，多乎哉？

所有的作品集中，最是喜爱他那两套 8 首即兴曲，还有跟奏鸣曲一样长的 3 首"小品"，更有第 7、9、13、18、20 和 21 奏鸣曲。宁静的时日里，既沉浸于内田光子的演绎，又钟情其他艺术家的经典版本。特别要说的是，第 20 号奏鸣曲第四乐章那个无可比拟的视频，我凝心听赏不下 100 遍，我认定那是世间完美无缺的艺术和尽善尽美的演绎，只可惜，不知道那"无名氏"演奏者是何人，惟愿通过这文字，向这位身心懂得和热爱舒伯特的缪斯，献上我无比的敬意。除此，还有为音乐而生的卡蒂雅演奏的那首即兴曲，也该是满世界里无人可及的。

来自天才舒伯特灵魂深处的心音，乃是世界上最抒情、最宁静、最悠然脱俗的音乐，身心游曳和沉浸其中，便是懂得了生命的真谛，便是知道了活着的价值几何……

舒伯特呀，你仅仅 31 岁的生命，历经那么多的艰辛和苦难，何以写出这样的作品，何以打造出如此这般一个净化人的身心和灵魂的世界呢？如果说人类精神创造的世界里果真有奇迹，那谁敢不说，你就是一个旷古的人间奇迹？

2021-02-27

一颗露珠一世界

　　不知何故，他天生的喜欢露珠。

　　于是，每当他一个人安静独处，或是闭上眼睛修神怡心的时候，他经常的总能清晰看见静静驻留在自己心底深处那颗晶莹剔透的露珠——他明白，那是来自心灵故乡的某个花瓣、某个花叶或是哪家稚嫩雏菊上的稀罕天物。

　　他跟露珠的亲近仿佛因了一种神秘力量使然，源自早早的宿命。他时常想起故乡花园里凝聚在毛茸茸金黄色的瓠子花蕊上或是驻留在脆生生的菜叶上豌豆大的晶莹露珠。那能让你的心灵顿感激灵、顿生欣喜的露珠，真是着实的好看。

　　花蕊上的露珠，花叶上的露珠，无一不是令人欣喜好看得要命的那种。每当这时候，他总会蹲下身来凝神瞅上很长时间，也想上好长时间。看得出神想得入化时，他不由觉得那露珠于悄然之间变得越来越大，大到足以将他的身心都安顿在里边，直至将周边的一切、将整个大千世界全安顿在里边。

　　他常在心里问自己，大千之清晨潮润之气，得花去多少的心思才能孕育、才能凝聚、才能生成这样一颗如同多情少女的泪珠一样清新又晶莹剔透的露珠呢？他静静看着露珠，露珠也屏气凝神看着他，想要从他的眼睛里看出他心底的所思所想。某年某月某日某时，他突然意识到露珠作为世间一种真实存在之物的不寻常，并从此相信露珠一定是有灵性、讲缘分的，比如她让自个儿凝聚几何，置身何处，映入何人的眼帘，引发何人的注意，留在何人的记忆里等一切，仿佛全是动过了一番心思的。

　　这世上，被洁净露珠滋润过的心灵，那心一定是温存的、绵软的、清纯和纤尘不染的。被晶莹的露珠温存过、绵软过、清纯洁净过的心，定当懂得温存善待世间的一切美好、一切清纯、一切该温存和该善待。

　　你何曾想过，露珠是世间最清纯、最温柔、最无声无息和与世无争的存在。花蕊上的露珠是花蕊的情人，叶子上的露珠是叶子的情人，一切皆为天赐的缘分。那看似静谧和温存的心神依偎中，他们彼此讲着粗陋无知的人类听不懂的温馨情话。那情话,温润、甘甜、纯净,如同晶莹露珠那纤尘不染的剔透身心。

太阳是个热情又多情的霸道第三者。太阳一露脸,便是露珠和自己的情侣说再见的时候了。随即,含羞的露珠会将自己的身心所有整个儿隐藏起来,待温馨的夜幕再度降临时,重又和自己的情侣欣然幽会……

露珠的生命很短吗?是的。可是,你有曾想过,相对于广大无边永恒无际的宇宙,人类的生命、世间万物的生命,又何尝不比露珠更短呢?

2021-09-17

走近可可托海

　　对于《可可托海的牧羊人》，我无疑是个迟到者。这首歌，满世界早已传遍，可我连春晚都没顾上看。今日巧遇，定是缘分到了——虽说迟了，但我在接下来的两天时间，听了不下百遍，着实是一种被"中了毒"的夸张行为。

　　《可可托海的牧羊人》，一首小歌，却道出了一切音乐艺术包括那些"大艺术"在内从内容到形式的创作真谛。概而言之，这首作品的内涵，其意境、其诗情的表达堪称神来之笔，音乐形式可谓完美无缺，词曲结合达到天衣无缝之境。它从正面扎扎实实地昭示我们：艺术，任何的虚假做作和无病呻吟，都会是令人作呕、令人厌恶的。好的艺术，他必须来自生活，必须是创作者对生活之全身心的深切体验、透彻发酵和溶入生命的真情表达。诚然，这样的创作离不了创作者的非常灵感。所谓非常灵感，就是艺术女神在创作者最合适、最特殊、最神秘的时间、地点、阳光、雨露和身心渴望的心境里，叩击了你的孤独，抚摸了你的灵魂，惊动了你的梦。

　　毋庸讳言，这样的作品，绝不是立一个什么艺术规划项目就能弄出来的。任何科研，任何项目，哪怕是再"高大上"（网络用语，指"高端、大气、上档次"）的头衔、再多的钱，没有好的内容都无济于事。金元宝能制造出堆积如山叫"作品"的那类东西，却很难造就出感人肺腑、征服人心、满足创作和欣赏者心灵期待的真艺术。固执一点说，真正的艺术，它的初心、它的生成，跟钱没有关系。贝多芬的"命运""田园"，舒伯特的"冬之旅"，阿炳的"二泉映月"，都是源于对生命的渴望或命运之不能承受时的忘我诉诸和身心安顿。那里的一切都干干净净，绝非因为金子的动力而见钱眼开，灵感乍现。真正的艺术不可能有任何世俗层面上的功利味道——谁不懂得、不相信这个真理，他十有八九是个行走在艺术行当的江湖骗子、伪艺术者。

　　作为一首歌，《可可托海的牧羊人》足可成为一个不想弄虚作假、不愿弄虚作假的艺术创作者的"内行为"准则和衡量其艺术高度之货真价实的标杆。从艺者，无论你多么的狂傲、多么想对这个"通俗"不过的作品不屑一顾，但我必须说：这个作品之已有的一切，以及可预知的未来，已经命定了它是一首难得的经典，甚至会是经典中的经典。来自人性深处的东西，不可能都是好的、都能成功、都成经典，但凡成为经典的东西，必须源自人性之深处，必须触及人性的痛点，抚慰人类的灵魂，让你整个的身心为之服帖。这首"牧羊人"它把人性的艺术所需要的一切品质都具备了。这首作品有太多、太真切到位的情感和生命的渗透与辐射。很显然，这源自生活的作品，是创作者将其情感内涵再三淬炼，乃至将其身心期盼深埋其中完成的作品。这堪称完美的作品，他的词、曲、演唱、制作，任何一个方面，一点一滴都达到了无懈可击的境界。艺术，只有听从生命的呼唤，才能打造出立于高原之上的巅峰作品。这一切，需要的是艺术家的真诚和痴情，是心的干净、纯粹和超然物外。

我在网上看到有位"牧羊人"的粉丝，说他听了不下一百个版本（更有甚者评论这是"千年一遇"的好作品云云）。初以为前面那位粉丝在开玩笑，可两天过去，我不仅对此不再怀疑，而且相信这个作品眼下究竟有多少个视频版本，根本无法估量，绝不止一百。尽管其中八九成的随便演绎（尤其是所配视频），歪曲和降低了作品的格调和意境，以致令人啼笑皆非。但从另一个角度讲，这些演绎传播者对这个入心作品的爱与热情，是不可置疑的。我们必须承认：寻求真善美的世界里，每一个爱艺术的生命，大家都在用自己的情和爱，用自己的激情、想象和体验，理解、演绎和传播着这首充满爱与真情的作品。这，就是人性的真实对这发自肺腑、来自灵魂深处的歌声之挡不住的共鸣和回应。

"牧羊人"之无数的演唱视频，其中不少版本的演唱很不错，甚至可以算得上精彩。但平心而论，无论哪位歌手、哪个版本（包括达到相当演绎水准的歌手版本），都无法跟原唱可比。作为这首作品的词曲作者和原唱——王琪，这位横空出世的痴情音乐天才，他的歌声、他的演唱，那是将作品的诗、乐、情和他整个的身心搅拌在一起的全心演绎。他的生活体验至深、至真、至情，艺术创作臻于完善。王琪淋漓尽致的演唱，构成了一个巨大辐射力的厚重磁场，因为他是在用灵魂演唱。这样堪称忘我之境的创作、演唱和艺术传达，尽善尽美，无人可及。

最后想说，这首作品的身后故事也是极为感人的。故事里的那位可可托海牧羊人和养蜂女，显然都是有生活有情调的人。作为行走在红尘大千里的最平凡生命，他们在梦一样的可可托海酿造出了平凡人情感世界的些许不平凡。那铺展和燃烧在原始生命最深处的"地下火焰"和现实中与这"地火"、与心的滚烫对抗着的风沙雨雪，一切的冲突，最终化成了流淌在王琪歌声里的无尽苍凉、无望却又永远不能死去的深情。

2021-04-27

一幅照片

　　三毛来见王洛宾，是上帝跟魔鬼梅菲斯特打的一个赌。这一次，上帝赢了。

　　来自橄榄树下的三毛，与天山脚下唱着情歌看月亮的王洛宾相会，用一曲众说风云的"恋歌"或"悲歌"，煮成了不无夹生却是他们生命绝响的终曲。一切皆上苍的安排。

　　三十年来，各种网络和媒体的文章，近乎千篇一律，记录和讲述着他们1990年那"2天+16天"前后总共18天的故事。跟所有人、至少是大多数人所不同，我想说的是：那牵动无数人心的故事背后的"真实故事"，是由两位当事人用情上演的、多半属于"灵魂的故事"。

　　三毛，王洛宾，两位走过"神话人生"的人，在他们相见的那一刻，世俗层面能看到的一切不过是缪斯之神导演给世俗的眼睛看的，而在上帝的眼里，他们的一切连同他们的躯体，都不是世俗的。我曾看到一幅三毛在一侧紧紧搂着王洛宾的照片，那也是网络上最多见的一幅他们二人的合照。这幅照片让我看到的是超乎尘上的两个纯粹和不平凡的人类灵魂。三毛，虽是同一个人，但撒哈拉结婚时的那番举世浪漫心境早已交给了上苍，这里看到的，只有走过万水千山的生命沧桑。请你用心看看，在这定了格的照片上，所有被他们过滤和沉淀的人生经历、岁月沧桑和人世间的一切，都以最深情、最真切、最净化、最无言的表达，安静在了他们举世难觅的神情里——如果你真的懂得三毛，真的了解王洛宾。

　　王洛宾之于三毛，没有年龄概念。与三毛所不同的是，见到三毛的那一刻，大爱之神把王洛宾的年龄概念也给暂时扣押了，是大爱之神让他们都没有了年龄概念。那一刻，人性的升华和灵魂的干净取代了一切。在天使般圣洁超俗的三毛心底里，王洛宾的凡胎躯体是假象，那假象下面，笼罩着三毛所理解、所热爱、所激情、所向往的一切美好与幻想。根本的原因是，王洛宾用自己的一生创造了符合三毛的梦——王洛宾是一个用真情和生命酿造了诗与梦的悲怆诗人，而三毛是不远万里追梦而来的流浪天使。她爱的是凌驾于躯体等之上的王洛宾的诗样灵魂。正因如此，所以怀揣虔诚的三毛，找的是"王洛宾"，而不是你，不是我，不是别的任何人。

来见王洛宾，是有心的大爱之神为三毛的完美人生而特意安排的最后晚餐。这一程，这一餐，凤愿了三毛，凤愿了王洛宾，凤愿了人世间所有心中有情、眼中有泪者的爱与梦想，也成全了万能者的秘密心愿。

人生，既为追寻无尽欢乐和物质享受来到这个世界，也为那些命里躲不过的伤感而来到这个世界——这是你我这等俗尘众生的观念。

接下来，让热爱三毛的我，说说我理解的三毛，说说我心中的三毛吧。

三毛是踩着月光到人间寻梦来的，是天生怀揣梦想的流浪者——没有看到这一点，就莫谈走近三毛。

三毛是用她晶莹剔透的灵魂来过滤人类不干不净的灵魂来的——没有认清这一点，就莫谈懂得三毛。

我不怕天下有文化的面目森严的大师们嘲笑我。我喜欢三毛跟喜欢安徒生、跟喜欢川端康成、跟喜欢梵高、跟喜欢格里格、跟喜欢一千零一夜一样，属于爱到骨子里的那种。我总觉得，安徒生，三毛，还有我，是一万零一年前早就相识了的熟人——我们的灵魂是穿了同一条裤子的亲哥们。

竟然有那么多人说三毛适合初中生。没错，但绝不是"只"。我更相信，剔透的三毛和她同样剔透的文字，不仅适合初中生，也适合伟大的歌德、尼采和贝多芬，适合一切追求剔透灵魂的生命。一味轻视和偏见三毛的人，至少有那么一些个，无异于自以为是的长耳朵，或者他们的身上有一半儿属于长耳朵——在"夜郎谷"里吃过三麻袋狂妄草的长耳朵。

好到极致是三毛，活到极致亦是三毛。庸常人，活上五百年，也不及三毛人生的丰富和意义。是的，三毛以48年的短暂生命活出了常人五百年的丰富，活尽了有意义的人生应该活尽的一切。

对三毛而言，任性是属于天使的任性，流浪是属于天使的流浪，浪漫是属于天使的浪漫，发疯是属于天使的发疯，苦难是属于天使的苦难，多情是属于天使的多情，天真是属于天使的天真，通透是属于天使的通透，一切都是淋漓尽致的好……

三毛，拥有通透灵魂的无可比拟的人间天使。因为是天使，所以神明和人类都喜欢她、抢夺她，但最终，上帝赢了——他让三毛去做了他可以随心传唤的贴心天使。

　　三毛是幸福的，因为她赢得了世上千千万万爱她的人用最纯真的灵魂对她的深情拥抱。

　　天地，人心，有个永远单纯、永远年轻、永远剔透、永远活着、永远不会逝去的、万古长青的三毛。真好。

2021-08-04

流淌在撒哈拉的梦

撒哈拉是三毛前世的"乡愁"，
而《撒哈拉的故事》是三毛
献给这个世界的、无边无际的
梦与幻想

"三毛热"的那个年月，就是因为一篇《白手成家》，不无浮躁的我，嫌其冗长琐碎，便不言语地停下了阅读三毛。而30年后的今天，恰恰又正是因为这篇《白手成家》，叩击我的心弦，让我深深地热爱上了这个撒哈拉的旷世流浪者。用心走近三毛，走进三毛的文字，你无法不感叹、不崇敬：三毛，这是一个多么倾心热爱生活，热爱生命，抚慰人类灵魂的人间天使。

读完了《撒哈拉的故事》，我独自静静坐着，心如坐禅。合上三毛，在一片无言的空寂、伤感、沉重与静默中，身心陷落在无以言表的潮涌沙浪之中。我为自己当年的浮躁、浅薄而不能驻足三毛用传奇般的人生经历，用心过滤和沉淀给我们的灵魂宝藏而深深惭愧……

今天家里吃的是美味的菜盒子，我即刻想到，亲爱的三毛初到阿雍（阿尤恩）的那天，饥肠辘辘的她和灰头土脸等候她的荷西，要是能吃到这样的美味，那该多好啊——我是极情愿用心做给他们的。三毛，你用你的一切，用一份忘却红尘的真诚……造就了我们看得见的一切。作为天真、纯粹、灵魂干净的追寻自由者，你堪称世间的唯一，没有之一。我在想，人间只要有真诚、有善良、有纯粹在，人们只要不失忆、不唯利、不庸俗到昏昏欲睡，就一定会爱你和你的书，就永远不会把你这流浪的天使遗忘。

三毛生来就是一个追寻心灵自由的孤独者。世间真正的自由，从来就是孤独的。这样的孤独和自由，源于生长在骨子里头的无边无际的梦和幻想。这样的梦，这样的幻想，这样的自由和孤独承载者，命定从一开始就没有，也永远不可能有自己灵魂的真正同道，她是世间的绝无仅有。

那天，阅读收藏已久的两部《三毛经典作品》，冥冥中，被轻轻叩击的一阵莫名心动，让我即刻上网订购了三毛全集。收到全集的那天，面对着，默默凝视良久，随即爱不释手。

说句偏爱的私心话，读过的三毛的所有文字，没有一篇不精彩：他们或令人感动，或令人惊叹，或令人开心大笑，或是突然让你惊惧到整个心脏跳到嗓子眼，或是悲伤到让你感到世界的黑暗淹没了整个撒哈拉……就连算不上她最名篇的写自己开车的那一篇，也会让你觉得那实在是一个可爱到不得任何商量的三毛。读三毛的文字，有一种无法抗拒的魔力——你总觉得她是在凑近你的耳朵用心跟你说话。是啊，一个灵魂干净到纤尘不染的、不思回报地净化人类灵魂的天使，她是多么的可爱呢。

几十年来，为了寻梦，有那么多深爱三毛的做梦者，长途颠簸，不远万里去往西撒哈拉的阿尤恩朝圣。遗憾的是，所有的人所找到的"三毛故居"几乎都不能令我信服，无论从哪个角度来看，我总以为他们找见的那栋房子，还有他们用心抚摸的那面墙壁，根本不是真的三毛故居。包括那位表示自己知道三毛"故居真相"的阿尤恩老人，领着一位风尘仆仆的三毛迷找到的那一处，也不是——我至今虽未到过三毛的阿尤恩，可单凭我的细心、我的判断、我的第六感觉，我相信我的判断没有错——我是自信我闭上眼睛便在心里看得清清楚楚的那座房子，连同那里的格局和室内陈设，一切，都散发着三毛永不褪色、永不泯灭的生命气息……然无论如何，找不到了三毛的真正故居，对于如我一般牵念三毛和荷西的每个人而言，心中终有一份难以抹去的伤感……

凡读过《撒哈拉的故事》的读者，没有人不懂得，三毛的一生把她命里最纯粹、最浓烈、最沉重的幸福、痛苦、热情、孤独、惊惧和梦想，全留在了撒哈拉。撒哈拉是三毛前世的"乡愁"，而《撒哈拉的故事》是三毛献给这个世界的、无边无际的梦与幻想……

我计划中的境外旅行是真心想去西撒哈拉的阿尤恩一趟（尽管那里至今都不安全），看看三毛生活过的地方，看看她和荷西的那座记录了他们的贫困、艰辛又充满无尽诗意的小房子——不怕被有文化的专家学者教授们笑话：我是想要沿着三毛走过的撒哈拉，寻找她遗失在阿尤恩的有温度的脚印，陪着她的孤独灵魂说几句亲人一样的心里话，体验一份孤独流浪者的干净日子……可是后来通过一些影像资料，我看到那么多人，根本没有哪个人是真的看到了令我信服的"三毛故居"。不无失望中，我这做梦的心情，也就被硬生生地着了凉。

三毛，从她长在骨子里的善良和同情，从她一以贯之的大爱和乐善好施，从她的极端热爱生活，从她的干净到纤尘不染的灵魂，从她的一切，似乎没有人能够理解、能够接受她最终告别这个世界的方式选择……其实，作为一个命中注定一意孤行的流浪者，三毛的内心比任何孤独者更为孤独，她是长期站在孤独的深渊边上的人——即使在那些貌似开心的时候。精神的世界里，三毛根本没有自己的同伴，也永远不可能有自己真正的、属于"灵魂同体"的同伴。三毛骨子里的纯真、善良、清高、孤独和悲剧是无可比拟的，看不到这一点，就不算认识和懂得三毛。

通过三毛的文字，和无数人一样，我也深深地喜欢和无条件地接纳了她的无比的荷西，那个三毛生命中货真价实的宝贝。啊，荷西，三毛的珍爱，男人的样板，世间一个真正单纯、善良、纯粹、可爱到令人落泪、让人心碎的中国女婿。荷西，他是上帝钦定给三毛的天使——比起三毛，始终无怨无悔、为爱着迷、将年轻生命定格在 28 岁的荷西，命里注定就是献给三毛的"牺牲"……当然，神仙情侣的爱，是不可以拿世俗的眼光看待的。从世界不灭万物永恒的意义讲，三毛是幸福的，因为天堂里有个站在上帝身边心心念念等待着她的不朽荷西。生来大方的三毛，把自己用了生命和真情创造的一切，布施给这个不无荒芜和杂草丛生的世界，留给所有喜爱她的读者和善良生命，而自己痴心赤足奔跑着，义无反顾去和她的荷西相会。我只想说，天若有情，就让他们再也不要分离……

三毛，你是流淌在撒哈拉的旷世之梦。你的书，可是真的好，真心真意的好。

那夜梦里拜访一位知己，临别，知己送我一句滋润心灵、点亮生命的绝妙经典：活着，有好的书、好的人相伴，便是幸福人生的最高境界。

2021-08-12

幸福，就是心有可守

人生最大的幸福，就是情有所依，心有可守。

心之所爱为你带来的被沉淀、被升华，便是默默抵达忘我之境的心有可守——于极简中的心有可守。

人生，情之可依，心之可守，多种多样——可以是一物，如梵高眼里的向日葵；可以是一种艺术，如傅聪眼里的钢琴和与这钢琴有关的肖邦；可以是一本书，如天人妙音眼里的《红楼梦》；可以是一个从生到死看不烦的爱人，如黛玉宝玉眼里的相互；可以是一个知音挚友，如柴可夫斯基和梅克夫人心中的彼此……

当一个人有了心中的最爱，有了心之可守，人生便会进入一种忘我的状态。忘我状态，是生命的大惬意、大自由之境。处于忘我状态和自由之境的生命，你会看得见世间最丰沛的存在和最动人的景致，也看得见心中的清风明月，还有你喜欢的色彩温润的空气、阳光和雨露……是的，你眼里的一切美好，都将成为你生命的温暖和净化。

犹如以上提到的所有那些心有可守，我期盼和安顿自己恬淡怡然地活在心有可守和自以为惬意的世界里。这样活法之一切的、根本的前提，是有一天突然悟得了过"极简生活"的价值和意义。有人说：如此极简生活，不是太单调、太无趣，也太寂寞了吗？寂寞，是的。更确切的说，是寂寞并美好着，因为寂寞的背后有着的是无限的丰富。

追求极简，需懂得"减法的背后是加法"。这世界有太多人，他们的心上有太多舍不得。于是，什么都要想，什么都想要，什么都要追求，什么都想攀得……这种什么都想顾及、都想获得的痴念奢望，将自己的心思和整个身心，撕皮扯肉的整成了七零八落。七零八落的心思，是一种无法齐整、无法清净、永无安宁的心思，这样的心思导致的必然结果，便是身心的焦虑、空妄和浮躁。懂得极简的人，是懂得"减法的背后是加法"这一重大生命命题并积极践行的人。遵循"减法规则"的人，会将一不小心便分为七股八权的心思，用心拧成一股，而后将这拧在一起的"一门心思"，执着投注于自己生命中的最爱。所谓生命最爱、心之可守，就是最能体现你生命价值的灵魂故乡，那里是你心的最终归处。

极简理念会促使自己尽可能回避原本已经少到几近忽略的社交。每个人都有自己的追求，但有一个毋容置疑的事实，那就是：生活中，有多少所谓的"社交"是真正有价值和有意义的？即便是一些纯属为了娱乐的社交，那样的娱乐于身心何益？娱乐过后，所剩下的如果是没有任何感觉和无色、无味、无趣的空虚和无聊，试问这样的"社交"，可有任何"交"的必要？进而言之，你该清醒认识到：那些或潜在或明确的、目的在于"攀高"的社交，是最最不可取的。一切企图攀高的所谓社交，无疑是现实中最滑稽也是最可悲的社交。在与人交往问题上，人的心眼珠子都是朝天生长在脑门子上的——你想去高攀的人，他那脑门子上朝着天的眼睛是看不见你的，因为你在他的低处，而他跟你一样总是盯着高处。如果我们还有一点聪明，那就该懂得：终其一生与你有来有往的，永远是跟你相差无几，处在同一个高度的。我们唯一可以做的，是在差不多同一个层面上，选择那有德有才的志趣相投者去交往。至于那些在你高处的，你可以量好自己的体温，摆正自己的心态，认真学习人家就是了。

极简理念可让自己将多余的身外之物分散于人。分散身外之物，不仅可以将自己放置数年以上的衣物或自己曾几何时的一些心爱"物件"送予需要之人，甚至作为一个一直以来"爱书如命"的书虫，也可以将自己大量的书籍赠予友人。这样的舍得，取决于生活理念的转变和醒悟：家有再多的书，若要实实在在做真正的研究，靠你自己的那点收藏是不可能够用的。有人曾讲过，一个令我羡慕多年的大学者——那位道出大名业界人人皆知的"大学者"，据说他家的书房俨然一座颇具规模的图书馆……多年过去，现在我更加敢于相信：他那图书馆在很大程度上是给自己壮胆子做门面的。因为忙于官场事务远远多于忙学问的他，是根本不可能有那么多的时间、精力和心思读书做学问的。自家的藏书，当是经过层层筛选且被精选又精选的，否则将会成为心上的累赘。被精选之后的那些"心之最爱们"，会成为你日常阅读生活的贴身陪伴——他们是你货真价实的精神伴侣。至于其他的书，当封藏在那些大图书馆，当封藏在浩瀚无边的网上书库——一旦用得着的时候，他们无一不是属于你的。

极简理念，让我们懂得追求生命至爱的真诚与纯粹。我深信，凡真爱，必然对其心怀执念。人生一世，该懂得对生命的尊重，懂得一叶一菩提，一花一世界。

崇尚极简理念，可将自己的生活过成阅读品茗赏雅乐，听雨听云望明月。

有阅读、写作和音乐伴随的生活是舒心的，与交心的友人品茗是惬意的，与人类圣贤交往是无价的，与永不背叛你的大自然相恋是幸福的。人类漫漫长途上的所有圣贤神明，没有任何人拒绝和你成为至交。你可以随时扣响他们的门扉，在他们的秘密花园里散步、聊天、晒太阳。在那里，你可以获取你心灵的一切所需，也可以将你的秘密心扉放开了胆子为他们敞开。茶烟袅袅升起，馨香书卷在手，音乐回响耳畔，灵魂诉诸笔端……这样的生活，时时刻刻堪称得有美、有善、有神仙知音与你相伴。我相信，愿意生活在孤独中且愿意体验和享受孤独之美妙的孤独者，一定是天地间的幸福者。

极简理念让我们懂得，看似无价的阳光、雨露和大自然的一山一水、绿色林野，还有树上的鸟鸣之于生命的深厚意义……在这样的精神追求和价值观面前，于一片虔诚与清净中，可以悟出人生的真谛：生命的升华，就在于你能否在他人的看似简单中，体验到如大海一般浩渺的、无边无际的丰富。

人生的幸福就在于心有可守——世界如此精彩，人生怎可寂寞？守得心之可守，人生怎会寂寞？

2021-09-26

华家岭下是故乡

——致敬远去的茅盾和张恨水先生

真是意外的惊奇又欣喜：茅盾和张恨水两位大神八十年前竟然从我故乡那山梁上经过。

南昌至兰州航班。旅途中的新宇儿，微信发来两篇文章，一篇是茅盾先生的散文《风雪华家岭》，一篇是张恨水先生的游记《西游小记——西兰公路》。虽然是两位早已远去的先生并遥远的文字，因都是牵涉我故乡的，便即刻有了满心的好奇和兴趣。

1934 年夏，张恨水先生从北京出发，经郑州、洛阳至西安。半月之后，乘国民政府经济委员会驻西安办事处主任刘景山、西兰公路总工程师刘如松的"道奇"轿车，沿着西兰公路从泾川入甘肃境，经平凉、定西，抵达兰州。恨水先生此次西行，原打算赴新疆，最后因故由兰州折返西安。这趟行程前后历时近三个月。先生笔下的西兰公路，尤其是东起静宁西至定西的华家岭，其荒凉、惊险、贫穷、落后、腌臜不堪，字里行间，读来无不令人厌恶又心惊肉跳。

如先生所言，八十年前的华家岭，荒凉、贫瘠、人烟稀少且时有土匪出没，则是无疑的。

茅盾先生途经华家岭是 1940 年，比恨水先生晚了约莫六年。所不同的是张恨水是从西安出发往兰州，茅盾是从兰州出发向东去往西安。一样的是：俩人的西兰公路和华家岭"历险"之行，都给他们留下了终身难以抹去的记忆。

茅盾先生的散文，为当时的西北公路局说了"公道话"：1940 年车水马龙的西兰公路"实在不错"。虽如此，但终究还是在这条公路上，尤其是"经常天气恶劣""有点讨厌"的华家岭，先生搭乘的"专车"，遇到了令人沮丧的诸多麻烦。车子行至华家岭遭遇恶劣天气滞留三日，无疑给茅盾先生留下终生难忘的记忆。先生这篇堪称"华家岭遭遇记"的《风雪华家岭》，详细记述了华家岭的五月雪，拥挤不堪的"华家岭招待所"，衣食柴米的一时困境所引起的焦虑和恐慌，漫天风雪中车陷泥淖的无助，等等。好在乘客们被风雪和诸多麻烦折磨三日，吃尽了苦头之后，恶作剧的老天爷终于为他们开了眼。看看茅盾先生笔下记录的当时情景：

> 六七月的时候，这里还常常下雪，有时，上午还是好太阳，下午突然雨雪霏霏了。下雪后，那黄土作基的公路，便给你颜色看……四〇年的五月中旬，一个晴朗的早晨，天气颇热，人们都穿单衣，从兰州车站开出五辆客车，其中一辆是新的篷车，站役称之为"专车"；其实车固为某"专"人而开，车中客却也有够不上"专"的。条件优良，果然下午三时许就到了华家岭车站。这时岭上彤云密布，寒风刺骨，疏疏落落下着几点雨。……天黑以前，另外的四辆客车也陆续到了，都停留下来。五辆车子一百多客人把一个"华家岭招待所"挤得满坑满谷。当天晚上就打饥荒，菜不够，米不够，甚至水也用完，险些儿开不出饭来。可是第二天早起一看，糟了，一个银白世界，雪有半尺厚，穿了皮衣还是发抖。旅客们都慌了，因为照例华家岭一下雪，三五天七八天能不能走，都没准儿，而问题还不在能不能走，却在有没有吃的喝的。……旅客们身上全是雪，拍去又积厚，天却渐渐黑下来了，大家又冷又饿。……这时四野茫茫，没有一个人影，只见鹅毛似的雪片，漫天飞舞而已。华家岭的厉害，算是领教过了。

有过这般令人"谈雪色变"的经历，想必，茅盾先生定然一辈子都不愿再到华家岭。想说的是，车子往前行走几十里经过我家山梁那一段，天气一定是好的——车上的旅客们一个个"脱去身上的棉衣"。比起华家岭镇子，那里海拔低了许多，没有喜怒无常的天气和动辄就有的"六月雪"。

比起茅盾先生的"华家岭历险"，我更关注张恨水笔下的"西兰公路"，因为在这篇游记中，恨水先生扎扎实实写到了属于我的故乡地段，和发生在那山梁上的"传奇"。

恨水先生不仅"恨水不结冰"，看来比水更恨的当是"华家岭"。透过他的文字可以看到，他对华家岭的厌恶几近到了无以复加地步。文中写道：

> 曾经走过西兰公路的人，提起华家岭，谁都会头痛。这原因并不在岭上出土匪一件事上，因为这岭实在太长了，长有二百四十华里（1华里等于1里）。旅行的人要是两次经过华家岭，字典上关于讨厌的形容词，都可以取来形容华家岭。……这华家岭的梁子，没有一棵树，

没有一滴水，自然，没有一户人家……汽车在山梁的公路上，顺了山势，环绕着走，经过一小时又一小时，所看到的风景，总是那样相同……那腻烦的风景，老是丢不开它。而在那一天，我们还大大的吃了一惊。事后回想着虽然有趣，然而当时是汗流浃背了。

读者可能想知道，是什么事情让恨水他们受到如此惊吓以至汗流浃背。原来，在距离不过二三十户人家的华家岭"小市镇"向东几十公里处，他们大大的经历了一次惊心动魄的"生死惊险"——原谅我这里不得已的大段引文，咱得看看恨水先生的故事：

……这时，经过一个小小的山坡，路突然一转，却见山坡上站了一群人。这群人形状都很古怪，有的戴着高顶窄沿的帽子，有的养着一部漆黑的络腮胡子，他们远远地看着这一九三四式的米色轿车就十分注意。等我们的车子经过他们身旁以后，他们一阵风似地追了上来。那一副尴尬情形，我们早就注意到，现在他们追了上来，这事情大白，不是绿林人物是谁。刘总工程师料得祸事来了，立刻对汽车夫说："快跑吧。"贺工程师是陕西人，他所见到的西北民情比我们多，他也低声说："快跑快跑！"汽车夫立刻放快了速度，向前飞奔。说时迟，已经转过了一个山嘴子；那时快，迎面一个身背步枪的短装人，高高地举着手，大叫"站住站住"。在前面，还有一群人拥在路边。……这下完了，后有追兵，前有埋伏，如何冲得过去？真冲过去，也许他们就对了汽车开枪。……眼见车子停着，背步枪的人走近了车门边，这才看得清楚，那人手上，还举着一张名片呢。开了车门，他递进名片来，他笑说："这是刘总工程师的车子吗？"刘答"是"。他又说："我们是会宁县县长派来的。前三天，县长接了电报就知道刘总工程师要来。奉了兰州朱主席的命令，一路妥为招待。这个地方归会宁县管，可是到县城还有六十来里地。县长分不开身，特意派保安队长带了几名弟兄在这里欢迎。"……刚才看到的红绿旗帜，也错了，原来是一张长桌子，系了绿沿边的红桌围呢。……由汽车后面追来的那一大群人，也就围了这桌子半个圈子。桌子上摆着欢迎的盛筵，是八个粗瓷碟子。乃是两碟带壳的生核桃，两碟干红枣子，两碟大花生，还有两碟黑糖块。桌子下放了一只大瓦壶，桌上有四五只粗瓷杯，一盒平凉土制火柴，一盒哈德门香烟，刘总工程师是美国某大学毕业生，由金元国家

回来，又当了好几年大学教授，和要人来往是不必说，什么大宴会没
有尝过。然而他说出一句很幽默的话。他说这位县长欢迎出六十里路
以外来，我们今天受宠若惊了。这"受宠若惊"四个字，对于我们当
时那番情形，再恰当不过。大家全哈哈大笑。据那队长说，在此已经
候有三天，不想今天才来到。我听说，就偷看桌上摆的碟子，怪不得
浮尘铺得有一分来厚。大家喝了两杯凉茶，抽了两根哈德门，才继续
前进，又走四十里，在夜幕初张的时候，到了华家岭镇。

　　看着眼前的一群"土人"，"受宠若惊"的恨水先生，估计遭受惊吓的气儿
定当一时难消。洋洋文字，从惊恐到戏谑，满心满眼都是不屑的口气，都是透
纸的冷漠白眼。对这贫瘠荒蛮之地"土人"的理解和同情，在恨水这里是断然
搜寻不到的。看得出，在他眼里，那些生长在土里爬行在苦难中的乡野山民，
近乎不是人类，能被来自"金粉世家"的恨水称之为土"人"，哈哈，已经是
非常之抬举了……
　　恨水先生，这一切我还真怨不得您什么，因为您毕竟是活在《金粉世家》
且从《纸醉金迷》的梦乡里走来的人，怎么忍得了当年华家岭上的那般苦寂
荒凉。
　　恨水先生文中的"历险之地"，多方分析推断，几乎可以百分百断定，此地
正是我的故乡邻村沙家湾。缘故有三：第一，那里是会宁县城距离西兰公路的
必经之道，也是距离最近处；第二，那里住着素有天然"络腮胡子"的回族同
胞；第三，华家岭一线绕过山头的一个最大的急转弯，就在此处。
　　而今读恨水先生文字，大有一种既熟悉又陌生的感觉。熟悉，是因为这里
所描写的的确是我的故乡，陌生的是，恨水先生笔下的一切恐怖光景而今再也
难以看见。然无论熟悉还是陌生，那种实实在在的"亲切"是毋容置疑的。
　　恨水先生和茅盾先生走过西兰公路八十年之后，西兰公路华家岭一线两百
四十里的变化，在那方水土出生和长大的我，该是一个有些许发言权的见证者。
　　国人皆知的这条西兰公路，是沿着晚清左公宗棠大都督西征的线路逐渐修
造升级而来的。这条路，从恨水先生和矛盾先生当年经过的那条黄土路，变成
后来的砂石路，再到20世纪七十年代的柏油路，直至最终因西兰公路改道而被
废弃，我是见证者。读小学那阵，我便跟着村子里的大人们往公路运过沙子，
活儿虽苦，但在我幼小的心里有种莫名的开心，犹如过节一般。每年运沙子是
上面的任务，住在公路两边的社员百姓大家都有份。沙子是从我家门前的河坝
里挖的，然后驴驮人挑孩子抬送到山上。公路上，有守候在那里的养路段工头

等候验收。儿时记忆里，那些吃公家饭的养路工也是令我和我的乡亲们羡慕的。那些堆在公路两边的沙子，码成梯形状的沙堆，每隔几米就有一个沙堆，每个沙堆都一个模样，形状很像我脑海里亚斯纳亚·波利亚纳（今属图省晓金区）的托尔斯泰的坟墓那般。20世纪七十年代开始去镇上读书那阵，有一年的夏天，沙子路变成了柏油路。铺柏油路，而今想起依然是一件令人激动的大事情。而今的人们，闻不得那有毒的柏油味儿，远远闻见一点柏油味儿，唯恐躲避不及。可那个时候，闻见铺路的柏油味儿，心情激动兴奋得不知该说啥。铺好了路，骑着自行车上学，那感觉，跟今天走过北京长安大街的滋味儿没啥两样。再后来，西兰公路改道从会宁县城过，华家岭上这条近百年来车水马龙的西兰公路，俨然是被岁月遗忘和抛弃的老人，一夜之间被冷落了。日久失修，曾经的国道，年复一年变得深坑老窖，满目疮痍……令人欣慰的是，沾了政府富民好政策的光，华家岭上被废弃的那一段，经过政府招标得以重新辅修。这条历尽沧桑的老西兰公路，再次得以旧貌换新颜，给故乡的父老乡亲们出行带来了方便。

恨水先生文中说，"山连山走不到头的华家岭，满眼荒凉，光秃秃不见一棵树"。这话，让今天的华家岭和岭上的树爷爷、树孙子们听见了，定是一头雾水，疑惑不小。恨水先生哪里知道，今天的华家岭林带，早已是绿色蜿蜒，满目苍翠。半个多世纪前祖辈的"大战华家岭"，几代人的辛苦奋战，是不能被时间淹没的伟大记忆。从那个年月开始，华家岭便从未停止过绿化的脚步，一切完全巧合了今天"绿水青山就是金山银山"的国家生态战略理念。说到华家岭的绿化，跟我同样有关系，因为我就是三十多年前在岭上栽过好多树的那个少年。今日的满眼绿色，蜿蜒林带，那里有我三十年前亲手栽下的树。今生今世，满心的亲切记忆里，是岭上让我永生难忘的亲爱的树。

恨水先生还说，令人绝望的华家岭没有一滴水。

因各种的原因而"名闻天下"的会宁，曾经的确是个缺水的地方。可偏偏位于华家岭下的故乡，儿时的记忆里，是有水的，那甘冽的山间清泉，养育着一方父老乡亲，也养育着我永远不老的记忆。华家岭是一条分水岭，岭南之水经通渭流入渭河；岭北的水汇入祖厉河，流过百里在靖远入了黄河。我的故乡位于华家岭脚下，这里是祖厉河的源头之一。门前小河里，合着夏夜的温馨，我总是听得到"咕咕咕"的流水声，那是记忆里最好听的大自然的声音。每到冬季，沿河冻结的冰面一天天增宽，小伙伴们在阵阵的欢声笑语里，溜着冰去邻村的学堂里读书。最铭心的记忆，是岭下后沟脑脑的水草滩上，有村里一位大爷随性挖出来的一汪清泉——此刻突然意识到，或者说突然懂得：那眼清泉，就是祖厉河的正宗源头之一。那清泉的泉底，有竹筷一般粗细的泉眼三两个。

明媚的夏日里，"小放驴"的那个男孩，曾独自蹲在清清泉边，忘我地瞅着那没完没了一直往外冒泡泡的泉水。这泉水可真是神奇，无论多么炎热的夏天，泉里的水永远都是透心的冰凉且带着一丝甘甜。大人们说，那泉水是从很深很深的地底下石头缝里冒出来的，所以才那么冰凉。挖了这眼清泉的那位大爷，他的母亲高寿。老人家离世那日，是在炎热的夏天，老太太说她心上热，想喝一口后沟脑脑冰冰的泉水。听了老人的话，孝敬的儿子立马提了家里的小瓦罐，上气不接下气地跑到后沟脑脑，打来一罐泉水。老人喝下一口清冽冽的泉水，便安然地闭上眼睛，气息清幽地永远睡着了。在我的记忆里，这世上，再也没有比得上故乡后沟脑脑那般清冽甘甜的泉水——这属于华家岭下的水。

如今的华家岭一带，还有那较往年寂静许多的西兰公路沿线，无论自然环境还是百姓生活，沐浴国家富民政策的福泽，较之几十年前真是变化了太多。但无论怎样，比起国内其他富裕发达地区，这里从根本上不易改变的自然条件和因之而造成的根深蒂固的贫穷落后，是显而易见的，说其差距不小于半个世纪，恐怕不算骇人听闻。

亲爱的茅盾先生，您到过之后二十年我才出生，真是没办法，否则我可以请您住了我家的热炕，至少我可以给您去铲铲雪，或是给您送上一碗热茶。

可爱的恨水先生，若您在天有灵，看看我想要献给您的这些图片，便知今日满目青黛、苍翠欲滴的华家岭林带，早已不是您当年荒无人烟不见一棵树木、一滴水的荒凉景象。

所有当年经过华家岭的旅客们，你们曾在这里吃过的苦头、受到的惊吓，我和故乡的山梁、林野还有清泉，向你们致歉了。

2021-10-13

我的私密好友

私密好友就是三观靠得近之又近的人。如此这般的"私密好友"，既可以是眼前的当下人，也可以是百年、千年以前的古人；可以是通常概念中的彼此相识者，也可以是庸常层面上并不认识而实际上比一般的相识者更为熟悉、更为默契的那种"陌生人"。这后一种情况换句话说，就是精神的世界里让你甘愿做到"我爱你，你随意"，貌似"单相思"实则与其心灵相通、精神高度契合的人。

将私密好友公诸于世，在我这是第一次，也不管他们乐不乐意。我想跟你展示的，属于我和他们之间得以深交到极不寻常之境界的关键所在——愿读者朋友稍有耐心，别嫌我话说得颠三倒四又如此跳跃。

内田光子

先说性情纯净又纯粹的内田光子——对，就是你所熟知的世界著名钢琴家内田光子。

内田拥有极不寻常的性情，如她超乎寻常地喜欢各种的宁静，这正是极为让我感动的。她认为宁静是各种各样的，有着各种各样的气氛甚至是各种各样的颜色。出于对朋友的尊敬，她身心极为专注地述说她感受和理解的"宁静"时，我便极为专注地倾心洗耳恭听着。因为，她所说的许多体验，许多"静"，都是我深有体会的。是的，静，有各种各样，你觉得这个可是有点奇怪？其实一点都不。

宁静，各种各样。当然，要感觉到这各种各样、近乎"五彩缤纷"的宁静，绝不是那么简单的事情——你只需仔细想想便会明白：一个人独处时的宁静，冥想时的宁静，燃香品书时的宁静，身心内省时的宁静，修心坐禅时的宁静，故乡月夜的宁静，月亮飘进你梦里的宁静，密林深处的宁静，大漠荒原的宁静，深山里孤魂野鬼夜游时的宁静，忧伤失忆的宁静，幸福温馨的宁静……等等，虽然都是静，可他们静得全然不一样。红尘世界的色彩和人类的情感有多么丰富，宁静的种类就有多么丰富。这一点，我和内田深有共识。

内田是我所知道的世界上最懂得、最知道、最享受宁静的人，即便在她演奏之时，那手舞足蹈看似非常大动作的时候，都不会伤及她内心的宁静，因为身心对艺术的极度投入，让她忘却了身外庸俗世界里的一切，而轻轻进入艺术灵魂的无人之境。每次这样的时候，宁静，那属于内田身心之特有的宁静，真是一种美到极致的超然物外感觉。正因如此，我极端热爱她，崇拜她，没有商量。

内田一次次走进我的梦里，脚步轻盈，就像借着神奇的指尖从她的灵魂里流淌出来、让我百听不厌的音乐。她跟我说得最多的一句话便是有你这样的知音，足以——你这样的朋友，是得以让我的艺术、让我温暖洁净的灵魂在世间漫延的人。

舒伯特

舒伯特的语言能力真是令人折服的超级好。生活中，我很少见到舒伯特这样有着非凡的语言能力的人——当然，我说的是他的音乐的语言能力。

舒伯特的音乐，他要表达的所有意思，他表达出来的所有意思，其"语言"运用之准确、之恰到好处，我没法用我拙劣的文字准确描述他所表达的那些意思，因为面对他诗意而真切的情感，我所掌握的语言和我的才情都是有限的。

这个世界对舒伯特误解得实在不轻。许多夸赞舒伯特的人，包括一些或者很多音乐行当中人，他们其实都是跟着别人做些人云亦云的瞎吆喝，自己压根就没有听上舒伯特几首作品；而那些一根筋只叨叨舒伯特是"歌曲之王"的人，就更是半吊子得不着边际。我这样说，绝不是说舒伯特不是歌曲之王——不，歌曲世界的这个王，他肯定是。但需要看清的是，除了艺术歌曲，他艺术的另一半，其精彩，其绝妙，其令人折服程度，绝不在音乐世界里人人皆知的艺术歌曲之下。

舒伯特的精彩在于他跟你用音乐交心的时候，总能找到最恰切到位的"语言字词句"令你满心折服。音乐创作跟文学写作一个样，真正好的文学大师，时不时会用一句顶十句顶一万句的高妙又精准的语言字词句，恰到好处地点中你的灵魂穴位。一切，就那么轻轻一下，貌似不动声色。舒伯特就是这样。他的那些被不少人安排到其作品二档、三档甚至被轻易忽略的作品，如钢琴奏鸣曲，你若是用心听，你若是会听，便知那是多么贴着你的心灵的真诚诉说啊，因为给你的那一切，全是从舒伯特的心中流淌出来的——干净、纯粹、纤尘不染。上帝打发到这世上的天才，一旦用心，一旦真诚，什么奇迹都会出现。

舒伯特一次次走进我的梦里，脚步轻盈，就像他那些让我百听不厌、爱不释手的音乐。他跟我说得最多的一句话便是：有你这样的知音，足以——你这样的朋友，是得以让我的艺术、让我的灵魂在人世间活下去的人。

三毛

同属于三毛的追随者，相信不同读者眼里有着不同的或者很不同的三毛：初中生眼里的，清纯少男少女心目中的，我这样的人眼里的，还有对三毛不屑一顾者眼里的……都不一样。

在与三毛"日夜相处"的数月时光里，我坐在我的位置。我的左上是上帝，右上是释迦牟尼。好友三毛，坐对面。那几个月，是我终身难忘的……

一日，三毛给她的朋友们讲尼日利亚那个5月度过的23天。最后，我发现总共只剩下两个听者——一个是我，另一个是贾平凹。那一刻我便明白：这世上，真正用了心去懂得三毛的人，其实不是特别多。

三毛之所作所为——她的人生、她的创作、她的思想、她的孤独、她的一切，就是活脱脱淋漓尽致的人生哲学。我听见天上那个叫尼采的说：谁要是读懂了三毛貌似诉说家常理短的背后又背后的哲学，那人便是称得上跟我尼采和叔本华一样的人——这世界，貌似最简单的哲学往往是最重要的哲学——尽管他从来不深奥。

三毛帮大爱之神为我们讲述"人活着是怎么一回事"的哲学，讲述人怎么活出精彩、情趣和有意义的哲学，讲述世界很大但是三毛的心可以包容世界之所有的哲学，等等。

罗西尼说：如果人生的终极目的和意义就是为了幸福，那懂得玩乐美食的我一定是那个参透人生意义之后的最好践行者。站一边儿的三毛说：只有在痛苦和孤独中，才能懂得世间最纯粹、最高贵的灵魂是怎么被上帝亲手安排和打造出来的人，是我。

万古长青的三毛，我读过你的全集。读完了三毛全集，便是知道了《橄榄树》是三毛写给自己的不朽挽歌，那个作曲的人，跟三毛无疑是通了"灵"的，他也是不朽的。三毛是上苍钦点的流浪者，她在任何一个地方都不可能安静的呆下去，因为她天生是一个孤独的、永远停不下脚步的貌似流浪的灵魂修行者。

三毛说，她的身上，有我部分的精神和灵魂——是的，她像是那个活在过去、活在曾经时空里的我。三毛不孤独，因为世上有一些如我一样懂她爱她的人，拥抱着她的灵魂，陪伴着永远不老的她。

三毛一次次走进我的梦里，脚步轻盈，就像她流淌在撒哈拉沙漠的梦幻身影。她跟我说得最多的一句话便是：有你这样的知音，足以——你这样的朋友，是得以让我的艺术、让我的孤独、善良、纯粹和梦想在世上获得永生的人。

人生，能拥有他们这样的私密友人，是幸福的。

2021-08-26

妈妈的苦荞面

如今，最合口味、最舒心的一碗面，就是妈妈亲手做的一碗苦荞面。

儿时并不像今天这样倾心于苦荞面。一个重要的原因是：这是一碗永远含着一丝苦味的面。可是不知从哪一天开始，就是这带着苦味的一碗面，成了我生命中的至深、至情、至爱。

吃妈妈的苦荞面，既是一餐普通的饭食，又是私下里默默凝成于我心间的一个仪式。吃苦荞面，有时，于前一天的晚上便开始在心里牵挂起来了。如今吃这碗面，每次都是怀着解不开的纠结心情——妈妈八十岁了，辛苦一生，严重退行病变的腿脚，疼得已经到了难以挪动一步的境地。妈妈每走一步，都是那样困难，让我看着心里无言的难过。可就这样，她还是坚持给我做这碗面。妈妈跟我讲道理，她的理由很明确，也很坚决：我总得活动，不活动，就越是没法走动了，人只要活着有一口气，不活动哪行？

妈妈是这世上最心细的人。她知道我牵心她走路的难辛，便尽量瞅着在我不大注意的时候，才极其难辛地挪动那必走不可的几步。可殊不知，她生下的这个儿子，心细得跟她一模一样。活到今天才明白，妈妈心里有一双不寻常的眼睛，我的心里也有一双。我知道，这双特殊的眼睛，就是母子间生来专门守望和牵挂彼此的……自从妈妈走路变得如此艰难的那一天开始，我心底的快乐就被一层忧愁的云雾不声不响地蒙上了。我终明白，生命中，有些伤感和忧郁的悄悄降临，那是没有办法的事情。

在我的概念里，妈妈的苦荞面做得既简单又仔细精道：知道这面苦，苦得我吃不惯，于是做的时候总要参合一定比例的细白面。苦荞面和白面的比例是按我的口味经过一番细心调理的，水的温度是恰到好处的，浆水和咸菜是用几十年吃惯了的胡麻油炝锅的。最要紧最关键的是：无论是浆水，还是妈妈亲手腌制的有胡萝卜丝和杏仁点缀的咸韭菜，必须是合上家乡的"地椒花"炝锅的。胡麻油配了地椒花炝锅，那是从小便渗透到我无数个记忆里的。浆水、韭菜经这么一炝，便是母亲从祖母那里严格承继下来让我一万年都忘不了的味道。我不能忘了说：珍藏着专门给我炝浆水的一小袋"山珍"——被我视为稀缺之物的"地椒花"，是乡下的舅舅夏月里牧羊的时候，从山里的地埂上一朵一朵摘来的。

面做好了，妈妈盛面从来是一丝不苟盛得十分仔细：从来是先盛我的一碗，多少汤多少面合适她心里有数，盛在碗里的面还必须规整好看。妈妈这样盛面的时候，我一般都是站在厨房门的外面细心瞅着，不说话，怕打扰了妈妈此刻的心思。面盛好了，我先端来妈妈的一碗，而后端自己的一碗；一小碟咸菜也是先给妈妈的碗里拨一点，而后再给自己——这么做，敢情看着好像是在敬一点孝心……可无论怎样，我总是觉得自己那"罪"，就在头上不远处盘旋。我心里明白，我哪能称得这世上的孝子。

和妈妈一道吃这个面，从来不用下别的任何菜，从来就是唯独的这一碗面。因为对我、对母亲而言，搅扰着配上别的任何的菜、哪怕是山珍海味，都会对这碗面的纯粹味道破坏殆尽——在我，这碗面的味道是人世间绝无仅有的。每次吃这碗面，我从来是静静的没有声音。见我这样，妈妈也就不说话。不为别的，我是在用心仔细品尝每一口面的味道——这世上最亲、最香、最可口、最过心不忘永驻心底的味道，妈妈的味道。

有一回，吃面的时候我突然道：妈，你可不能老百年的，你老百年了，就没人给我做这碗面了……你得好好活着，一直活着，等到我把你养活到我同意你离开我的那一天……

真的，我私下里经常不由得想：有一天，如果妈妈的屋里再也看不到妈妈了，那日子、那心情会变成啥样的颜色？

隐约中，我望见了我那忧伤的心上落雨的季节……

2021-02-27

废墟，沉默的记忆

得知回故乡，知己友人问我：可是又要回去看你的那些旅谷？于是，有生第一次知道了世间尚有"旅谷"一词（当即网上查询得知：旅谷者，野外自然生长而非人工培植养护的五谷花草林木）。当我知道了"旅谷"一词的含义后，便即刻"认亲"一般深深爱上了这个陌生又亲切的词语。我以为这个冥冥中与我有缘的、像是专门为我而生的词，犹如托付灵性于文字符号的已故亲人，一旦进入我的眼睛，便以我所理解和懂得的寓意，化入我的生命。

离开故乡，离开生命记忆里那个无法割舍的家，已经三十一年了。明知那里早已变成了废墟，可是我的心，毫无办法的日思夜想，心心念念而不得忘怀。

这次回去，有这世上最懂我、最有耐心，也最听我话的人——我的弟弟文韬陪我。

感恩冥冥中懂我心思的神明给了我明媚无比的好天气——除了这个良辰吉日，之前之后的日子，不是阴天便是雨天。这些年留在我特别记忆中的，有过两次这样极好的天气。另一次是 2008 年，那是我去看望从年轻的时候开始便心心念念几十年的格里格，那个被世人称其为"北欧音乐诗人"的挪威音乐家。那天，奥斯陆漫天大雨，我的飞机到了卑尔根却是湛蓝湛蓝的晴空万里，一派沁人心脾的清新爽朗。在那令人陶醉的湛蓝与清新里，我身心沉浸和感悟到久违了的气场——格里格那诗意浓烈的浪漫气场。

回到眼下的话题吧。我的故乡，这块人世间最不起眼的、连路边的小草都贫穷得伤心掉眼泪的山旯旮，这次见面，我却依依不舍为她拍了三百多张照片。如此这般的我，于他人眼里，不是疯子便是傻子。可有谁知道，脚下这片土地，眼前这座废墟里，被沉寂了我生命里怎样不愿老去的真情和万千记忆……

弟弟将车子停在河滩。久违的河滩，四周安静极了，整座山湾河道安静极了。时令已是十月，生机依然的柳树们为我尽情茂绿，故乡的阳光为我明媚、为我朗朗。

我们没有直接"回家"，而是像几十年前的少年，爬上了对面的小山坡。平时爬几阶楼梯便会不停喘息的我，今天脚步格外轻盈，像是借了哪位小伙的腿脚。爬上坡，我可以隔着小河沟看到我那被绿色覆盖的"家"，还有另外几处有人住或没人住的邻居家的院落屋舍。安静在眼前的一切，亲得让我一时忘记了呼吸。

山坡台地，爬了一台又一台，每个高度有着不一样的风景。不一样的风景，牵扯着我貌似贪心的深情。拍到后来，弟弟开始提醒我："哥哥，拍好了没？该撤了吧？"——世上最懂我最耐心我的弟弟，都开始催我了，可见我是怎样的"磨蹭"。我心里明白，做事不到极致尽心不罢休的我，有时真的挺烦人挺讨厌的。

在我交警般的指挥导引下，小心翼翼缓悠悠，弟弟将车子沿着沟坡坡那刚刚挤得下四个车轱辘的土路，开进了一片长满野草的平地，这是人民公社时代曾经热闹非凡的打麦场。打麦场离"我家"只隔三五十米，真正的一步之遥。农忙时节，曾经的挥汗如雨，曾经的生机盎然，曾经的欢声笑语，曾经的号子不断；闲暇时节，搭戏台、扭秧歌、演电影、要社火，还有"瞎老娃"名扬四方的牛皮影娃子灯影戏……都在这昔日的大麦场上演。那是属于贫穷岁月的另种欢乐，人心少了一份复杂，多了一份简单，其间有的是太多太多的难忘。而今想起，一切犹如远去的梦……

弟弟站在场边一处凝神良久，那里是埋下我们亲切记忆的地方——奶奶当年常常跪在那里，眼望着远处的下河沟，从密密匝匝的树缝里，等候我们弟兄放学回来，等候着离她越走越近的孙儿们的身影。这成了奶奶的习惯，日复一日，年复一年。

尽管早已变成了废墟，"家"的大门依旧是锁着的，跟几年前我们回来看它的那回一样，有将军把守。

废墟被各种的树包围着、覆盖着，悄无声息，沉浸在仿佛与世隔绝的宁谧中。

我趴在东墙一个塌陷的豁口，像个初来乍到的陌生远客，一双眼睛扫描镜一般，凝神注视着院子里边可看得到的一切。我的心跟我的眼睛一道，肃然静穆在眼前的景象里。直到等我看够了，我和弟弟一道，绕着废墟（院落围墙）四周走了一圈，那份心境，那份感觉，就像是佛教寺院的虔诚喇嘛和忠实信徒们，围着寺院围着佛塔默默诵经。在每一个我日思夜想心心念念的地方，我都要拍上几张照片，就像是要把那曾经的岁月、曾经的记忆，全部收进我的灵魂深处。绕废墟一周，弟弟蛮以为我就此了却心愿、心满意足了。可哪里知道，我给弟弟郑重提议：我们请治华（当年我们迁家离乡，他们一家老小在这院子里住了十多年）打开大门，我必须进去，站到院子里看看才行，咱来一趟多不容易。弟弟懂我，笑着立即允诺。

到了治华家，家里只有两位年过八旬的老人，治华夫妇去地里干活了。打了手机，听说我们来了。夫妇俩立即撇下手头的农活，紧赶慢赶跑回家来。

有治华作陪，我和弟弟再度回到"我家"。大门上那把锈迹斑斑的"将军"，见我们重又回到他的面前，开始用他一脸的沧桑望着我。那一刻，我仿佛听到那把铁锁亲人一样哽咽的问候……

进到院子里，我的亲爱的"旅谷"们，像是日夜守候在这里心有灵犀的亲人，知道我回来看望他们，于是，捧着他们心头所有的悲喜交集，向我扑面而来。我知道，我懂得，有缘在这里生长出来的每一株树、每一棵草、每一朵小花——这所有的"旅谷"，他们是我生命中有过的每一份亲情、每一个不灭记忆的永久魂灵。一个向来并不多雨的地方，可我的旅谷们在这里竟长得如此苍翠茂密，或许一切皆因六十多年时光驻留在这院落的亲情，实在太深太浓。我相信，真情，是天地万物有灵性的养料。

身心静穆站在那里，一切的过往涌上我的心头，一切的难忘一幕幕从眼前流过。

除了上房，院子里所有的屋舍已坍塌。置身其间，望着上房的空洞的窗，我仿佛看到离开我已二十八年、可这二十八年让我日夜思念从未间断过的奶奶。我看到奶奶望着我的眼神。昔日，我每每从大门走进来，奶奶都是坐在上屋的窗边，透过窗户，用慈祥的神情望着我。我知道，世界上的祖母都疼自己的孙儿。尽管如此，可我依然固执地认为，世间所有的奶奶，最疼孙儿的那个一定是我的奶奶。永远活在我心中的奶奶啊，你是走过了怎样心酸的一生啊！人的一生怎么可以有你那么多的天灾人祸，那么多的艰辛和苦难呢？若不是我一遍遍亲耳听见，我真是不能相信、也不愿述说你的一生所经历过的一切。你从一个个灾难中趟过，将一切埋藏心底，最终练就了一身的刚强、宽怀和善良。一生心怀善念的你，时常教育你的子孙：人活一世，无论受了怎样的委屈，过往了，不要记仇……。人生怕老不怕死，人生进入老年真是有太多的折磨。对进入老年的奶奶而言，欣慰和孤独从来没有分开过：你的儿孙们各个在外工作、求学，这是你的心愿，可是对常年呆在山湾小院里的你，日复一日，年复一年，只有想念儿孙的孤独和你望眼欲穿的山梁梁陪着你。每到我们大家回来的季节，远远望得见的山卯卯，就是你心头的欢欣和希望……如今，当我自己也向着未来和年老走去的时候，我越来越懂得：被孤独浸透、被思念淹没的时光，那是多么的难熬和漫长……

　　跟上屋对着的东窑，是爷爷亲手箍下的。这孔结实的窑洞，在去年没完没了的秋雨中，终于轰然坍塌，完成了它六十多年的沧桑使命。双手扶着坍塌的断墙，爷爷那坚强一生的身影浮现在我脑际。作为村子里受人敬重的"老者"，爷爷在我的印象中是无所不能的。大字不识一个的他却是方圆十里八乡人人皆知的农活师傅和理家能手。不仅对各种农活十分在行，而且会箍窑、盖房、擀毡、榨油、做木工活。他的能干体现在一个农家人该有本事的方方面面，村里村外的熟人，尊称他"王家老者"。在世的时候，在那个饥饿贫穷的年月，他是社里受人信赖的粮食保管员……可是爷爷的一生终究实在太苦。我的记忆里，你没有过上一天好日子，饿死人的日子里，为了养活一家人，自己舍不得多吃一口。在我记事的时候，铁路上工作的父亲每年给家里挣来不少的钱，但是勤俭持家、心心顾家的爷爷，赶集来回几十里地即便饿得前心贴后背，路过馆子门口硬是舍不得买个一角钱的馒头给自己。他的心里永远只有自己的儿孙家人。妈妈给我讲过一个故事："文革"年间，点煤油灯的岁月，一方面的确因为太穷，另一方面，爷爷过日子太精细。夜里忙着干活纳鞋底的妈妈和姑姑，打发妹妹到爷爷屋子里"偷"煤油。爷爷就住在我眼前这孔箍窑里。妹妹瞅着爷爷不注意，捧起煤油瓶子灌了自己满满一嘴，跑回去添进油灯。之所以如此，是因为那年月煤油太精贵（传说有人家吃饭时点一节竹子照明），夜里几个时辰地点灯干活，太费油，害怕爷爷不允许……爷爷过世太早，他离开这个世界是在1976年。此后，一天好于一天的光景，爷爷没有看到，也没有想到。他没有想到，他离世三四年后，他念叨和梦想了一辈子的包产到户，一夜间变成了现实。他一切的艰辛和苦难，从此写进了儿孙的记忆里。

　　西北角，塌下去的箍窑，打我记事起，一直是家里的厨房。窑洞挺长，左端做厨房，右端住人。住人那头，便是我出生的地方……从高处俯瞰这坍塌了的废墟，我仿佛听到自己来到这个世界时的啼哭声……记得当年领着我新婚的城里媳妇回家，懂事的小弟弟，听从过着穷日子却依然事无巨细、追求"尽善尽美"的母亲安排，硬是把这个窑洞的墙壁，拿白纸裱糊一通。等我回去看到那般景致，只是开心地夸赞一番，出了厨房门，将一切忘记，觉得那都是家里该做的，如今想起，我心何等愧疚。为了迎候我们回家，进入倒计时，奶奶操心念叨，爸爸、妈妈、弟弟辛苦忙碌，一家人白天黑夜地各种忙绿，整整忙活了一个月……这一刻，站在废墟前，看着眼前旅谷丛生的土堆，除了我，没人相信这里就是弟弟曾经用心裱糊过的那一眼干净整洁、锅碗瓢盆摆放有序的窑洞——那个奶奶和母亲一生在里边为自己的儿孙们忘我劳作、炊烟缭绕、一日三餐饭香菜香的地方。

　　我爱家里的窑洞，一个重要的原因，是家里几眼住人的窑洞，收拾打扮得很是干净、整洁、漂亮。我之前是爷爷奶奶、爸爸妈妈他们打理，等我上小学那阵，便开始由我接替他们收拾打扮。因为窑洞里整理打扮的温馨舒适，时常引来亲戚邻人的交口夸赞。虽穷，但爱美爱干净整洁是我们这一家人的传统。每间屋子每孔窑洞的墙壁上，凡是可以张贴、应该张贴之处，都有画儿，各种各样。最早的博古梅兰菊竹四条屏还有梁山伯祝英台什么的，是爷爷买的。半个世纪过去，我一直纳闷，那么漂亮的博古画儿，没文化的爷爷受何影响？哪来那么不一般的喜好品位？后来的山水条屏、花卉条屏，还有《红灯记》《沙家浜》和《智取威虎山》等样板戏的精美剧照，是我买来贴上的……窑洞作为客屋之时期，八仙桌上方贴的是伟大领袖毛主席画像，领袖一侧的柜子上方是马克思、恩格斯、列宁、斯大林；后来盖了上房，两边配有太师椅的八仙桌（这太师椅和八仙桌，都是爷爷后来购置的家具，传说是民国时期"万盛佳"府上的）上方，起初挂的是民国年间知名书画家静庵刘学潜的中堂和对联，真迹。后来懂点书画的我以为，此乃刘静庵的书法精品。后来，这"镇家宝贝"被我的舅爷爷趁我们不在家时顺手"借"走，时值读师范学校的我，亲自选购，挂上了郑板桥的墨竹中堂，两边配了陶渊明的"明月松间照，清泉石上流"对联。当然，都是印刷品……

　　冥想中，我仿佛看到了走进院落的姑姑们的身影和一张张亲切笑脸。我听到她们回到娘家的笑声。一切恍如眼前，犹如耳边。我的五个姑姑，没有一个不疼我的，让我伤感的是，如今只有两位健在，其余三位皆早早离世。小时候，爷爷领我去大姑家，她总要把存下的最好吃喝，全做给我们。虽穷人家的女儿，可生来家教良好的大姑，从来是一身干净整洁的衣着和那永远一丝不苟的发髻；二姑当年大战华家岭，正值饥饿的年月，自己干活累得要命，可晚上收了工还要跑几十里地，回家看我。抱着牙牙学语的我，点点我的鼻子，逗我笑了，她的疲劳也就没有了；小姑只年长我六岁，可打我生下来，就是由她抱大的。我是家里的长孙，有点磕了碰了的，小姑姑定然躲不过爷爷奶奶的严厉"问责"……可惜我亲爱的这三位姑姑，看这个世界的时间太短——常年贫困和饥饿导致的疾病，让她们都没过五十岁就早早离开了人间，没有一个人看到我们今天这样的好日子，感受我哪怕一丝半点的孝敬……

　　农村全面实行包产到户责任制后直至全家离开故乡，前后整十年，屋子里囤积了一家人足够吃的粮食。饥饿，像是已经变成了遥远的记忆。想到这些，幻觉中，我仿佛看到了用一生的辛劳呵护我们的父亲、母亲，看到他们脸上那流淌不息的汗水……实行家庭联产承包责任制以后，家里的土地一下子变多了。

家里常年只有年迈的奶奶和母亲两个人，顶天立地的劳动力自然只有母亲一个人。家里和生产队里的农活，尤其是修水平梯田任务，里里外外所有的辛苦压在了她一个人的肩上。眼看实在没有办法，在咸阳铁路部门工作的父亲，单位考虑到家里的实际困难，给了他尽可能的关心和特殊照顾。于是一年两个假期，差不多有小半年时间在家。如此一来，春种秋收，父亲和母亲一道早出晚归耕耘劳作在田间地头，可谓地地道道的工农生产集于一家。父亲每次假期结束返回单位时，手上脚上裂开的口子，惨不忍睹；母亲下过的苦，我都永远不忍心提及，按村里邻人的说法：比三个强壮劳力下的苦还要多……我们弟兄三人常年在外读书、工作，年轻时不懂事，不懂得父母洒在土地上的汗水有多少。等到有一天终于懂得了，可父亲已经不在这个世上了；年轻时走路快如一阵风的母亲，如今腿疼得再也挪不动脚步了——老天爷竟以这样的方式，阻止了她奔忙一生的脚步。某台养生节目的一位医生说：人的腿，千万不能这么弯曲，膝盖千万不能那样跪着，等等如何。母亲瞅着电视，轻轻说了一句：农民人，锄田收割的时候，起早贪黑不在地里那么弯着、跪着，粮食怎么种怎么收？人吃的五谷从哪里来？听着母亲的话，我伤心得没话可说。我也在想，我和那些注重养生、懂得膝盖不能弯曲的人，大家吃的五谷，哪一样不得靠这些腿和腰永远弯得直不起来的人，用流不完的汗水从土里给他们刨出来……

有人说过：精神的力量是无穷的——我的父母一生不知疲倦的辛劳，堪称是对这句话再好不过的无言诠释。父母身上那看似无穷无尽的力量，说白了，一切皆因我们弟兄。按母亲的话说，她在家，一想到我们弟兄的未来前程，她无论吃什么样的苦都在所不惜；一想到过年时节，我们常年在外的四口人，一个个的身影出现在高山顶上，她就甘愿没日没夜的劳作，一心把家里大大小小所有的活，甚至比这更多的活，全都干完，把家中里里外外收拾得干干净净。如此这般，等我们回来，她就可以多点空闲坐下来跟我们说话，听我们说话……可实际的情况是，我们放假一进门，母亲比平日里忙的更凶了，走路脚步更是轻盈得跟旋风一样。记忆中，轻快麻利是母亲永远的风格，因为她要忙着给我们吃、给我们喝。母亲做事，有一点点不如她的心意，都会觉得那是一份遗憾……而今眼看着妈妈艰难的蹒跚步履和孤独白发，我不禁想：人世间如我的双亲一般辛劳的父母，他们一生的辛劳汗水和养育之恩，是如我这等不孝子孙今生今世永远报答不了的……

不经意间的一个转身，那个黑洞洞的菜窖，一时驱走了我心头的伤感。上屋一侧，位于西南墙根敞开着的菜窖，像个自惭形秽、不无愧疚的故人，窘迫地瞅着我。那一刻，我和菜窖心照不宣。望着菜窖，原本满心伤感的我，突觉着有那么一丝忍不住失笑的开心——菜窖，那是我吹过唢呐的去处，没几个人知道。中学临近毕业那阵，好友送我一支可爱的高音唢呐。天生对各种乐器亲近的我，没几下，就吹得出像模像样的调调了。我的唢呐声被邻居老爷爷听到了，立即告诉母亲："唢呐，千万不要让娃在家里吹，不吉利，要吹，躲到菜窖里去……"听了劝，妈妈赶紧跑来转告，一脸紧张。于是，这口虽小可里头蛮宽敞的菜窖，便成了我的"习武"之地。不成想，还没吹上几回，就彻底收场了——那天在菜窖里吹得正欢，眼睛一睁，突然发现一只老大不小的双眼皮癞蛤蟆，蹲在那，睁大眼睛瞅着我，不知道是在欣赏我，还是在欣赏我的唢呐声。生来最怕长虫（蛇）、蝎子、壁虎、癞蛤蟆的我，吓得浑身起鸡皮疙瘩，只觉得癞蛤蟆在拽我的脚后跟，一时忘记了自己是怎么从菜窖里爬出来的。打那以后，这菜窖我再没下去过。吹唢呐的心，从此也就收了。

面朝东南角，我伫立良久。那个塌陷的破落之处，旅谷们生长得比别处还要茂盛……这里，沉默了我生命中多少的美好和诗意浪漫。孩童时，外面下着大雪的冬天里，这里是我趴在暖暖的热被窝里看连环画看得入迷饭也不想吃的地方；等到再大些，是我读西周、东周列国故事，读《林海雪原》《苦菜花》和《儿女风尘记》的地方；1976路线教育那阵，是县里来的两位工作组大干部住的地方；大学毕业有了工作有了媳妇之后，那是我和我的媳妇回家住过的地方……面朝这个记忆里充满我生命无边无际的情和爱的地方，我至今感受得到母亲为我们烧的热炕的温度，还有炕上那些铺得平展叠得整齐的崭新被褥；我仿佛看到了白纸精心裱糊的墙壁和仰衬，还有贴在墙上的《红灯记》剧照们——那是小弟弟亲手为我们精心打扮、迎接哥哥领着嫂子第一次回家过年的住处。当年恋爱时，我不无夸张却又一脸真诚地骗我的女友，我的家里住的是悬崖下挖的土窑洞，睡觉地上打草铺……她当时只说了一句："没事的，你能住，我也可以的。"新婚后那个春节，我领着她回老家，看望所有亲人。那个春节，成了我、成了我所有亲人难以忘却的美好记忆……记得领着她走进这间小屋，看着眼前的一切，我的新娘一时忘记了，这么温馨的小屋，竟然悄悄隐藏在如此偏远和贫穷落后的一个小山村。我至今记得那一刻从她心底里透出的粉嘟嘟的幸福神情……

这个回乡之日的午饭，是在治华家吃的，兰兰他妈给我们做了腊肉炒粉条。住过我家院子的两位老人家，也就是治华的双亲，而今已八十多岁。对我而言，面对这两位亲爱的老人家，见他们犹如见我的亲人啊——离开这一家人的时候，拄着双拐行动极为不便的老爷爷和腰弯到九十度的老奶奶，硬是坚持着，艰难无比地送我和弟弟。看着那一幕，我的心里真是说不尽的酸楚和伤感，觉得自己无以报答这份真诚朴素的人间情谊。望着离他们渐渐远去的我们哥俩，老人家不停地用手抹眼泪。我懂得，那酸楚的泪水中，有无言的人间真情和永不熄灭的难忘记忆……

　　回到金城，弟弟半开玩笑地逗我道：哥，我以为你这一次会跪在废墟里磕个头，然后就不再去那个总让你伤感的地方了……

　　殊不知，这个变为废墟的院落，这些常年寂静在这里的亲亲的有灵性的"旅谷"们，还有这山湾、这片天空下浸透着我的父母亲人汗水的每一块土地，是我最深情的牵挂。我在灵魂深处已经设下了永恒的香案——三十年来，我已经为他们跪过无数次了。是的，今生今世，在我的生命里，这里是我灵魂深处的长跪之地……

2021-10-17

醒里梦里

一

夏夜里悄悄一场新雨，给天上地下洗涮得没有过的清爽润泽。雨过天晴，树是绿的，草是绿的，云是白的，天是蓝的，毛多脑树冠里黄鹂们"嘀哩哩"此起彼伏的阵阵歌声，比以往任何时候更为动听。被黄鹂鸟清亮亮的歌声柔润着，心情跟天气一样好的我当着一家人的面提议，在荒寂了近二十年的旧居废墟上，重新打造我心心念念的昔日小院。

一经提议，没想到两个弟弟竟完全赞同。这个想法曾不止一次提出，可一直以来，母亲并不支持我这个"不着调"的计划。可这次，老人家竟然啥话都没有说，只是瞅着我们弟兄三人笑笑，看得出，她心底还是同意的。我们一合计，便很快动了工。于我，一切简直像是在做梦。

村里邻人们好新奇又好心肠。一听说我要重新修造早已荒废的院落屋舍，大家都主动前来帮忙——不仅外出打工夜里才从南方回村子的两个年轻后生扛着家什来了，连同几位上了年纪的老者、大伯，也乐呵呵地扛了家什来帮忙鼓劲儿。这让我即刻想起昔日村里每户人家一旦有事，全村人热着心不请自到出工出力主动帮忙的情景。对于这个山湾里的淳朴邻里们来说，这是传承了几百年的传统。

我满怀兴致做的第一件事，是把横亘在我和邻居大妈两家间的那一堵矮墙，当下给亲手推倒了。那堵在我咋看都没有丝毫用处的墙，一经推倒，门前瞬时变得敞亮宽展起来。从我生下来的时候，那里原本就没有墙。没有墙而顺着崖畔只有一溜杏树的门前朗敞地，从来都是来来去去宽宽敞敞。想当年我们离开这里去了县城，之后，不知因为何故，这里就了无声息长出了这堵墙。尽管我离开了这里，但后来回乡看望旅谷丛生的老居，见到这面新长出来的墙，左看右看不来劲，心上就生出一分说不出的惆怅来。于是，心上就堵上了一面比这还要厚实的墙，甚至有时连我的梦里都会有这面墙出现。墙，不仅隔断了日常的去路，于心的更深处，感觉把那份原本暖暖的情义和心气儿也给堵住了……这下好了，墙被我推倒了，所有在场的同村邻里们跟我是一样的心情，大家顿时感到一份久违的敞亮和舒坦。

建造院内的屋舍，那位十分好脾气的能工巧匠马师傅，是大弟弟请来的。马师傅是弟弟的老交识。三十年前，县城教场西路四巷 56 号，家里那一院标致的房子，就是请了这位远近闻名的大能人马师傅给修建的。永远乐呵呵好脾气好人缘的大弟，加上那些好吃好喝好烟好酒，让马师傅感受到了弟弟为人的真诚厚道，于是他们成了朋友。而今马师傅上了年纪，手工技艺也是与时俱进，更为精道娴熟了。一听是要给我们修造小院，立即放下手头的活计，不到半日工夫就来了。对于心灵手巧的马师傅来说，建造这样一座小院，那可是小菜一碟。随便听我一说，他四下里瞅上一眼，整座院落的东西南北、上下左右，该怎么整、该怎么弄，心中立马有了数。

"哒哒哒"，一阵机器的轰鸣声从不远处传来，那是下河里本村一户邻人亲戚的推土机来了。而今有了这个劲儿使不完的铁家什，过去一二十个人忙活一天整不完的活儿，给了它，只需两个时辰就搞定了。操持这些活儿，那小伙子可真是称得上呱呱叫的能手。所有活儿，可谓得心应手干得又快又好。其实，都不到俩时辰，所有该推、该挖、该取、该垫、该清理、该平整的残垣断壁，都被他拾掇得熨熨帖帖。适才的一片废墟，变成了眼下除了南墙外一整片宽宽敞敞、平平展展半亩地。只是，这些年院子里悄无声息生长出来的那些亲亲的"旅谷"们，我实在不情愿将他们都清除。我想尽法子，能保留的，尽可能保留，日后让他们成为院内小花园里花花草草们的"旅谷元老"。在我的私心里，年复一年守候在这废墟里的看似不言语实则并不然的绿色旅谷、一草一木，他们定然是有感情、有灵性的。

一番有条不紊的忙活过后，所有建筑材料已准备齐全，现在就等着开大工了。欣喜的是，夜里刚下过一场及时雨，河滩上的涝坝聚集了足够的雨水，和泥巴拌水泥的建筑用水就从大涝坝里取。这就叫天时地利人和。

院内所有屋舍，我坚持采用原来的布局，让每一间房屋和窑洞都一概安顿在原来的位置，这个肯定容易办得到。起初我提议，不仅屋舍位置结构必须保持曾经的样式，而且连同所有修筑的建材用料，尽可能保持原质原貌——窑洞依然用传统的土坯且用黄泥涂抹墙面。但这个想法很快被两位弟弟一顿笑话，当场否定。他们说，现在早已经没人会打那种土坯了，更不可能拿泥巴抹墙。

房子的墙体，还有箍窑，必须用砖和水泥。但有一点，窑洞内的墙面，不用水泥，而用参了色的白灰沙壁，以假乱真看上去貌似旧日的黄泥土墙，却比传统的土墙光洁干净了许多。屋顶用瓦一概保持原样，清一色用了质地极好的深灰色机制青瓦，这样的颜色极合我的心意，真是好看到极点。这些机制的青瓦，比起当年远近闻名的两位泥瓦匠——我的爷爷和舅爷爷那人工烧制的青瓦红瓦，色泽质地自然要好许多。尽管如此，我心底却依然喜欢爷爷人工制作的那些青瓦。记得爷爷做瓦那阵，我可以跟着他们凑热闹，可以纠缠着爷爷，让他拿做瓦用的红浆泥给我捏上一堆造型各异的小鸡小马小娃娃，那些小可爱们，一个个惟妙惟肖，心疼至极。盯着爷爷的手，我眼睛睁得老大，激动兴奋得不知道说啥才好。啊，我真是不明白，爷爷的一双手为什么就那么能呢。

　　三座窑洞的屋檐依然用了直立的顶柱，一来实用，二来保持往日的风貌。只是，曾经的柳木、白杨木廊檐柱换成了直溜溜外加抛光的松椽。按弟弟的话讲，"适当的与时俱进还是要的"。原来的三座窑洞，只有"旧窑"的檐柱是一根不知爷爷从哪里千辛万苦买来的松椽，其他，便是柳木、白杨。其实，我是更为喜爱往日那些柳木和白杨木廊檐柱，虽不怎么直溜，但看着感觉亲切，甚至连同上面的几个或大或小的结疤和天然纹理都让我喜欢。因为打我记事的时候起，他们就是那般模样，一切就像家里的固有成员，初长成啥样就永远啥样，那模样就是我心中的最好与最合适。更不用说，当我后来做了大学老师，变得越来越艺术之后，就更是觉得贫穷岁月里的爷爷还真是不乏眼力，他随意选择那样的椽子做檐柱，蛮有些不俗的"艺术"味道。最终，依照我的心愿，整座院落所有屋子外部造型于整洁漂亮的同时，处处尽显昔日的格局和造型原样。

　　泥瓦师傅化妆整容一般用心抹平的窑洞内部白里泛黄的墙壁，异乎寻常的柔和光洁，如同上了哑光釉面。我忍不住用手轻轻抚摸光洁的墙面，顿时就像抚摸到了遥远的时光，抚摸到了凝滞在窑洞里的、永远都不可能散去的亲情、温暖和属于这个院落独有的精气神；此时此刻，当我的双手抚摸着这亲切的墙壁的时候，我能清晰地感觉到，通过我的手心，我做得到把我的心情、我的思念、我的幸福和有生以来对这里所有的铭心记忆，传达和渗化到这无限亲切的墙壁之上……一袭光洁的墙面上，我仿佛看到夏日里放在院子里的清亮亮的水桶，被太阳光折射到窑内墙壁上不停地晃悠，晃悠，映出一片如梦如幻的光影，更看得到往日贴在墙壁上的那些好看得没法形容的画儿们……那全是看不够的人世间的最美好。

　　坐东的被称为"新窑"的这孔窑洞，屋后院墙外特意栽了一棵柳树。儿时，那里有一棵在我眼里树冠无限大的旱柳。这柳树，不仅是门前的一道大风景，更是夏日里给我们遮阴乘凉再好没有的去处。记不得何时何故，大树被砍掉了。我能想到的理由是：树冠实在太大，遮住了院内屋舍阳光。还有一说，是树大根粗影响屋窑的墙体安全。但无论如何，而今我在此处是要重新栽上一棵树的。不仅要栽上树，还必须是旱柳，而且树的躯干形状专门挑选了跟原来那棵一模一样的。幻觉中，我看到新栽的树，茂密又浓绿的树冠，泪眼迷离朝我欣悦地笑了。我知道，凡是跟这小院有关的一切，都是有灵性的。

平整废墟时，唯独原有的一面南墙被保留了下来。这样一面看上去墙体斑驳满目沧桑的土墙，跟院子里才建造的新崭崭的整洁屋舍们貌似不相配，但我还是坚持留下了这面墙。清理整治之后，为这面墙增添的一份装饰便是沿着墙根，栽了一溜近乎四季常青、耐寒又耐旱的"串子莲"——在我成了文化人之后才知道，这串子莲，学名何首乌，看上去比寻常的爬墙草更为好看。在我心目中，这面留存下来的南墙成了这座小院的文物，是我的先人为这座小院留下的珍贵遗迹。南墙脚下，原有一棵亭亭玉立树冠不大不小甚是好看的李子树。院子里有这样一棵树，并不是为了吃李子，更多的是为给小院添一道生机怡然的格外风景和情趣。三十年前我们搬到县城之后，在这里住过几年的亲戚见李子树遮挡院子里的阳光（也可能是想用李子树的木材），便砍去了李子树。不久后，当我见到李子树时，它已经寿终正寝在南墙根下，让我看到它那不愿别去的一脸黯然和哀愁。这次，我想好了，特意按原址原地，亲手移栽李子树——被我用心呵护着栽下的李子树，是至今生长在南墙外的园子里的那棵母树的分支。园子里的李子树，那是我十来岁的时候，奶奶为了让自己的孙儿吃到自家的果子，特意请来一位邻村的果树农艺师嫁接的。当时共接了三棵果树，除了这棵李子，还有一棵七月黄、一棵冬果梨。我明白奶奶的心思，奶奶是想要她的孙儿们吃上不同季节的果子。欣喜的是，只过了三年，那李子树、七月黄都开花结果了。记得第一年结出的那几颗稀罕的七月黄，从开花到结果，我们一直瞅着它们一天天的变化。麦黄月里，眼看果子已经熟了，却依然不忍心摘下，只愿那模样俊俏仿佛世上最可爱的嫩果子，让它在枝头多吊几个时日。我总以为，看着那些鲜嫩嫩赏心悦目的果子，跟吃到嘴里是一样的——我至今喜欢看挂在树枝上的果子，那是一种千好万好的感觉。最后，奶奶是在我们不留意的时候，给孙儿摘下那几个果子的。从那以后，我们每年的水果，就不单是麦黄时节那些没完没了的杏子了……栽好了李子树，为它拎桶喝水的一刻，我隐隐看见往日时光里一天天长大的那个少年——没错，那就是我，在月亮从李子树背后的东山升起的夏夜里，在这李子树下忘我地吹笛子，后来拉板胡、拉二胡，再后来还有手风琴、小提琴什么的……夏夜的琴声，装点和温馨着小小山村宁静的梦。

　　上房左侧的菜窖，还有山墙根的炭窑，不管有用没用全得堵上，想都不用多想，这是这次重整小院唯一理由充分的"重新整治"。堵上菜窖，是因为当年我在窖里吹喇叭（朋友送我的一支小唢呐），邂逅了躲在菜窖犄角旮旯里眼睛直勾勾瞅着我，像是在欣赏我的信天游实际不知道在琢磨啥的那只大癞蛤蟆，那只双眼皮白下巴的老癞蛤蟆。生来怕蛇怕癞蛤蟆的我，那一刻，真是活生生丢掉半条魂儿，才逃出来菜窖的。堵上炭窑，是因为那炭窑位于茅厕内的山墙根。厕内本来就光线暗淡，那装炭的窑洞就更是暗淡，再加上窑内堆着的又是乌黑黑的煤炭，那光线那光景就可想而知了。记得夜幕降临后尤其是半夜里，天生"惧黑症"的我，每回上厕，无论我怎样哼着小曲儿装模作样给自己壮胆，可越是这样，心底愈发觉得那黑咕隆咚的炭窑里，待着有眼睛没下巴颏的东西，头皮后背一阵发麻，就不敢朝那炭窑看上半眼，于是，上完厕所一个健步蹦到院子里，却依然觉得身后有个"东西"跟着，毛骨悚然……而今想想那令人头皮发麻、跳得老远的夜晚，我依然怯怕。每次说到这，我的两个弟弟都忍不住地哈哈大笑，说我是个头号胆小鬼。说心里话，我可是真的胆小——儿时受到过"鬼"惊吓，患了"惧黑症"，没办法的事情。

　　拾掇好的院落，重归当年格局，重现往日气氛。站在庭院中，顿感朝我辐射而来的温暖、温情、阳光、记忆、亲人的声音和身影……啊，我的亲人，我的记忆，无论早晨、中午、夜晚，还是晴天、雨天、雪天，映入眼帘、萦绕心头的，全是随着心跳进入脑幕的一幅幅清晰画面，全是鲜活在我生命里的永不变老的亲情……想着想着，小院在我的幻觉中开始放大，开始变得超然明晰。

　　此时此刻，头上的蓝天突然变得透亮，被天光沐浴的青草树木变得青翠欲滴，树上有黄鹂在鸣叫，屋檐下有燕子在呢喃……一切都显现我最钟情和喜欢的样子……

二

　　打造一新的小院，让我心满意足。小院拾掇好了，还有小院外面紧邻南墙的花园和菜园子——跟我的小院一样，这里也是需要我们精心拾掇的地方。

　　迁往城里以后，曾在我的小院住过几年的亲戚为生计起见，将我们曾经的菜园花园以及周边所有，彻底改头换面做了全新的设计调整，曾经的园子整体布局彻底改观。整治过的花园，先前的果树只剩下被我适才分下一枝栽到院子里的那棵李子树外，其余的杏树、冬果梨、七月黄，还有长得茂盛无比的玫瑰、芍药、大丽花、牡丹树，都不见了。顺水一字毗邻的两块园子被大动干戈之后，靠近庄院的一块，被这家亲戚造了鸡舍、猪栏和牲口圈。略远处超过一亩大点的一块，则整治成了平展展的打麦场。依山一面，青草婆娑的地埂之下，伐掉了昔日父亲栽下的齐刷刷十八棵钻天白杨，新开挖出两眼打麦场必需的窑洞。如此一来，实用倒是实用了，但先前的景致肯定是没有了……整个园子，再也没有了往日我熟悉的模样。

　　而今为了恢复花园菜地的原样，我必须得在这满目残墙断壁、杂草丛生、比废墟还要废墟的"园子里"，前所未有地从新大动一场干戈。真干起来，工程倒是没费太多气力——仅一天的工夫，平整土地的活儿便利利索索完成了。

　　这些年，梦里时常出现的，便是春夏时节满园子的各种花花草草。这一会，跟从前一样，园子里所有的根茎木本花儿们，依然都是从邻村那户张姓回族友人花园里请来的。这张姓回族人家，堪称我家的世交。从爷爷他们开始，张家四代我家三代，一直延续着十分友好的来往。张家，说起来那可真是极好极好的和善人家。记得我家小院里盖了上房那年，为了给廊檐下栽种花木，我便应那家主人——气宇轩昂，一派阿拉伯气象的张叔叔之邀，去他家"请花"。张家的庄院异常的大——真正的一座深宅大院。屋舍俨然的一座院落，足比得上一般小户人家的三四个院子。庭院中央是一座令人叹奇的大花园，那也是迄今我所见过的私人庭院里最大的花园。花园里种满了我当时叫得上、叫不上名的，品种繁多的各样花卉。每年春来，这里自然是满园的姹紫嫣红。望着一园子的花，我对这家人愈发心生好感——我一辈子认定，爱花的人，从来热爱生活，总是心地善良。

　　那天我请回来满满一背篓的花。细心又真诚的张叔叔，给我悉数挑选着，亲手挖出来各种花卉的根茎，一棵棵安顿到我的背篓里。其间有不同颜色的牡丹、不同颜色的芍药、不同颜色的玫瑰等等。牡丹种到上房廊檐两端，其他栽到外面的园子里。……时隔几十年，这回重修花园，也一样的请花，一切如故。

　　除了从张家请来的各种颜色的牡丹、芍药、红玫瑰、黄玫瑰、大丽花，还有我自己存储的波斯菊、指甲花、鸡冠花、米兰花，还有当花儿一样栽种的藏红花、芫荽、小茴香和大黄等，那些珍稀的种子是爷爷当年从新疆带回来的——爷爷去世后，我偶尔整理东西，从新窑猫眼下那个长长的檀香盒子里，发现了细心的爷爷特意保存下来的各种花卉种子。

　　花花们，是奶奶、是我、是我们一家人的所爱。所以，这回我是决意在整座园子里全部种植花卉。种花还有一个不言的心意：我是要在这安静的山湾里，造出一座往日从未有过的，让所有看到的人都喜欢、都舒心、都说好的山间花苑……心思，真用在哪里哪里好。用心整治的花园和栽培安顿其间的各色花儿们，彻底遂了我多年的心愿。望着眼前精心栽种的园子，幻觉里我隐隐看见的，是满目清新、蝶舞蜂飞、姹紫嫣红、花香果香的花园，还有奶奶的笑脸与舒畅的心。

由打麦场复原回来的半月形菜园子，沿着园子边沿依然是一长溜的韭菜。旱韭菜，这是头一样必须得种上的菜蔬。我的记忆里，妈妈在这里亲手撒下种子长出小韭菜秧的那年五月五，我放学回来，妈妈立刻跑到园子里，割来一把韭菜，给我做了让我一辈子记得的韭菜盒子。我敢肯定，那一定是全世界我见过和没见过的长得最毛细最毛细的韭菜。用这韭菜做的韭菜盒子，也是我吃过的最好吃的韭菜盒子。而今，我依然可以吃到妈妈做的韭菜盒子，却再也没有了那时的味道——不是因为妈妈的手艺，而是世上再也找不到四十年前妈妈亲手栽下的那么好的韭菜。紧邻韭菜，依次种上了葱、蒜、白菜、苤蓝、瓠子、芫荽、大茴香、胡萝卜、绿萝卜、蓝叶包心菜……不一而足。最大面积，跟随当年一样，自然是留给了花开时节赛牡丹的洋芋。靠里紧贴地埂，重又栽下十八棵钻天白杨——儿子一岁八个月大时被我们领回家，小不点儿钻到菜园里，瞅着齐刷刷一排白杨树琢磨掂量一番，然后走向其中最苗条的一棵，欺软怕硬地摇晃起来……栽上了白杨树，菜园里的一切便恢复了母亲当年经营菜园的原样。望着眼前的一切，我感到从未有过的满心舒坦。

对了，花园和菜园交界处，位于低洼处的那个不到两分地的坑窝小园子，也是依旧要恢复原样的——这是必须的。因为，"大板杏"的树根还在，窖萝卜的土窑还在。这个不起眼的去处，它是半生来私藏在我心底的一块圣地。奶奶和母亲不止一次跟我提起，解放那阵，解放军打（从）庄子里经过没几年，爷爷钟情这块风水宝地，决定在此地界为一家人筑造庄院的那一阵，爷爷先在这个避风的坑窝里，用心挖了这眼一人多高、左右两侧有可爱的小龛龛的土窑洞作为家里的临时厨房。夯土、筑墙、平院、箍窑的那些日日夜夜，奶奶每天在这里操持，给做工的爷爷他们想着法子忙活那一日三顿粗茶淡饭。院子里的厨房箍窑启用后，这个土质肥沃的小园子变成了菜地，冬暖夏凉的"厨房"小窑洞便成了冬月里储存萝卜青菜再好不过的去处。勤快的爷爷奶奶，给园子里栽上了杏树，靠南边的阴凉处，种上了一年泡菜根本吃不完的洋姜——对，就是那种做了泡菜永远脆嫩可口的洋姜。除了洋姜，还有叶子阔阔的大黄，还有叶子同样阔阔的漠河烟叶。洋姜、大黄、烟叶们，有幸生长在这与世隔绝的园子里，那是绝无仅有的绿色有机。园子里那棵被我们称为"大板"的又香又甜的杏子，一定是这世上香甜得再找不出第二的一等杏子。后来成了公家人的我，每回站在这园子里，拉扯着树叶，一颗接一颗品尝大板的时候，总是难以置信：眼前那么小的一眼土窑，奶奶怎么做得厨房呢？

"咕嘟嘟"，突然传来一阵清晰的流水声。回头一看，花园里原来长着那棵老梨树的地方，竟泛出一股清泉来。那清亮亮的泉水，漫延着已将周边的地儿洇湿了一大片。我一阵惊喜，着实想不到，这地儿竟会突然冒出如此令人舒心的一眼清泉，实在太出我料。可转念一想，也合适，也情理，想必脚下这块土地一定隐藏着丰足的地下水，否则，爷爷在门前栽下的那棵树冠遮天的大柳树，何以长得那么茂盛？有了这眼清泉，园子里的花卉、菜蔬、杏树果树们，就再也不愁没得水喝了。

三

门前坡下，是早在我十年前写那《记忆的颤音》和《不老的废墟》时称为"梦中的路"的那条小路。昔日一条人来人往的路，随着村子里常住人口越来越少，走这条路的人也是越来越稀少，直至终有一日被荒草遮盖，彻底失去了路的原有样子。没人知道，这条小路，珍藏着我怎样的万千心情。这条小路，记忆里不单是母亲每天要走，也是回娘家的姑姑们、乡亲邻里亲戚朋友们、还有捡牛粪的两个弟弟，时常走过的路……亲人们的脚印留在那，小路便成了永远延伸在我心间不会老去的路。我的心底里，世上最好的路有两条，一条是人人皆知的罗马大道，一条便是我家门前河坡上的这条属于我的小路——青青梦中路。这回，我是决意要重修这条路了。

有了我的精心规划、指点，亲力亲为，新拾掇过的路被修整得异常平展，妥妥地走得下一辆胶轮架子车。路面的夯实，埂面的平整美容，一概由我现场亲手打理。汗流浃背活儿虽累，我却干得异常来劲，心上生出从来没有过的那般欣喜。哈哈，你看见没？路边的那棵枝叶硕大不知遭人讨厌的荨麻，儿时可让我吃过它的大苦头——被这毒荨麻"咬"过的手，痛痒难忍，三天不散。几十年过去，我至今谈荨麻而色变。当然，这荨麻也并不是一无是处，春月里荨麻最鲜嫩的季节，奶奶戴上护手小心剪下它的叶，焯过水，便是一道可以进贡皇上的山珍佳肴，说不出的色香味极可口的那种，比苜蓿、灰条、车前、苦苦菜都要好。围着老荨麻，大家提议立马解决这株"咬"过我的缺德毒草。可就在铁锹榔头即将下去的一刻，我换了主意——给条生路留它下来。一来它长在并不碍事的地方，让它去过自己的日子；二来，留着它，立一块标签，随时提醒走过路过的人们：看清了，这是一株毒得很的毒草，千万别招惹它，那是会"咬"人的。

门前崖畔下，路边那两孔有年程有记忆的窑洞，不能堵上它们，得留下来，得作为"古迹"精心保护。于是，便特意装上了用柳条悉心编制的篱笆门。母亲告诉我，这两孔大窑，是一九五七年"大跃进"吃大锅饭的时候挖的。全民"跃进"那一阵，这里是奶奶给社里磨面的磨坊。后来农业社大锅饭停了，不做磨坊以后，废弃的窑洞就凑近归我家所用。我的记忆里，那是母亲堆柴火、装填炕的地方。对母亲大半生难以置信的辛苦，那两孔窑洞比我记得还要深。

崖畔下紧邻两眼窑洞的河坡上、河坝里，沿河道上下几百米的沟坡，有几十年来爷爷、奶奶、父亲、母亲栽下的杨树、柳树。可不知何故，眼下坡上的树比以前似乎少了些许。我决定请人帮工我，在这里重新栽树，而且要栽上更多的树。没几天工夫，这里已经是满坡的树。能栽树的地方全栽了，足有几百棵，不，至少有一千棵。各种的树，不仅有就地取材的树枝树苗，寒白杨、钻天杨、旱柳、垂柳、水曲柳、椿树、榆树、杏树、桑树，更有从异地弄来的松树、柏树、银杏、紫槐和龙爪槐等本地原来所没有的树。各种的树，我并没有随便乱栽一气，而是经过一番巧妙规划——那一刻，像是有人暗里指点，我心头突然现出一幅清晰的画面，那是一幅很是迷人的景致——我想起了那个很远很远的童话奶奶巧手绘制的图画，画上是充满童趣的世界。老奶奶的画儿用各种的颜色画上了各种各样的花草树木，一片一片，童心天然。对了，栽树，我必须得效仿童话奶奶的做法，规划这满坡的树林。极容易的，我按不同种类，按起起伏伏的地势坡形，将我的树或栽成一行，或连成一片，却又让它们看不出多少人工所为，倒是显出极为有趣的天然情调。望着满坡新栽的树干树苗，我能想得到不出三五年工夫，这里会有何等童话样的景致，那一定是满眼的青翠欲滴。我仿佛听到可爱的黄鹂和"白脸小媳妇"那银铃般没完没了的鸣唱，仿佛听到春天的雨滴落在树叶上的湿漉漉的声音，还有微风吹过满坡树林发出如梦如幻的爽爽悦耳声。

绿色的沟坡，还有坡下的河滩和那弯弯曲曲的小溪，那是我和弟弟妹妹儿时的欢乐园。我们在那里消磨过数不清的幸福时光。我们时常在那里或捡好看的小石头，或拦块小水坝，或摘朵蒲公英、苟菊花，或是仰着头细心偷听密不透风的毛多脑树冠里，小黄鹂的爸爸妈妈没完没了的清脆鸣叫，也不知道它们究竟在唱些什么。我相信，无论多么会唱歌的天仙女，也没法唱出幸福的黄鹂鸟那么悦耳动听的歌儿来。冬天寒冷，可冬天的河滩有归于冬天的情趣和好玩。

冬天可以在那里溜冰，或是蹲下身来，细心地看那些小水沟里结出来的各种离奇古怪的冰花，直至奶奶或妈妈一声接一声地唤着我们的乳名叫回家吃饭，把我从美美的甜梦中惊醒……长大了才懂得，我的绿色沟坡，我的梦里小河滩，那里的一草一木每一块石头，都是我儿时读过的童话，交过的朋友，挂念的心事。是他们滋润和养育了我的心思，我的情趣，我的善心，我的爱。那里的一切，都是我今生今世不可磨灭的亲和爱。有门前这样的小河，有这样的河坡，我不会稀罕走进那个绍兴富户人家的百草园。

两位村上的老干部来了。张姓的大队书记和史姓的大队长，两个真正的好人。两位长者依然笑声爽朗，那神情，那笑声，跟我遥远记忆里的他们一样的好。我惊奇，多少年过去他们却依然不显老。可亲可敬、看着我长大的两位长辈，听人说我重新修造小院，便特意前来参观庆贺。从他们不无欣喜的神情和一再的赞叹声，看得出，对于我这个心血突来的举措，他们是打心里赞赏的……

打理好了小院和周边方圆的一切，我想着该去父母耕种的地里走走，看看荒凉在那里的土地和旅谷，闻闻那渗透了父母汗水和辛苦的泥土香味……正在这时，交通局的老同学打来电话。接了电话这才知道，他从土地局调到了交通局。老同学祝贺我重建小院，并当下告诉我，已经安排尽快硬化通往山上的这条山间小路。我对老同学的如此关爱再三表示感谢！他却说，也不单是为了我才安排这么个工程，硬化山湾里这条小路，本就有理由纳入"路路通"计划。无论如何，被我赶上这等好事，真是我的好运气。不过他还附加了一句：你重修小院，打理花园，又是植树，又是修路，给这山湾里带来实惠，携来好风好水好运气。这话，我爱听。想想即将看到的硬化路，我仿佛看见了跑在那蜿蜒路上的各色小汽车们……哈哈，世间竟有这等好事，世道真是变了。

四

一转身，明媚又温润的阳光里，我发现爷爷、奶奶、父亲还有几个姑姑，都在新落成的小院里。望着新修建的一座座漂亮无比的屋舍箍窑，他们满脸的欣喜，俨然昔日般的有说有笑，喜逐颜开。

亲人们的笑声惊醒了我。原来，适才的一切都是幻梦。

梦中醒来的我，依然沉溺在适才无边无际的梦乡里，半晌回不过神来。伴着无以平静的心跳，打开手机，发现时间正是夜半三更天。想想梦里情景，一切像电影一样清晰浮现在我眼前，顿时睡意全无。翻起身来，打开手机图库，悉心翻看不久前拜望故乡，拍下的一帧帧早已成为废墟的旧居照片……

有生从来没有做过这样一个梦啊！没有做过这样一个真实得让自己都难以相信的梦。面对照片上荒凉无垠的故园废墟，再想想梦里情景，止不住潸然泪下……转念一想，我突然有一种从未有过的幸福和慰藉——上苍怜爱，让我在梦里实现我心心念念的一切心愿，而且它们竟然是那样的清晰，那样的如我所愿。

一切回归现实。但是，我生命中的亲亲小院，依然像梦里那样，无比地清澈在我心的屏幕上，一派清新明媚，生机怡然。它是那样的真实，比人世间的一切真实还要真实。我知道，从今往后，在我的记忆里，在我的生命里，这梦里小院就是我的记忆，我的幻想，我的永生不灭的梦。

人活着，就是为了心愿，就是为了幸福，可现实中，何曾有过我梦里这般的幸福呢？我从此懂得并坚信：人活一世，有些梦，是具有令人难以置信的治愈魔力的。

2021-11-29

祖母留在我记忆里的身影

一

我的记忆里，留存着祖母数不尽的身影，但唯有两个身影，是我终生没法忘记的。这两个身影，一个是最早的，一个是最晚的。

1963 年的阴（农）历 11 月，时间应该是那月的下旬。那时我还特别小，可发生在那月那天的事，我有一点模糊记忆，尽管那记忆像是蒙了层纱一样虚无缥缈，隐隐约约。甚至那种缥缈、那种隐约，让我不得不将自己一不留神就会跌落的记忆，安顿在一个绝对安静和不受任何干扰的角落里，才能模模糊糊望见那遥远得犹如几百年以前的情景。

祖籍通渭义岗镇的侯家山。那个打麦场西南角的一孔窑洞里，安放着我大伯的棺材。

那个冬天的凌晨，很冷，外面的天，黑黑的。那是大伯出殡的日子（大伯身后只留下来小我一岁的女儿——我唯一的妹妹。按照当地的习俗，大伯离世后，一家人决定将我过继给大伯"顶门"，以此安慰亡灵，更安慰在世的亲人）。黑漆漆的窑洞里点着昏暗的煤油灯。围着棺材跟大伯做最后告别的亲人，没有一个人说话，一个个都像是生来就不会张嘴说话的人。棺材的盖子是打开的。按祖传的风俗，躺在棺材里的大伯穿着深黛色的衣服，一身的长衫马褂瓜皮帽，脸上有两处结痂的伤疤。按我今天的理解，这般标准的民国式穿戴，跟他当时的年龄和身份都不是很匹配。一来，他当时只有 28 岁；二来，作为一名中华人民共和国的解放军，才从部队转业回来不久。亲人们围了一圈，爷爷、父亲、姑姑们还有其他的亲房，应该都在。但是我记不得了，所有的人像是模模糊糊的一圈影子。我只记得两个人——一个是奶奶，一个是我。奶奶看着躺在棺材里的长子，我看着手扶棺材边缘的奶奶。那一刻，时空被冻结了。四周鸦雀无

103

声，连每个人的脚步移动的声音，似乎都消失到黑漆漆的夜色里去了。那是我记忆里空前绝后的寂静。我的大伯，28岁的生命悄然消逝，那一幕，在所有人的心中，真的是太沉重、太伤悲了。我总是不无固执地记得，奶奶当时没有哭（会不会按老家风俗，那一刻亲人不能有哭声？）她只是眼睛静静地望着睡在那里的儿子。那神情，俨然是要将儿子最后的容颜刻进她凄苦不堪的命里。奶奶没有哭。可是真的没有哭吗？这跟我至今所知道的所有失去爱子的母亲哭得昏天暗地的情景不大一样。或者，奶奶在恸哭，只是我那时太小，将那一刻的记忆丢失了……那是今生奶奶留在我记忆里的最早的身影。那年，奶奶52岁。

无论如何，我再也无法回忆起当时更多更具体的情景。可有一点是肯定的，那就是大伯走了之后，奶奶就再也起不来了。在我长大以后，或者说在我真正懂事以后，我终于明白，终于懂得，一个人，过了极限的痛苦和悲伤，往往是没有哭声、没有眼泪的，剩下的，只有碎了的心……据大人们说，那一阵的奶奶，眼看着就像是要跟随自己的儿子去往另个世界了……记得大伯去世没过多久，我的大弟弟出生了，可是奶奶根本没有气力回到会宁家中来看自己的孙儿一眼……

一段日子后，通渭老家的亲戚把奶奶送回了会宁我们的家。回到家的奶奶，躺了整整半年之久……之后的几年时间里，便是留在庄前屋后黄土路上数不清的、属于奶奶的脚印。第二年，我的大伯母和她的小女儿又相继去世——他们一家几口在另一个世界团圆去了。母亲说，那几年，她每天清早起来去泉上挑水，见屋后的那条黄土路上，全是奶奶的脚印。因为思念逝去的孩子，奶奶整夜整夜的睡不着觉，于是，无论天上有没有月亮，她都大半夜无数个来回地在那条路上走，一直地走……那至今依然回荡在我耳边的哭声，祖母的哭声，让我永远不堪回想。记得每一回，我和妹妹（大伯唯一留下的女儿）陪着奶奶一起哭……到了今天，我似乎才真正懂得、真正体会到奶奶当时是怎样一番身心俱碎。当初她能活下来，真是太不容易了。

记忆里的大伯（更确切说是照片上的大伯），是一个明星一般英俊的小伙。一整军人风纪的他，竟是那样的英气十足，甚至连他的名字里边都近乎天意般有一个"俊"字，堪称名副其实。大伯服役在新疆（像是在石河子）。毫无疑问，他是一名各方面都十分出色的军人。小时候看到过好几件大伯的证书，其中一个是什么"标兵"。尽管年轻，但大伯转业前应该是一名军官。记得爷爷在世时告诉我，他去部队探望大伯的时候，大伯的房间里有听他差使的勤务兵。服役期满，大伯被转业安置到通渭县公安局。可就在这时，发现他患了病——肺结核。谁都知道，那个年月，肺结核几乎就是绝症的同义词。蹊跷的是，经过住院治疗，大伯竟然奇迹般康复了。而更为蹊跷的是，就在准备出院的前一天，大伯去上厕所却再也不见他出来。等候的医护人员前去查看，发现他面朝下直挺挺倒在地上。立即抢救，却发现已经没了生命迹象。

奶奶生了三个儿子，最小的儿子生于 1947 年，长到四五岁时夭折了。据说是一个十分聪明可爱的孩子，晚上下地撒尿，第二天就没了，不知道得的是什么病。不信鬼神的我，听得最多的说法是，我那可爱小叔叔当晚下地，被守候已久的什么幽魂领走了……

小叔叔幼时夭亡，大伯 28 岁病亡。身心憔悴的奶奶就剩下最后一个儿子，也就是我的父亲。直至人到中年，我才慢慢懂得了奶奶为啥那么疼爱、那么稀罕自己的儿子——那终于睡醒了的老天爷，开了恩给她留存下的独子。

二

祖母的前半生在各种人生灾难的雨雪风霜中走过，而她的晚年又是在越来越浓重的孤独中度过。我的父亲不到二十岁便出门在外工作。后来，我和两个弟弟也都先后考学，参加工作，父子四人全年在外。儿孙有出息，自然是奶奶的心愿，可随之而来的，便是留给她的越来越无法安顿的孤独。常年守候在家的，只有奶奶和母亲两个人，而母亲，农业社里的活，自家地里的活，全是她一个人的。不分秋冬春夏，早出晚归，披星戴月，是两脚不着地的母亲的生活日常（每每想起这些，我的心就在流泪）。年迈的奶奶，那么小两只脚，走在院子里我都觉着不大稳当，更别说出门下地干活了，但就这样，她依然分担了家里的各种活计。我们父子四人假期回到家，便是奶奶和母亲的节日（其间更深更浓的情丝，是枉活到今天的我才真正领悟透彻的）。可随着我们假期结束，随着我们一个个身影消失在山顶的小路，随之而来的便是留给奶奶心头日复一日的无法言说的新一轮寂寞和思念。老家那座不高不低的山梁，是奶奶和母亲几十年望眼欲穿的地方。每当信里得知假期临近的日子，奶奶便会一天好几趟，久久站在社里打麦场的墙根，静静遥望山顶，直至我们的身影出现……

老天爷让善良、清苦和孤独一生的奶奶，最后依然在孤独中离开这个世界。我永远不懂得这是为什么。每每想起这一幕，我便永远不能原谅自己。奶奶疼我一世，可是我，就是这天底下最不省事、最没有孝心的一个孙儿。

奶奶留在我记忆深处的最后一个身影，是 1993 年的 8 月（这是奶奶在县城的家里生活的第三年），跟前面讲到的留在我记忆里的那个早年的身影相隔整整三十年。这一次，是一大早拄着拐杖站在院子外的墙角处，送我回兰州的奶奶。临别，我故作轻松地"随便"说了一声"奶奶你回去吧"。我没敢再多说一个字，也没敢盯着仔细看我的奶奶一眼，因为我害怕她流眼泪。一切，至今清晰记得。奶奶一直站在那，定定看着离她远去的两个孙儿——我和小弟（弟弟当年正好考上西北师范大学音乐系）不紧不慢地走出教场西路四巷那个长长的巷子。记忆中，我每一回离家，奶奶都会仔细地看看我，都会伤心落泪（多年后我终于懂得了：每一回，其实奶奶都是担心，那一别说不定她就再也见不到我了）但那一天，奶奶没有哭，因为一同离家的弟弟考上大学，她老人家高兴。走到了几百米外巷子口，我回头，见奶奶依然定定站在那儿。远远望着奶奶的身影，我的心里涌起无尽的酸楚……让我万万没有想到的是，那身影，竟是奶奶一生留给她孙儿的最后身影。四个多月后，她悄然离我们而去。这个世上，从此再也没有了把几个孙儿比她的心头肉还要心疼的奶奶。几十年过去，奶奶道别孙儿时的身影，深深刻在我的心底。那远远的孤独身影，成了她老人家永恒在我生命里的不朽塑身……

　　奶奶离世的时候，她的一个儿子三个孙子中，只有我的大弟弟在奶奶身边尽孝。父亲、我、还有小弟，或工作，或读书，都在兰州。奶奶从"患感冒"到离世，前后病了两天两夜。最后一夜，奶奶自己感觉病重的时候，一直念着我们在外的三个儿孙……兰州，距离会宁不过一步之遥，那年月，各种的不便，让她活着没有见上想念的儿孙最后一面，最终将一切的孤独和伤心带进了坟墓。母亲说，家里谁都没有想到，奶奶会走得那样急……奶奶临走前依在母亲怀里，给她说的最后一句话是："我见不着他们了……"

　　奶奶离开我们已经 28 年了，可是那令我无限伤痛的日子，让我至今不堪回首。奶奶出生于大清寿终的那个"辛亥年"，2021 年正好是奶奶诞辰 110 周年。她老人家至今已经活了 110 岁了——在我的概念中，只要我活着，奶奶就永远活着……

　　我相信，这世上的人，没有什么比活在亲人的心里，活在他们的生命里，更为恒久的……

　　（谨以此文纪念慈祖母诞生 110 周年，逝世 28 周年）

2021-11-28

气　场

　　我深信气场的存在以及对我们生活的影响。我更深信一些特殊的气场对一些特殊的人的重大影响。气场效应取决于两个方面的因素，其一是气场本身；其二是对于这种气场具有灵敏感应天赋的人本身。对于具有这种感应天赋的人来说，气场无异于足可影响其精神世界的强大磁力场。

　　在大自然中感受气场。我时常想起挪威作曲家格里格那充满诗意的故事：他生活中的一大嗜好就是常常一个人独自到大自然中感受天地造化的神奇魅力，并以此陶冶和净化他的灵魂，孕育他艺术创作的灵感——这种嗜好几乎伴随他整个的艺术生涯。南部挪威的自然风光堪称出奇美丽。就是在这大自然的怀抱里，格里格无尽地流连于其间，感受着身心被包裹其中的谐和美妙的神秘气息：他望着满山遍野的青草与野花的微笑，他听着天空中飘过的白云的呼吸；他望着从悬崖上倾泻而下的飞瀑，他听着林中美妙的鸟鸣；他望着宁静而深不可测的峡湾，他听着风儿吹过森林发出的声音……他被大自然之宁静而美妙的气息包围着。正是在这大自然的温馨宁谧中，他用心感受着造化仿佛能让世间万千生命化为永恒的无限神奇；正是在这神奇的大自然中，他无尽地体验着生命与自然所能达成的超自然的深情对话；正是在这种深情的对话之中，他让艺术与生命同在这天与地的怀抱里获得惊人的升华。

　　我时常想起那如同梦幻一般的明月之夜，那同样是一种气场。无论在我年少的时候，还是在我成年之后，每当身居乡村田园，每逢月朗星稀之夜，我便特别喜欢独自一人透过树梢枝叶静静地观望那轮同样是静静地悬在空中的圆月。此时此刻，我便可感到一种静谧的、伴着凝脂一般湿润的气息裹挟我的身心，渗入我的灵魂。此时此刻，我的身心在一种神奇之力的包裹之下，超越于这个世界的万物之上。心灵在这种静谧之中远离尘嚣而遨游于广阔无垠的宁静世界。我想这一切都是造化使然，是天地之神奇的气场效应使然。

　　在知名学府中感受气场。当你跨入一座知名学府的优雅校园，或许你尚不了解这所学府的历史与学术，尽管你还不知道这所学府出过哪些学术大家，甚至是你还不熟知这里的任何一位教授学者，你仅仅是在这座院校里漫步而已。然而就是在这"仅仅"的漫步之中，你已经被一种如同强力磁场的浓烈气息包围了。似有一种厚重的，甚至是能够看得见的湿漉漉的气息正在向你的周身袭来，直至渗透到你的细胞内里。我有过多次这样的体验，而给我影响至深的是第一次步入中山大学的记忆。那次"中山之行"对我真是一次前所未有的体验。本来，即便在平日，建筑巍然、绿树成荫的"中大"校园本就显得幽然异常，加之我去的又是一个假日，更不用说还是个宁静的夜晚。记得当时校园里行人稀少，漫步在这样一座校园，你顿时觉得身心被一种凝脂般的气氛笼罩了。这种强烈的气息你不仅可以感觉得到，甚至可以嗅得到、听得到乃至看得到、摸得到——只要你能心静异常，这一切真是可以获得的。在这种体验中，你能感受到整座学府的厚重底蕴和一种强大的精神辐射。同样是在这种体验中，你的精神会随之而变得博大超然。

在大教堂中感受气场。对我而言，能一次又一次光顾西方的教堂，算得上是令人难忘的体验。人的一生中，有些只可意会不可言传之感受的获得，只需一次甚至仅就那么一瞬间即可。我有心造访过几十座西方的大教堂，而且都是一些世界著名的大教堂，其中有梵蒂冈圣彼得大教堂、佛罗伦萨圣母百花大教堂、巴黎圣母院、德国科隆大教堂、威尼斯圣马可大教堂、维也纳圣斯蒂芬大教堂以及俄罗斯的多所造型漂亮的东正教教堂。置身于这样的大教堂，让你目不暇接的是一件件精美绝伦的艺术精品——无论是超凡的教堂建筑艺术本身，还是陈列其间的无数的圣物、文物、雕塑、油画，以及那如同磁石一般，将信徒们的心灵瞬间引领到上帝面前的宗教天顶画等，这一切都会给你一种叹为观止的感觉。尤其是当那安置在教堂不同部位的管风琴声以及唱诗班纯净超然的歌声传入你耳朵的时候，你顿时会感受到有一种莫名的存在于你的眼前降临，直入人心——你仿佛被一种具有净化之力的强大气息包围了。就是在这种神圣的包围中，你会觉得自己正在置身于一个远离浮躁的超凡宁静的遥远时空之中，那，就是上帝天国。

在圣人的墓园感受气场。那年那月那日，是我记忆中一个神圣而难忘的日子。上午九时许，我来到音乐之都维也纳市郊的中央公墓，虔心朝拜人类艺术王国的伟大圣灵。众所周知，这里安葬着数以百万计的亡灵，但我那天所要拜望的只是其中很少的几位——那是几位在人类的文化史上影响了音乐历史发展进程的音乐巨人。他们是"乐圣"贝多芬、"歌曲之王"舒伯特、"交响乐之父"海顿、"上帝的音乐使者"莫扎特、古典主义的最后大师勃拉姆斯以及"圆舞曲之王"约翰·施特劳斯等。我永远不会忘记，当我来到这些大师、来到这些圣人之灵安息的神秘伊甸园时，我即刻被一种难以言诉的神圣氛围——一种强烈的气场笼罩了。在这里，我仿佛能听到、能看到、能触摸到那足以穿透我灵魂、沁入我血液的气场的巨大存在和强辐射；在这里，我深切意识到人类伟大灵魂的不朽与永恒；置身于这样一个环境，我同样强烈地意识到自己的身心在这样一个弥漫着崇高气息的神圣之地，所获得的前所未有的净化与升华。我想说，人类的灵魂啊，哪里还能找到比这更强有力的救赎之地呢……

　　我深信"气场"的存在，我更深信在这种充满着神奇魅力的气场中，人的身心会得以静养，灵魂得以净化和升华。

2019-03-24

长话短说

嫉妒者往往都是"近视眼",因为点燃其嫉妒的,总是身边那一点点熟悉的人和事。

崇拜和嫉妒就像硬币的两面,截然不同的变换只在翻手之间。作为同一个出人头地之人,遥不可及者,崇拜他;近在身边者,妒忌他。

一位官儿子有点幸灾乐祸地告诉官爸:同学某某被大家羡慕嫉妒遭孤立。官爸瞅儿子一眼道:你也给咱弄个让人羡慕嫉妒遭孤立的事,我十万大奖赏给你。

一盲流在闹市表演耍猴,围观者人声鼎沸水泄不通——一时无人比他更受关注;一登山者登临八千绝顶,环顾左右不见一个人影儿——世上没人比他更显孤独。

活着,宁静淡然、默默无闻到众远亲离、门可罗雀的惨状,那是一种望尘莫及的境界。

智者真言:如果不打算把无聊当饭吃,就不要在微信圈找你的人生价值存在感。

网络时代,朋友圈主要有两大功能:无聊秒赞打哈哈;吃饱撑了拉仇恨。

2019-08-24

音乐，可看得见的艺术

众所周知，音乐看不见摸不着，只能靠你的听觉、凭你的感情去体悟。某位音乐大行家说：音乐的内涵是不可做具象的形容和描述的，除非你是个不懂音乐的外行。

是的，音乐的确跟看得见的视觉艺术很不一样。可尽管如此，我还是要悄悄说一句：我经常"看见"音乐，甚至是清清楚楚地"看见"。于是，我就时常忍不住说些诸如此类属于音乐外行的"妄言"：

> 贝多芬第四钢琴协奏曲的末乐章，那美得无法言说的音乐，让我清晰地看见人类那些心怀喜悦的可救者，他们的激情在狂欢，他们的灵魂在升华。那可见的激情，那可见的灵魂，那令人喜悦的狂欢，让我眼前一片云蒸霞蔚。

> 这里是九十岁的指挥大师海丁克告别舞台的音乐会。透过他沉淀得像大海一样深沉的灵魂，我突然看见那个年轻时候的才情少年，正在给他的美少女献上一束带露的红玫瑰。梦幻中，原野，森林，遍地小花，阳光正好……

> 白发苍苍的伊曼纽尔·埃克斯，手指在琴键上轻盈流动。美妙的流动中，我清晰地看见一位和清晨的太阳一同升起的少年。那少年，正在神采飞扬地侍弄着自己的心跳，那心，那颗年轻幸福的心，正在跳着粉红色的华尔兹。

> 全身心演绎舒伯特的内田光子，我时常看得见从她指尖流淌出来的水滴，那是水晶样闪光的、晶莹剔透的水滴。我看得见，那冰清水滴的源头，在内田清澈、干净、纤尘不染的心的深处。心的深处，那

属于内田的心的深处，有温馨的光在闪耀，犹如她的名字。

德彪西美得要命的《牧神午后》，听过百遍，现在却有点不忍心听了。因为每当音乐响起，我总能看得见那芬芳仙女的飘逸秀发，还有那个紧随其后、失去自尊的牧神和他的眼泪——那不知天高地厚却又令人同情的眼泪，一个劲直往下淌，直往下淌……

这是马勒《复活》末乐章，我的极爱。听着听着，就看见了旷野上前往末日审判俱乐部的亡灵们的行列。看，那个人，在亡灵行列里显得那般的猥琐，丝毫感觉不到他是曾经的那个"不可一世"。他那只丑陋的手，不停地指着前面不远处的一位，嘴里嘟哝着："像他一样，自带光芒……"。仔细一看，前面那人是马勒。

是的，音乐是可以看得见的。看音乐有个条件：它需要你敞开心扉，用那非同寻常的心灵之眼。音乐之"看"得见，犹如绘画作品之"听"得见。是的，绘画，不只看得见，它还可以听得见，它需要你那双不同寻常的灵魂之耳。真正的艺术家，从来有不同寻常的眼睛和不同寻常的耳朵，寻其究竟，是因为他们具有从艺术的琼浆玉液中浸泡出来的不同寻常的心灵和感情。

2019-09-03

音乐本如是

我的餐桌上有两类食物：人人皆有的食品和不是人人皆有的"食品"——舒伯特的奏鸣曲。早餐有舒伯特的音乐相伴，带给你一份配得上国王享受级的宁静和惬意。

如歌的乐声里，我突然哲学地问了我的首长（这里是对妻子的称谓）一个不合一早情境的问题：音乐是什么？

她不假思索道："音乐是表达情感的形式。"边说边看着我，凝神索要回答。

"音乐是唱心情——唱看得见和看不见的心情。"我如是回答她的索问。

跟舒伯特交往数十载，更多的了解、更深的体悟却在近年——通过他的室内乐，通过他的奏鸣曲。

面对奏鸣曲中的舒伯特，我认真思考一个问题：从事艺术劳作的人，能够心静如温馨宁静的舒伯特，你的事便已成功了一半。

艺术家，激情来得容易，来得随便，可真正的静心，绝非易事。

静中有胜境——艺术如此，人生更如此。

2019-09-14

相由心生

相由心生，以貌识人，
乃人类无可置疑的第八真理。

人，相由心生。相者，相貌神气也，即所谓气相。相由心生之红尘众生，伴着终生难以改变的气相。

气，无论好气、坏气、正气、邪气、阴阳气，皆乃"天生之气"，即天生烙印在骨子里的气。骨子里的"气"与生俱来，后天的经历和人生走势会对其产生影响，于不同的生命个体起到不同的滋养修补作用，但从根本上来讲，天生之气很难改变。凡人，大多如此。

这里，说说时有感悟和认知的几种"气"。

行走天地之静气。天地静气乃人间静默无言之大气。我时常于貌似虚无的时空里望见智者木心那双超凡脱俗的眼睛。谁不说，在那副寻常人望尘莫及的神情里，透着挡不住的天地之静气。那份静气跟他后天的精神创造是相一致的。很多人以为木心的人生造就了他的一切，其实那一切在娘胎里的时候，早已化在他的血液里了。后天的苦修和不寻常的人生遭遇可能对其有某些调养和修补，然其根本在天，天生使然也。世间之木心同类者，皆无不如此。有不少论者轻言木心不过"小资"云云，我真忍不住笑了。

清澈明媚之英气。相由心生，文如其人。读过万卷书，行了万里路，身心体验文化苦旅，却偏偏又被无数有事没事的人恨不得踩到泥土里的那人，天生一双清澈的眼睛。说是眼睛，说是眼神，其实是其内心万千气象和崇高境界的灵魂传达。这种由眼睛传达给我们的神情，来自心灵，来自干净的心灵底板。这种干净的心灵和清澈的眼睛，落在纸上，便成了拥有穿透纸背之力的不凡才情精气神，成了呈现于大千广众具有唤醒和净化人性之力的不朽文字。这人，大半生都在来自四面八荒的蚊虫叮咬和无尽嫉妒、诽谤和污蔑中走过直至今日。这样的遭际，这样的弄人玩笑，恐怕连老天都觉得不合情理。

114

　　酸气俗气猥琐气。文人在我心目中始终是个中性词。文人中常见的酸气、俗气、小家子气，跟他有没有知识、有没有文化、有没有才气，没有必然关系。一个很有才情的文化人不见得有德性德行，乃常有的事。我们时常听说或遇到这样一些人——有才气，甚至是不小的才气，但总是伴着一些鼻涕一样搞不干净的酸气、俗气、小家子气。一句话，啥气都有，就是不见清净明澈、心怀坦荡的人生大气。文人中最令人厌恶不屑者，便数那些一身一脸猥琐之相者。这种人，无论做人、做事、做文章，总是做不到有话大大方方，行事坦坦荡荡。那德行，给人的感觉是人前放屁，没办法的扭扭捏捏，骨子里的猥琐。做人，能少俗，能谦和，能敞亮，能坦然将其身架实实在在搁地上，那是一种灵魂向天的大境界。

　　假霸假牛愚蠢气。无论其深居何高，权重几何，凡是热衷在人前显摆故作牛气霸气之状者，便是无知，便是愚蠢，即便他已活到自以为是的年岁境地。年少轻狂忘乎所以做个样子来点假象属情有可原，否则便是不可以。我们见过一些人，活人的路径已经过了长长大半截了，可依然时时处处忘不了装——那令人厌恶的装：装葱，装蒜，装霸气，装牛逼，装一切的人之不该装，最终了了，其实是在令人不齿、令人作呕地装怂样。看那副神情德性，明眼人只需半眼，便能将一切看得透彻，看得清楚明了：那副装模作样的假皮囊，里边不知不觉趴着一只虚荣没有自信的癞蛤蟆。殊不知，这只模样丑陋的癞蛤蟆，是属于他先天骨子里带来的人性肿瘤。

　　人的气相模样，都是由心、由灵魂发散出来的，即所谓的相由心生。相由心生，以貌识人，乃人类无可置疑的第八大真理。

2019-09-04

假　如

　　清静得忍不住胡思乱想的一刻，我突然这样想：假如我被放逐到一颗遥远的星球，那该多好呀！当然，前提是必须带上那些能让生命出神入化、思之精神生出翅膀的书籍。

　　书，不用全部，一柜子就足够了，即便是嗜书的书虫。如此说来，奢望带走一柜子书的心思无疑是太贪了。望着满怀恋情的书们，我在想，不用一柜子的，其中的一格就够了，甚至不用一格，只需三两本就够了。

　　一本书，一本真正的好书，无异于一座神秘园。我们需要平心静气地走进去，我们需要打开那包藏在书里的神奇所在，而后尽心尽情地徜徉其间，贪心地遍游那整个的世界。

　　一本书，一本真正的好书，可以在你的面前打开一扇新奇的窗户，不，是打开一个浩大的令人激动的世界——我给我的弟子们狠狠地说过这句话，如果有人不记得，那是他忘了。和我一样的很多人，正是因为不能认真、透彻、耐心、贪心到完全彻底地啃透一本书，于是便错过了人生本不该错过的一个又一个美丽的世界……

　　有人问一位获得诺贝尔奖的科学家：假如把你放逐到一个遥远的星球，你愿带去什么？那科学家答道："巴赫《马太受难乐》（一说是《圣经》）。"一位科学家，做如此孤独简洁的回答，是值得深思的。

　　我们生活在一个浮躁的或者说相当浮躁的世界。光天之下自以为是又投机钻营的生命，在浮躁的时空里呼吸着浮躁的空气，玩耍着浮躁的心，于是多而又多的聪明人，最终毁败自己的一生于浮躁……

　　激起我如此想法的，是奥地利作家茨威格的小说《象棋的故事》。你当记得，那位关押在纳粹集中营一间空房子里一无所有的犹太博士，费尽周折"偷"了一本书，回到牢房却沮丧地发现竟是一本令人"大失所望"的象棋谱。然而，就是这本棋谱陪着突然灵光乍现"茅塞顿开"的他，忘我度过孤独的牢狱生活……

二十五年后一个偶然机会，他在那艘远洋客轮上战败了世界象棋冠军。

年轻的朋友，问问自己，我们何时能像那位博士一样，真的静下心来，老老实实吃透一本书？这世上，能有几个人是完全彻底吃透了几本或一本书的？不多。

这，也就是为什么这个世界实实在在的成功者不太多的缘故。

2020-04-24

无　题

　　生命，多么的粗陋肤浅，多么的丰富超然。

　　粗陋肤浅的生命，无论使尽怎样的解数，使尽法子修饰和装扮自己以便欺世盗名，可一切都无济于事，因为在懂得生命和自然奥秘者那里，粗陋肤浅者的里里外外，永远就那么苍白的一点点。

　　俯瞰大千洗尽铅华的生命，被净化又升华了的心灵，拥有堪比大千世界的胸怀和旷远超然之境。那旷远超然的一切，不仅蕴藏在他们的内心里，流露于他们的神情中，也发散在他们那宁静不凡的背影上……

　　听见小孩的脚步，旋即望见小孩身影的那一刻，我突然觉得，这个世界是那样的清凉美好，却又弥散着挡不住的孤寂。

　　明媚的阳光下，满眼润心的绿色。然这明媚的阳光，宁静的绿色，还有眼神充满惊奇没有戴口罩的小孩和他小小的影子，还有我的心，除了宁静便是寂寥……

　　舞台上，只有舞姿曼妙的我。舞姿曼妙的我，视野里却不见如同往日一样欣赏我舞姿和为我喝彩的你们。没有了你们，我的这方天地，就不只是从此变得寂静空廖，而是连同我的艺术生命一道，失去了所有的意义。

　　人，从出生的那一刻起，便被框进了这样那样的格子里——那该有或不该有的格子里；或被裹挟压抑在沉沉的云雾里——那可以冲得破或冲不破的云雾里。

　　可是，你应该知道，拆掉那不该框着你的格子，便是身心获得自由美好的诗和远方；冲破压在你头顶上的沉沉云雾，便可见让你心旷神怡的无垠蓝天。

　　生来不谙世事，活着不知低头。尽管我没有那好看的容颜，也没有坚硬的铁骨抵御强权，但拥有阳光耕耘的纯真心田。无论白天或黑夜，与人为善，与世和解，我心永远向天歌。

人人懂得藤缠树，世间没有树缠藤。可是只有生来多情缠树的藤，心里最是明白：世间树和藤，爱的幸福归于谁？自以为是没有表情的树，直挺着身子嘴巴鼻脸朝了天；再看缠树的藤，婀娜多姿，芳心向下，活得滋润，笑得嫣然。

一株杂木，活着，曾几何时呼风唤雨高高在上，何曾料想最终竟是这般惨状。躺在地上如此怂样，身心破败，满脸沧桑。过路的猪狗行人，哪能想到你曾经的霸道张扬——金钱、名利、地位，不曾缺过任何一样……而今风雨剥蚀，任人践踏，一切终将被这世界唾弃遗忘。

（本文灵感源自杜新平君的六幅摄影作品《无题》）

2020-05-22

感　恩

　　油画陈是京城众人皆知的大艺术家。

　　无人不知，油画陈，向来以洒脱出了名的。可有一阵，这哥们心头生出些许莫名的不爽和郁闷来。原因简单，他的一系列作品扎堆入选国内外高规格大展，获得各种奖项和赞誉，出版社争相出版发行，等等。如你所料，令人羡慕让人眼热的荣誉，无可避免地引来雾霾一般的嫉妒和诋毁。因为嫉妒，油画陈一度大有陷入"众叛亲离去"的境地——熟人、同事、朋友们尽管面上都在恭维奉承，但他能清楚感觉到隐藏在怪怪的热情和奉承背后的冷漠与冰凉。

　　偶然的机会，经友人王先生介绍，油画陈得以拜望凌云寺的高僧净空法师。

　　超然淡定的净空法师，一派澄明的神情和气揽云天的言谈，给初次见面的油画陈，留下刷新内里精气神的印象。

　　茶烟升起的一刻，大法师的一番貌似平静如水的话语，让这些年来一直以为自己早已开悟不乏淡定，却又在不知不觉裹挟而来的迷雾中陷入困境的油画陈，醍醐灌顶，茅塞顿开。

　　要紧处，净空法师只讲了以下这不多不少的话语：

　　　　从自我角度，陈先生该做个换位思考：如果先生今天的成就归属他人所有，请问先生内里如何看待那人？在乎否？嫉妒否？有道是，身居大千，心染滚滚红尘，嫉妒乃人心人性之常态。如你陈先生，因其才华与成就而成为庸众嫉妒之人，难道不令这世上的众生实感羡慕？殊不知，嫉妒乃是一种变了形态的羡慕——嫉妒越深，羡慕越甚啊。

　　　　从他人角度，陈先生可否能如此理解：那心怀嫉妒之人，他的心里是多么的焦躁不宁和难过呢！对别人的嫉妒越深，自己心里的那份焦虑难过便是越甚。如此说来，那被嫉妒者，难道不应该去同情那些因为嫉妒而使自己陷入熬煎和泥沼的人吗？拨开困扰心头的迷雾，没有哪个聪明人不懂得，嫉妒者往往是一些心绪不宁、人生多半不如意的可怜人。

终究，做人需要明白这样的道理：你人再好，再有德行，再有能力和才学本事，也不可能让每个人都喜欢你。有人羡慕你，有人讨厌你，有人嫉妒你，也有人看不起你。生活就是如此，你所做的一切，不可能让每个人都满意。人生最大的悲哀，莫过于为了讨好别人而丢失了自己的天性。

言毕，净空法师特意为油画陈书赠墨宝，写下四个大字：感恩嫉妒。只见，字如其人，气定神清。

望着眼前大气卓然、神韵涤俗的"感恩嫉妒"，再想想大师适才的一番开示，再看看大师身上恍若梦幻的飘然袈裟，油画陈顿觉，于一种强大气场的荡涤和净化中，身心获得无声的加持，眼前顿觉澄明一片。

临别，净空法师道：陈先生，愿你从此感恩嫉妒。你若是懂得如是这般的感恩，你从此不仅会有如这清茶一样的淡然清净之心，更会有如这袅袅茶烟一般的飘逸人生——真正的艺术，真正的艺术家，需得不受俗杂羁绊，须得修身养心，凝神静气，而后天马行空也。

2021-01-25

有人说

有人说："走来是爱，离开是恨——爱恨交加，无话可说。"这高人说得可真是好、真是妙啊——好就好在"爱恨交加"，妙就妙在"无话可说"。

也有人说："有用时，总记起；无用时，便忘记——从来记得少，总是忘得多，无话可说。"

人学好，如同推石头上山，难上加难；人学坏，如从山顶往下滚石头，转眼之间。

曾经消得人憔悴的人和事，还有画圆了你青青人生梦的人和事都能被忘记，那说明这忘心大的主儿，灵魂已经丢失；若是曾经呵护过你、温暖过你生命的人和事都能被忘却，那说明这忘心大的主儿，已经偏离了人性之善的轨道。

每个人的内心，都有阳光很难照到的地方；在灵魂那看不清的角落，会有人性的死结。

地球日渐变暖，温度越来越高，脑子被热烤出了麻烦的人越来越多。要不怎么往那边去的路上，有越来越多的人，老早就变得麻木、呆滞、冷漠，一副忘记了来路，木然而去的样。

从艺，不得糊弄天下，因为任何"手艺"从来逃不过内行的眼；人心，也不得糊弄天下，因为藏在你"那里"的任何七七八八，都没法逃过智者的眼。

2021-09-07

信不信由你

他从你身边走过，貌似有模有样，你却一眼看出，那走过的，不过是一具好看的皮囊、浅浮的影子。

记住，活在今天，动辄给人"分享"那是骚扰——是的，你以为的"热心"，实则不然。

我不敢动辄道德别人，因为我知道我的修行不够，没有道貌岸然的资格。

一个人如果他内心极端痛苦，但他还可以活下去，那说明他的修行到了；相反，如果内心的痛苦让他再也活不下去，那说明他的修行还不到。

在乎他人的看法，并不是因为什么"为他人活着"之类，而是为了让自己活得更好。懂得正视别人的看法，往往可以矫正自己的言行。

不要太厌恶你脸上的皱纹和头上的白发，因为它们是你有情有义、不负岁月的记忆和痕迹。

除了生病以外，你所感受到的所有痛苦都是你的价值观带给你的而非真实存在的——信奉和喜欢这样话的那位朋友，是我的不一般的好友。

生命一天天变老的路上，岁月不会怜惜眷顾任何人……让我们懂得岁月老人的哲学，让我们努力地做一个懂得善良和珍惜自己的人。

智慧女神要我的眼睛和心灵越来越淡然、越来越宽展地行走在看谈一切、相信又不相信一切的时空里。

2021-11-01

天鹅琴

一、序：天鹅琴，一个凄美的传说

天鹅琴，
神奇的天鹅琴，
你是一个迷人的凄美传说，
你是连着昨天与未来的梦想之琴。

你诉说裕固民族历经的苦难，
你歌唱善良人们爱情的心愿；
你颂扬裕固儿女的勇敢勤劳，
你赞美山川秀丽的幸福家园。
啊，天鹅琴，
你诉说遥远的苦难和传奇，
你憧憬未来的梦想与希冀。

天鹅琴，
神奇的天鹅琴，
你是一个迷人的凄美传说，
你是连着昨天与未来的梦想之琴。

二、牧羊少年

望不断蜿蜒群山，
走不尽茫茫草原；
天地间总有不幸和苦难，
苦难中走来不幸的少年。
他饥肠辘辘为部落头人牧羊，
心上装满对死难亲人的思念。
山花是他心头的欢乐，
羊儿是他亲密的伙伴；
大地是他慈爱的母亲，
白云是他天真的梦幻。
日子不断歌不断哎，
只为赶走光阴的艰难。

走不尽茫茫草原，
望不断天高云淡；
风儿送来悠扬的歌声，
歌中走来善良的少年。
他的歌声多么美妙动听，
让不幸的人们忘记苦难。
山花是他心头的欢乐，
羊儿是他亲密的伙伴；
大地是他慈爱的母亲，
白云是他天真的梦幻。
日子不断歌不断哎，
只为冥冥之中的期盼。

三、天鹅湖畔

湖水清清碧波荡漾，
这是美丽天鹅的故乡；
山美水美情更美哎，
这是孕育情爱的地方。

牧羊少年歌声嘹亮，
放牧羊儿来到草肥水美的地方；
牧羊少年歌声清脆，
唱得绿水青山天光云影共徘徊。

歌声惹得山花开，
歌声引得天鹅来；
歌声醉了山和水，
歌声暖了天鹅怀。

牧羊少年：
我是孤独的牧羊少年，
失去了亲人多么可怜；
只身一人活在世上，
只有羊儿和我作伴。
洁白的天鹅来到身边，
你多么美丽多么良善；
清澈的眼睛在告诉我，
你爱我歌声懂我心愿。

天鹅：
孤独的牧羊少年，
你的歌声多么哀怨；
不幸的牧羊少年，

失去了亲人多么孤单。
歌声诉说着你的心愿，
唱不尽你生活的苦难；
天鹅懂得牧羊哥哥的心声，
我愿年年岁岁把你陪伴……

少年爱慕洁白的天鹅，
天鹅迷恋善良的少年；
形影相随在青青湖畔，
心心相印天鹅与少年。

天鹅的故乡碧波荡漾，
这是爱情生长的地方；
可这孕育爱和美的地方，
并非自由与和平的天堂。

四、嫉妒火焰①

尖嘴子尖尖，尖尖尖尖，
尖嘴子尖尖，尖尖尖尖，
尖嘴子尖尖，尖尖尖尖，
尖嘴子尖尖，尖尖尖。
尖嘴子，尖尖尖尖，
尖嘴子，尖尖尖尖，
尖嘴子，尖嘴子，尖嘴子，尖嘴子，
尖嘴子，尖嘴子，尖尖尖尖尖——

尖嘴子鸟，模样丑陋的尖嘴子鸟，
尖嘴子鸟，内心阴暗的尖嘴子鸟；
尖嘴子鸟，妒火中烧的尖嘴子鸟，

---

① 《嫉妒火焰》又名《尖嘴子鸟》。

尖嘴子鸟，蛇蝎心肠的尖嘴子鸟。
他们嫉妒天鹅的洁白美丽，
他们痛恨天鹅的翩翩舞姿；
他们仇视天鹅的纯洁善良，
他们心生黑暗的凶残杀机。

尖嘴子尖尖，尖尖尖尖，
尖嘴子尖尖，尖尖尖尖，
尖嘴子尖尖，尖尖尖尖，
尖嘴子尖尖，尖尖尖。
尖嘴子，尖尖尖尖，
尖嘴子，尖尖尖尖，
尖嘴子，尖嘴子，尖嘴子，尖嘴子，
尖嘴子，尖嘴子，尖尖尖尖尖——

五、天鹅罹难

这是一个月色昏暗的夜晚，
这是一个不祥笼罩的夜晚。
纯洁善良的天鹅，
难料自己身临险境；
进入梦乡的天鹅，
哪知灾难正在降临。

妒火中烧的尖嘴子，
蚂蜂一般扑向天鹅；
蛇蝎心肠的尖嘴子，
雾霾一样裹挟天鹅。
梦中惊醒的天鹅呀，
全然不知发生了什么；
孤身无助的天鹅呀，
惨死在毒鸟尖嘴之下。

128

清晨来临羊儿咩咩，
少年来到天鹅湖畔。
湖水依旧清澈湛蓝，
迟迟不见天鹅出现；
湖边回荡着少年的呼唤，
终不见天鹅的倩影回还。
少年疾步跑进深深苇丛，
只见他的天鹅早已罹难；
心碎的少年抱住天鹅骨架，
直哭到湖水呜咽天昏地暗……

六、神奇之琴

湖水呜咽白云低垂，
牧羊少年哭得心碎；
他从清晨哭到夜色漆黑，
日月星辰陪他一同落泪。

月光洒下黯然的清辉，
天鹅在少年梦里回归；
轻轻拍动美丽的羽翼，
如飘逸云絮一身洁白。

重见天鹅少年心中欢喜，
浓浓的爱意从心底升起；
少年歌声伴着天鹅起舞，
歌声舞姿诉说人间情意。

清晨来临大地苏醒，
牧羊少年走出梦境；
不见昨夜天鹅白骨，
只见神奇天鹅之琴。

晶莹剔透的六弦琴，
婀娜多姿的天鹅琴；
你是洁白天鹅的化身，
你是来自天上的神琴。

七、爱情祥云

牧羊少年拨动着晶莹的琴弦，
乐声悠扬回荡草原飘向云端；
琴声引得浓云翻滚大雨倾盆，
那是天公垂泪同情天鹅罹难。

牧羊少年拨动着晶莹的琴弦，
犹如仙乐回荡草原飘向云天；
琴声悠扬风停雨止阳光灿烂，
歌声婉转祥云满天彩虹高悬。

骑着彩虹桥上飞来的骏马，
少年奔向歌声飘来的天边；
祥云之下绿色大地蜿蜒，
歌声越来越近犹在耳畔。

少年再次拨动琴弦，
琴声悠扬天地欢颜；
碧波荡漾湖水蔚蓝，
飞天仙子来到眼前。

一身洁白的飞天仙子，
亭亭玉立如佳丽天颜；
这是天鹅仙女梦回人间，
这是天作地合的前世姻缘。

乐声飘荡在草原湖畔，

天女散花在七彩云端；

云天之下大地之上，

阳光灿烂天地欢颜。

风和日丽把纯洁爱情共赞，

祝福美丽的仙子善良的少年……

八、终曲：天鹅琴，五彩梦想的琴

天鹅琴，

神奇的天鹅琴，

你是一个迷人的凄美传说，

你是连着昨天与未来的梦想之琴。

你诉说裕固民族历经的苦难，

你歌唱善良人们爱情的心愿；

你颂扬裕固儿女的勤劳勇敢，

你赞美山川秀丽的幸福家园。

啊——

天鹅琴，你是歌唱人间永恒之爱的琴，

天鹅琴，你是善良人们幸福欢乐的琴；

天鹅琴，你是歌唱五彩缤纷梦想的琴，

天鹅琴，你是裕固儿女幸福吉祥的琴。

天鹅琴，美丽动人的琴，

天鹅琴，乐声悠扬的琴；

天鹅琴，述说传奇的琴，

天鹅琴，憧憬未来的琴。

天鹅琴，天鹅琴——

你是五彩梦想的琴……

（这部神话叙事题材的散文诗，是为大型多乐章音乐作品即合唱音诗《天鹅琴》所作的歌词，创作完成于 2017 年。合唱音诗《天鹅琴》共分为八个乐章，获得甘肃省委省政府"第九届敦煌文艺奖"（2019 年）；该作在省内外进行过大量演出，并于 2019 年 11 月 6 日晚在国家大剧院展演，有多家媒体报道，其中央视新闻移动网全程播放，当晚收视人数超过 50 万人。2020 秋季年作为甘肃省高雅艺术进校园作品，在省内多所高校巡演。）

2021-11-19

萨娜玛珂

一、灾难降临

　　这是一个遥远而悲壮的故事，发生在尧熬儿（裕固族）的遥远故乡——西洲哈卓。勤劳的尧熬儿人在那里繁衍生息，在那里放牧牛羊，在那里辛勤劳作，在那里热情歌唱，因为那里是他们美好的家园，心爱的故乡。但是，这美好的生活遭到了不曾预料的劫难！由于部落内鬼奸贼的挑唆，引来尧熬儿的灭族之祸——强悍的外族入侵，瞬时杀声震天，刀光剑影，家园遭劫，遍地哀鸣……

> 杀声震天，
> 灾难降临，
> 刀光剑影，
> 遍地哀鸣。
> 家园遭劫，安宁不再；
> 仇恨燃烧，美好生活陷火海。
>
> 啊，我的孩子！
> 啊，我的家园！
> 拼杀仇敌甘愿抛洒热血，
> 保卫家园壮士自当勇敢。
> 杀声震天，
> 灾难降临，
> 刀光剑影，
> 遍地哀鸣。

二、萨娜玛珂

　　萨娜玛珂，是整个尧熬儿部落最美丽、聪明和勇敢的女子。她的容貌赛过地上最美的花朵，她的歌喉犹如云端百灵一样婉转，她的双眸好似湖水一样清澈，她的笑容如同阳光一样灿烂。在自己的头领丈夫身边，她有着一个妻子的贤惠和温存；在尧熬儿同胞的心头，她是坚强勇敢的巾帼英雄！

　　　　　　噢伊——呀啦——
　　　　　　萨娜玛珂，
　　　　　　噢伊——呀啦——
　　　　　　萨娜玛珂。
　　　　　　你的容颜赛过最美的花蕊，
　　　　　　你的歌声好似云端的百灵；
　　　　　　你的双眸犹如清澈的湖水，
　　　　　　你的笑容像阳光一样明媚。

　　　　　　你是头领贤惠的爱人，
　　　　　　你是大地美丽的花朵；
　　　　　　你是聪明智慧的化身，
　　　　　　你是尧熬儿的勇敢巾帼。
　　　　　　啊，萨娜玛珂，
　　　　　　啊，萨娜玛珂。

三、夜袭

　　突来的战争中，尧熬儿人被外族打败，头领身负重伤，部落面临灭族之灾。危难之时，勇敢的萨娜玛珂挺身而出。无畏的巾帼英雄，跨上战马，率领部落同胞夜袭敌阵。月色朦胧，大地一片寂静；夜在沉睡，万物都在梦里。萨娜玛珂凭借勇敢和机智，出奇制胜，打败了凶悍的敌人，挽救了濒临灭族的尧熬儿部落。

夜色朦胧，
战马飞奔；
复仇火焰，
胸中喷涌。

勇敢的萨娜玛珂一马当先，
英雄的儿女听从她的召唤。
保护同胞男儿，自当勇敢；
护佑家园，谁说巾帼不如男？

深入敌营，
杀声震天；
复仇火焰，
胸中点燃！

攻其不备，
敌难迎战；
出奇制胜，
巾帼当先。

四、赞歌

　　胜利归来的萨娜玛珂，受到同胞的敬仰和爱戴。同胞们被萨娜玛珂的勇敢和智慧深深感动，众望所归，为萨娜玛珂立下神圣的碑文，镌刻下她危难之时拯救民族的英雄诗篇。家园重获安宁，同胞露出笑颜，尧熬儿沉浸在胜利的喜悦之中，为巾帼英雄献上深情的礼赞。

漫天的乌云终于散尽，
迎来了同胞渴望的安宁；
百灵儿歌唱在蓝天里，
唱醒了大地的吉祥和平。

激情在心底涌腾，
唱出尧熬儿对你的赞颂；
泪水里充满千言万语，
倾诉着同胞对你的感恩。

美丽的萨娜玛珂，
你是勇敢和智慧的化身，
拯救同胞于危难水火，
你是尧熬儿的吉祥之星。

吉祥的萨娜玛珂，
你是尧熬儿心中的丰碑，
拯救同胞于危难水火，
你的功绩千年传送万世永垂！

五、大圈头

战争来的蹊跷，屡屡受挫更是令人费解。原来一切都是因为那个尧熬儿的奸贼内鬼——大圈头①。一人之下万人之上的大圈头，贪婪无度，野心膨胀，急不可耐做起了借刀杀人，取代尧熬儿大头领的美梦。惨烈的战争因他的野心和阴谋而起。萨娜玛珂征战告捷，让诡计多端的大圈头怀恨在心。他设下阴毒的离间之计，让大头领对爱妻萨娜玛珂起了疑心。

我是大圈头。
一人之下万人之上的大圈头。
金银财宝我不缺，
山珍美味我不缺，
仆人家奴我不缺，
马匹牛羊我不缺，
草原牧场我不缺，

_____

① "大圈头"，即裕固族语的"大管家"。

136

妙龄花儿我不缺。

我不缺，

我不缺，

这些统统都不缺。

咯！咯！

你猜我缺啥？

嗨嗨嗨嗨哈哈哈哈

我想要做，

尧熬儿大头领。

嗨嗨嗨嗨哈哈哈哈

我要你死，

我的绊脚石——萨娜玛珂。

你可知道人心贪婪，

你可知道人心无耻，

你可知道人心阴险，

你可知道人心蛇蝎。

蛇蝎心肠的人呐，

尧熬儿人的败类！

天理难容的人呐，

等你的必是噩运！

六、情殇

大圈头费尽心机的离间阴谋得逞。大头领听信谗言冷落了忠贞的萨娜玛珂。他移情别恋，另觅新欢。遭受不明冤屈的萨娜玛珂，深陷被爱人疏远冷落的痛苦和孤寂之中，她不明白，这一切到底是为了什么？

山头阴云密布，

天上落着秋雨，

我充满忧伤的心啊，

像这阴沉的乌云，

像这哭泣的秋雨。

心上的人啊，
你是尧熬儿勇敢的头领；
思念的人啊，
你是我心上的爱人。

我的心啊多么忠诚，
可你为什么对我无情？
日月可鉴我的痴心，
问你为什么别恋移情？
有谁告诉我？
有谁告诉我？

七、血染故土

　　抑郁之中，萨娜玛珂思念自己的阿爸阿妈。借萨娜玛珂探望亲人之际，大圈头设下阴毒之计，一心要除掉让他的美梦破灭的萨娜玛珂。他将一份特别的"礼物"搭在萨娜玛珂的马背上，对她嘱托再三：务必遵从大头领的心愿，在望见娘家帐篷的一刻，打开神圣礼物，那样天神将会保佑她和深爱的丈夫复归和美。到达山头，解开褡裢，"扑棱棱"飞出一群野鸽——烈马受惊，拖着套在马镫里的萨娜玛珂，嘶鸣着飞奔起来。烈马奔向荆棘丛生的荒原，飞过流水湍急的石滩。可怜的萨娜玛珂呀，尧熬儿的优秀女儿，她的鲜血染红了脚下的大地……

烈马受惊，
箭样飞奔，
萨娜玛珂，
被套在马镫。
烈马受惊，
蹄下生风，
萨娜玛珂的鲜血，

把故乡土地染红。

啊，萨娜玛珂！
尧熬儿的勇敢女儿，
大地上最美的花蕊。
为了护佑同胞生命，
你遭奸人阴谋陷害；
为了尧熬儿的安宁，
你竟身遭如此残害。
大地为你哭泣，
苍天为你垂泪。
啊，萨娜玛珂！
啊，萨娜玛珂！

八、永生，萨娜玛珂

　　真相终于大白。从噩梦中惊醒的大头领，追悔莫及。仇恨如烈火燃烧的尧熬儿，以激烈的方式惩治了残害萨娜玛珂、给部族带来灭顶之灾的奸贼败类！因为这场战争，因为萨娜玛珂的被残害，尧熬儿部落离开西洲哈卓，向着太阳升起的地方，一路向东来到祁连山下草肥水美的海子湖畔，开辟新的家园。为了纪念圣洁的萨娜玛珂，尧熬儿姑娘出嫁都要亲手绣制具有象征意义的服饰头面（胸前嵌上红色珍珠，象征萨娜玛珂的乳房；后背的白色红底布带，象征她脱去肌肉的背骨；那帽尖上飘动的红缨，是萨娜玛珂洒在故土的鲜血。）

遥远的西洲哈卓，
你是尧熬儿的故乡。
想起部落遭受的灾难，
你是不堪回首的地方；
想起惨死的萨娜玛珂，
你是令人落泪的地方。
善良勇敢的尧熬儿，
离开伤心落泪的故乡；

热爱和平的尧熬儿，
走向太阳升起的地方。

啊，西洲哈卓，
尧熬儿的故乡，
离开你这令人伤心的土地，
走向太阳升起的地方。

大地春来早（吧），
风光多美好（吧），
巍巍祁连，
高入云天（呀）。
绿色草原，
流水潺潺（呦），
海子湖畔，
重建家园（吧）。

家园多美好（吧），
风光多美好（吧），
海子湖水，
碧波荡漾（呀），
草肥水美，
牛羊茁壮（呦）。
欢歌笑语，
幸福吉祥（吧）。

你的容颜赛过最美的花蕊，
你的歌声好似云端的百灵，
啊，萨娜玛珂。
你的双眸犹如清澈的湖水，
你的笑容像阳光一样明媚，
啊，萨娜玛珂。

你是尧熬儿聪明智慧的化身，
你是民族坚强勇敢的巾帼。
你是绿色大地美丽的花朵，
你的美妙歌声永远不落。

尧熬儿把你深情歌唱，
你活在尧熬儿人的心上；
新娘绣上精美的头面，
你在美丽的头面中万古流芳。
万古流芳——

　　（这部裕固族史诗题材的散文诗，是为大型多乐章同名音乐作品即合唱音诗
《萨娜玛珂》所作的歌词，创作完成于 2018 年。原创大型合唱音诗《萨娜玛珂》
（王文澜作词、作曲），为兰州文理学院委托签约作品。该作完成公演之后，先
后进行过数十场演出。2019 年 4 月 4 日，由甘肃省委宣传部、甘肃省文化和旅
游厅共同主办的"春绿陇原"在兰州音乐厅举行专场展演，中国甘肃网做了全
程现场直播，当晚的浏览量超过 163 万。2020 秋季年作为甘肃省高雅艺术进校
园作品，在省内多所高校巡演。）

2021-11-19

留下一份纯净记忆

一

这是你生命的第一次绽放。
这清新美丽地绽放，
像是专门为了一场生命的
有心遇见。
你可知道，对我而言
这是多么欣喜的记忆！
记得你稚嫩的幼芽
才从潮润的泥土里脱胎，
我像是遇见了
有生命的精灵一般
惊喜不已！
从那一刻起，
我便不再放弃对你的
关心与呵护——
从幼苗到新生枝丫叶瓣
到少女样的花蕊
直至那个夜雨清晨的
美丽绽放。
你在君子兰的阔叶下亭亭玉立，
像是面对前世命定的爱侣。
我深信

你们的相守是世间最深情的依恋。
彼此有着心的无尽对话，
那是人间难以寻觅的
爱的情深默契和朝夕相伴。

二

你悠然开放的最初日子，
我误以为你是一支牵牛。
因为你的姿容你的模样
真是有点貌似我培育的牵牛。
可是
我很快发现，
你近似牵牛却并非牵牛，
因为你是那样的与她两样。
你没有婀娜的藤蔓，
只有娇小的身段，
你没有满蔓的花蕾，
只有独秀的一支花瓣。
面对红尘，
神情宁静，
孤芳超然，
满目清新。
孤陋寡闻之人
我至今不得而知汝之芳名，
可我最是知道
你就是世间无可比拟的
美的化身，
梦的精灵。

三

天真的我
固执地认为，
纤尘不染的你，
定然有着不凡的身世。
花盆里的君子兰
住了那么长久年复一年，
可突然一天
你悄无声息来到他的面前。
那是多么神奇的出现，
一切像是等候千年的期盼。
我还固执地认为，
你是由天上悄然落下的一滴
晶莹露珠孕育而生。
因为
只有她的纯净和剔透，
才配得上你温润清丽的姿容
和举世无双的灵秀。

四

那些曼妙的时光里，
来自你的温情与美丽，
君子兰每天都能领受到。
你的花蕾有如羞涩的少女，
他能听到你
未受红尘浸染的心跳，
还有伴着心跳等待清新绽放的
欣喜与欢笑。

每一会
你都是如此这般的绽放——
无与伦比的清新，
无与伦比的温润，
无与伦比的安静，
赛过世间纤尘不染的芙蓉。
面向身边的君子兰，
你用少女般的温馨
和全部的柔情
向他敞开美丽的心扉。
在你的生命中，
除了他，
周边世界的一切
皆为被你遗忘了的存在。

五

这是你生命的最后一次绽放。
你的身后不再有
少女般的羞涩花蕾，
只有两片绿叶与你相依相随。
仅剩的两枚叶瓣
默默无语俯首低垂，
耗尽了所有的精气神韵，
只有满眼无奈的蜷曲枯萎。
这一回，
你的花瓣不再像往日那样
清新舒展，
因为美丽生命已临近终点。
深深凝望着你呀，
君子兰只有默然的泪水
和无言的伤感。

这凄然的眼泪呀，
是对美丽不再的悲悯，
是对生命将逝的哀叹。
望着他的泪眼，
你劝君不必如此伤感，
你说这是天地万物的生命必然。
你的话语如此坦然，
让身心无以寄托的君子兰
深陷孤独柔肠寸断……

六

你告别红尘那夜
君子兰做了一个梦。
梦中的你脚步轻盈
飘进他的窗棂，
凝神半晌
却只问他一句：
问君是否
从此将我忘记？
君子兰说：
我生命的字典里，
不曾有"忘记"一词。
生命短暂，
昙花一现，
记忆常新，
犹如初见。
对你的永新记忆
就是君子兰生命存在的依据。
无言凝视，
他望见你晶莹的泪珠；
泪眼迷离，

你声音轻轻道出心语：
与君相依，
不枉此生；
君心有我，
便是永恒。

2018-05-24

梦回纳木错

一

怀揣伴我一路的诗与梦，
来到遥远的纳木错湖畔；
温婉如昨的幻想，
此刻玉立在我的身边。
时光流转十五个春秋，
岁月留给我宿命的忧愁；
可时光像是为她停住了脚步，
让梦中伊人秀发如昨玉颜依旧。
纳木错是什么意思？
——我问幻想；
仙女的圣湖，
——幻想轻声作答。
是的，
纳木错，
天上仙女的圣洁之湖，
我的幻想的圣洁之湖。

二

苍天高远，
湖水蔚蓝；
上苍恩赐，
心境怡然。
放眼望去，
视野里只有水天悠然；
置身此间，
一时忘却了今时何年。
大地有爱，
造化有缘；
如此天地大美不禁令人想起，
拉赫玛尼诺夫天籁般的浪漫。
哦，此处何等美景，
远处湖面像火烧；
草地如彩色地毯，
白云在天上飘。
这儿没有人，
这儿真安静，
这儿只有上帝和我，
还有你——
我的幻想……

三

轻轻牵着幻想的手，
沿着湖畔自在悠然往前走。
蓝天和白云倒映湖面，
温柔的湖水为我们开颜。

漫步在这人间仙境，
一时忘记过了多少时间。
偶遇一位大姐天真如我，
请为我和幻想拍照留念。
看得出，
她是真要想尽法子，
留下这梦幻的瞬间。
祝福世间万物美好，
难忘大姐一片善念。
天真殷勤的好大姐，
一边拍照一边自言：
天堂景色多么美好，
令人忘却世间喧闹。
我在此间忘返流连，
除这美景啥都不要。
有人以为我要跳湖，
我会轻易走向虚无？
看这湖光山色多么美妙！
我是再活千年都还嫌少。

四

湖水多么清澈，
碧透的湖水中，
我望见了十五年前幻想的容颜，
那是人世间最清纯美丽的笑脸。
湖水多么清澈，
湛蓝的湖水中，
我望见了秋雨先生的文化苦旅，
我与幻想的诗和远方在此相遇。
湖水多么清澈，
宁静的湖水中，

我望见了幻想蓝天一般的灵魂，
那是跟这湖水一样透明的心灵。
湖水多么清澈，
圣洁的湖水中，
我触摸到幻想纤尘不染的心灵，
那里藏着大千世界至纯的真情。

五

湖边一隅巧遇一块奇石，
我视为有缘邂逅的吉祥。
那憨态可爱的造型模样，
鬼斧神工酷似我的属相。
乐上心头的大顽童啊，
轻轻告诉身旁的幻想：
这邂逅的奇石，
他是我的属相。
听了顽童的话，
幻想即刻现出一脸天真模样，
轻轻俯下身来，
双眸如湖水一样清澈，
凝神端详眼前吾之属相。
她用心抚摸那似有灵性的石头，
满含犹如梦幻一般的柔情；
她突然抬起手来"打"那石头，
按捺不住的欢颜开心笑意盈盈。
白云和湖水在会心偷笑，
因为他们最是心知肚明，
幻想拍打在属相石上的，
是藏在灵魂深处的万分柔情……

六

瞅着落入湖中的朵朵白云，
我问幻想：
再过十年，
来到这里面对你的，
当是被无情岁月沧桑了的容颜。
话音未落，
幻想开言，
一脸平和，
道出爱与生命积淀的箴言：
再过十年，
你老十岁，
我也老十岁，
大地也老十岁，
万能上帝也老十岁。
造化赐予天地万物的，
是那公允平等不过的容颜。
人生本就追梦的过客，
心中有梦就好；
生命的诗和远方在于幻想，
有缘牵着幻想的温柔就好。

2019－05－20

致标杆大师

木心

从苍茫大地默默走过的孤独身影，
你的绝世才华上苍恩赐，
你的多舛命运造化安排。
你的人生是一部人间抒情悲剧，
一切皆因上苍要执意造就一个
玉树临风的旷世生命。
你是独一无二的人类智者，
你是大雪纷飞的精神贵族。

莫言

不只因为你以非凡的创造获得诺奖，
更因为那个获了奖的你，
身心俯瞰地狱，
灵魂上通天庭，
认清世界面目，
参透生命本真。
你活着，
苍蝇、蚊子、癞蛤蟆、像人的不像人的
都敢对你说三道四指手画脚，

一切皆因你站在这个世界所有眼睛
都能看得见的地方。

余秋雨

你踩着无尽的嫉恨、诽谤和污蔑，
走过半生人间炼狱，
用人类的文明、智慧和良心
荡涤和成就自己的灵魂，
终成集旷世才华和成就于一身的文化巨匠，
百年方得一见的人文精英。
你是文化苦旅者，
你是人生修行者。
恭候你的，
将是那尘埃落定之日
历史为你加冕的桂冠。

2019-08-30

宁静喜悦

宁静而喜悦，
乃生活的最佳状态。
宁静因踏实而生，
喜悦随幸福而来。

心里踏实了，
状态自然宁静了；
生活幸福了，
心情自然喜悦了。

身心宁静依靠修为，
幸福人生源自创造。
繁忙并快乐地工作，
宁静而喜悦地活着。
人生有爱自幸福，
涤除奢念方安静。

不靠谱的人，
不交；
太好听的话，
别信。
宁静而喜悦着，
喜悦而幸福着。

2019-09-06

一无所有

轻轻走来，
天真的你。

天真的你，
身居红尘，
心在流浪，
梦在远方飞翔。
你知道
你一无所有，除了
大地、星空和幻想……

上苍恩赐绿水青山，
放下浮躁神明指点。
身心于此间悠然，
灵魂在这里憩休。
童心与芳草攀谈，
梦想携白云遨游。

这里是自由思想的天堂，
这里是心旷神怡的地方。
任性迷恋该想的一切，
忘却你不该想的那些。

感恩赐你幸福的上苍，
呵护生命值得的珍藏；

珍惜梦幻一样的美好，
拥抱美丽的诗和远方。

天真的你，
身居红尘，
心在流浪，
梦在远方飞翔。
你知道
你一无所有，除了
大地、星空和幻想……

2019-09-07

珍爱，因为我们只有一生

一

珍爱你，
因为我们只有一生……

这句话，
这句将岁月的许许多多沉淀和搅拌在一起的话，
在我心的深处出现过多少回，
已经没法记得请了，
也是不可能记得请了。
因为真实的情景是，
自从心头长出这铭心话语的一刻起，
它便时时鸣响在我的耳畔，
陪伴心泉日夜流淌不再停歇。
一生真的很短很短，
即便像那些被时光忘了问候的生命一般，
真能活上一百年……

二

你可知道，

因为珍爱，

于是你的一切，

我们的一切，

在我的生命里，

全部变成了永生永世的美好。

即便一同走过岁岁年年，

可在我默默流淌的生命里，

一切永远历久弥新；

即便走在你的身边，

依然愿意用心瞅着你的眉眼。

瞅着你，

一切清新如记忆里的与你初见；

即便离你只有几米远，

担心被你丢掉的我，

脑子和眼睛彼此牵着手，

仔细追望着你，

追望着你的身影——

那是用上整整一生，

也永远看不够的人间身影……

三

平日里看见有人遛狗，

我不由得总要细心瞅了又瞅。

你看那受宠的狗狗，

它是多么任性，

它是多么欢快，

它是多么调皮，

又是多么惹人心疼可爱……

主人朝玩在远处的狗狗呼唤，

呼唤狗狗的名儿，

只见它即刻抬起头，

望着唤它的主人，

眼里满是被宠坏的任性，

明明听见了主人的呼唤，

却又故意装作没有听见，

随即一个劲顽皮地又蹦又跳，

跑得离主人比适才更远。

看似跑去相反的方向，

但那不过是存心逗乐主人，

故意跟自己的主人撒娇，

或是告诉自己的主人：

外面的景色有点迷人，

没有玩够的我还要蹦蹦跳跳。

可是没过多久，

只见那可爱的狗狗，

超音速一般，

飞到主人面前……

那一时那一刻，

我多么羡慕多么希望，

情愿自己变成那可爱的小狗，

和它一样任性玩乐，

和它一样蹦蹦跳跳，

却又时刻不忘用遍布全身的眼睛和耳朵，

望见你之所在，

听见你的呼唤，

而后像那狗狗一样，

超音速飞到你的身边……

四

有一回，
遇到一个哭得恓惶的小孩，
跟在妈妈的身边。
孩子显然是惹妈妈生了气。
生了气的妈妈，
每走几步就要停下脚步，
轻轻拍打自己的孩子一下，
可那哭得恓惶的孩子，
泪眼巴巴望着妈妈，
没有因为妈妈打了她，
而要离开自己的妈妈，
反倒用自己的小手儿，
紧紧揪着妈妈的衣襟，
一边哭得越发恓惶，
一边不停地叫着妈妈……
望着心疼的孩子，
那些小狗狗都会懂得，
所以哭得如此叫得如此，
是因为那孩子的心，
闻得见妈妈用生命疼她的味道，
是因为那对母女，
她们仅此一生的连心之爱，
永远生长在彼此无法割舍的心上。
你可知道，
望着恓惶孩子的那一刻，
我多想让自己变成那个小孩。
变成那个小孩的我，
可以永远紧紧拽着你的衣襟，

即便你也那么"打"我，

让我哭得伤心哭得恓惶……

2020-06-13

聊心斋夜话

与常人说话叫聊天，
与知音说话是聊心。

生活，
越是极简越丰富，
越是繁杂越空虚。

人生，
为他人奉献的爱越多，
你的幸福值就会越高。

活着，
要懂得让思想自由开放，
要记得让灵魂幸福流浪。

2020-09-27

大地情歌

一

十年不遇，
黄风怪搅得沙尘蔽日；
三日过去，
丝毫不见消退的影迹。

看一看今儿的沙尘暴，
说不要陪她去吃土了？
他细心瞅着她的脸，
啥也不说只是笑。
这瞅着笑的心里想：
有我陪着你一道，
给你填份温暖和依靠，
顺便把你那份沙尘分享了。

走在她身边，
瞅着她眉眼，
漫天沙尘不再令人生厌，
落在舌尖的泥土有点甜。
人活着，
有些天真荒唐不着调，
却能把寻常日子，

打扮成了诗的情调，
能把随心的生活，
呵护出带着甜的微笑。

二

路过的拐角儿有棵树，
树上有只心儿焦躁的鸟，
那孤孤单单的可怜见，
一声紧过一声伤心地叫，
莫非昨夜丢盹儿失了恋？
听那叫声满是凄然的调。
时间隔了半分两秒不到，
一旁的树枝儿上，
抿着点点小嘴儿，
来了好似同类一只鸟。
她轻轻呼应了三声半，
声音愧疚含羞又娇娇，
和先前那伤了心的鸟，
好似不太一样的音调。
我虽不懂鸟儿的鸣叫，
却深信那是心的抚慰，
那是娇娇温情的回报，
是尕心疼①真爱的语调。

三

也是经过的那条小道边，
迎面过来一个小天仙，
那是一位绝了世的佳人，

———————————
① 尕心疼：西北方言，意可爱的人。

天地虽大，
可这般人儿终是难得一见。
你看她：
秀发飘逸，
双眸若山间清泉；
神情步态，
清纯有加气质超然。
看她衣饰飘逸那般，
却无法掩饰身材的所有好看，
简洁素雅的色调，
更衬出举世无双的天人娇颜。
这好到无比的人间天仙，
你是哪家心尖上的温柔无限，
又是哪家天真汉的一世单恋，
或是哪家游魂者的梦中钙片？

四

所谓的实诚作家好作家，
都是些只会纸上说话的天真汉，
除了心的深处那份执念，
除了美景入心时的咏叹，
其他不过是极简又极简。
似这般只会唱着信天游的天真模样，
简单到只剩下抱着书本陶醉和幻想，
到头来就像流浪在可可托海的牧羊人，
只为逝去的记忆没完没了地唱。
更像是遗忘在深山幽谷的憨笋，
只剩下那虚谷的灵魂忘情地长。
朋友们别嫌这般不懂聪明的天真相，
殊不知世间仰望星空的灵魂就这样。

2021-03-17

心有阳光自惬意

——我心中的声乐教育家俞守仁教授

甘肃音乐界，俞守仁这个名字对于今天二十来岁刚上道的年轻学子来说，并非人人熟悉。但是对于年纪稍长一点的音乐人来说，俞先生的大名定是人人皆知的，因为他是陇上音乐名师。

俞先生退休之后这些年，我们不常见面。前几天散步路上偶然遇见，叙谈一阵，甚是开心。望着眼前已年近八旬，却身板笔挺，精气神十足，言谈举止依然小伙子一般神情爽朗、激情飞扬的先生，三十多年一路走来的往事，一幕幕浮现在我的心头……

回家之后，我突然很想写一篇有关俞先生艺术与人生的文字。怕他不情愿，也怕自己写不好而有违对先生的敬意，于是就先做了一点功课，写了初稿，而后怀着一份尊敬的心情打电话征询先生的意见，并最终获得他的同意。展现在这里的文字，基本上是初稿的样子。今天奉上这篇简短拙文，借以表达自己对俞先生这样一位在笔者、在无数学生和友人心目中深为善良、阳光、激情、唯美、热爱生活、童心永驻的艺术家的真诚敬意。

激情艺术，追求唯美。首先想悄悄问一句：曾上过俞先生声乐课的门下弟子，你的课上有没有过正在那儿唱着唱着，却被俞先生无意间在肚子上轻轻一怼（试试你的歌唱气息）的记忆？啊呀，对此，我可是有过领教，记忆深刻。我被怼过，就那么一次，可一次也是足够"享受"了。正在唱歌的我，那一怼，让你没有任何防备，然后连同肚子带心，嘀咕了好大一阵。不过有过那么一次之后，便是有了防备。据说，还有一位同门师弟，也领受过先生这一招。师父有招，学生更有对招。从那之后，凡去上课，这师弟便不停地在那里左右左右，左左右右，没个规律地摇来晃去——据说一切皆为了防备师父那令人心热（不敢说"心烧"）的用力一怼，哈哈哈，聪明师弟好对策。

笑话莫讲，言归正传。俞先生上课，那是出了名的认真和投入。我本是手风琴专业学生，但那个时候我们音乐系学生很少，全系包括进修生在内，也只有八十来人，比起今天学院的研究生人数似乎一半都不到。学生少自有学生少的好处——无论什么专业，钢琴跟声乐是两门必修课。我的声乐老师就是俞先生。连我这样一个器乐专业的学生，俞先生上起课来从来是一丝不苟从不含糊，至于那些声乐专业的学生，你就可想而知了。那年月，老师们都很认真，而俞老师的认真那更是认真中的认真。那般状态，是今天的很多教师身上所找不见的。先生从教，身体力行，很多学生在他这里学习，终身受益。

艺术需要激情，没有激情便没有艺术。我深信，俞先生的激情是天然的，那是他与生俱来的天资禀赋。他把这份天然的、可贵的激情，源源不断也恰到好处地投入他的声乐教学之中。勤于探索、思考和实践的俞先生，形成了一套强调气息支撑的具有说服力的教学方法。他的讲授形象生动，深入浅出。他的演唱、他的示范，不仅讲究科学的发声方法，并且从来是全身心投入，声情并茂，满怀激情，富有感染力。这样的激情和感染，可以带动学生很快投入艺术表现所应有的情绪和情境之中。不仅教学和示范演唱如此，我发现，每次他在听赏一个作品、讲述一个作品的时候，也是如此。你会发现他从来是全身心投入其中，那番受艺术感染的激情、忘我和通透感，挂在脸上，溢于言表。以我对先生艺术人生的阅读和理解，俞先生无论在艺术还是生活中，都是一个追求唯美和力争完善的人。这一切体现在他的待人接物，体现在他的一言一行，体现在他的兴趣爱好，体现在他面对艺术、面对人生、面对大自然、面对生活中的一切上。这世上，心灵清澈热爱生活的人，就是这样。他们明明知道，生活从来都是不可能完美的，世间的一切都是不可能完美的。他懂得这一切，但这不影响他对美的追求、向往和执着。

退休之后，由于他在艺术方面的造诣和声望，被返聘到河西学院担任音乐系主任。数年下来，倾其心血，为河西学院的音乐教育奉献了他的热情与能量。河西学院聘期满，先生再度作为特聘教授到西北民族大学等校担任声乐教授，教学兢兢业业，一干又是数年。随着年岁的增长，他对自己的要求似乎越来越严格。以他多年的教学经验：只有歌唱的气息支持，才能保持歌唱的完整。其间，年近七旬的俞先生，经历一次艺术探索之路上的"大考"，举办了自己的独唱音乐会。笔者见证了那晚的音乐会：整整一台节目，足足二十首中外代表性艺术歌曲，他始终不用话筒。舞台上，大家真正看到了俞先生歌唱呼吸的扎实功底，这场音乐会给大家留下了深刻的记忆……

外冷内热，与人为善。每个人的言谈举止都有自己的风格，俞老师也不例外。凡接触过他的人，初次相会或多或少都有这样的印象：俞老师是一个比较严肃的人。我想说的是，俞先生的严肃，基本上是表面现象（就如同那些不大了解我的人说王文澜是个严肃呆板的人一样）。简言之，俞先生只在该严肃的事情上严肃。凡跟他有交往的人，经过一番深入的交流之后，你会发现，他是一位何等热情、阳光、善良、随意、和蔼可亲的童心老师。

上学那阵，不少同学的日子过得很是紧巴，尽管音乐系的学生比起其他系的学生手头稍显宽裕。那个年月，买得起录音机的学生寥寥无几。但使用盒带听音乐可是离不开录音机的。看我异常喜欢学习，喜欢听音乐，于是俞先生就时不时把他上课使用的那方小录音机借给我听。那是一种简易的单声道便携录音机，通体黑色，形状扁扁像块砖头大小，故称为"煤砖"。在那年月，我觉得"煤砖"的声音真的很好听，他给了我太多的音乐享受和满足。直至后来我的父亲按我的请求，倾其家中积蓄，花费 500 元巨款给我买了那台日本原装四喇叭立体"三洋"，我才知道，立体声的音响听起来是那般的过瘾那般的爽心（那台录音机，堪称我学习音乐数十年记忆中的奢侈品。只可惜，没用到一年，就被梁上君子从琴房破窗而入盗走了。心碎的我，为此一个人趴在琴房好好哭了一场，至今想起依然心碎。但父亲得知后，除了一再的安慰，没有怨我半个字）。正是凭借俞先生借我使用的"煤砖"，我听了大量的中外名曲，对贝多芬、柴可夫斯基等的入迷和痴爱，便是从怀抱"煤砖"的岁月开始的。哈哈，话说到此，当年先生门下的弟子听了可别有意见，因为那块宝贝"煤砖"，毕竟不是人人都如我一样有幸享用的。

还有件事，三十年过去，我始终记忆犹新。作为器乐专业学生，我的声乐能力肯定是不被老师和学生放在眼里的。进校不久的一个下午，声乐教研室举办了一次教研活动。老师们的教研对象正是名叫王文澜的这个学生（我一直在想：大概是因为我的声音毛病太多）。全系声乐教师一同听我唱歌，你可以想象，站在那么多大学老师面前，我有多紧张。我瞅着杨树声等先生，好一阵顺不了气儿。最后我不无胆怯地问了一声："老师，我唱啥？"得到的命令是随便，啥都行，随便唱。有的老师瞅着我，善意地笑了，有的老师我则始终认不识（不识得）他的表情。记得那天我胆大妄为唱了一段秦腔——农村长大的我，不比兰州大城市的学生有见识，不知天高地厚，就那么信天游地唱了。唱完了，老师们都瞅着我，发表了各自的意见。具体说了啥记不大清了。但我记得表情严肃的俞老师说的话：有嗓子，学出来会是个音色不错的抒情男高音。遗憾的是，这辈子辜负了老师的殷切期望——心思不可能花在声乐方面的我（大学那阵，我有时一天可以拉八小时的手风琴），终究没唱出来。多年过去，那个"音色不错的抒情男高音"始终在我的心灵深处尽情地歌唱着……

相濡以沫，童心永驻。几年前，前往府上给俞先生和夫人苏兆安老师（苏老师退休前一直是我们系里的老师）送我新出版的几本书。非常凑巧，那天竟然是苏老师的生日，于是我觉得自己的书送得特别是个时候，缘分。那天我们聊了好一阵，两位老师心情非常之好。望着客厅相框里的几张年轻时的照片，俞老师笑呵呵问我："你看这个姑娘漂亮不？"我立即回答："漂亮！绝对漂亮！"俞老师紧接道："这样漂亮的姑娘，你说我能不喜欢吗？"说完，我们三人开心地哈哈大笑，幸福温馨的气息顿时弥漫了整个房间。

照片上是年轻时的苏老师：两条辫子长长的，站得亭亭玉立的。苏老师年轻时是有名的美女，应该属于人人见了想多看一眼的那种姑娘。我上学那阵，已经四十开外的苏老师，形象气质依然非同一般，令人赞叹。记得系里演出报幕，非苏老师莫属……那天在老师家，聊得开心，我很想跟两位年过七旬的老师开句玩笑：年轻时，二位帅男靓女、才子佳人，想必各自的"粉丝"一大溜，彼此可否吃过对方的醋？但转念一想，如此玩笑，学生是不可以跟老师随便开的。今天话说到这里，真的很想轻轻道上一句：人活一世，没有一点让爱你的人吃醋的山珍海味，哈哈哈，那还叫人生吗？

随着岁月的增长，两位老师越来越相濡以沫、互敬互爱。追求清净悠然的他们有着共同的兴趣，共同的爱好，彼此间的关心爱护一天胜似一天。毕竟是一把年纪的人了。我羡赞两位老师不减当年的老来清新明媚精气神，俞先生哈哈一笑道："变老，那是自然现象啊。年纪大了，总有这样那样的毛病找上门来，正确对待便是。你说我笔挺，说我显年轻，其实我走路的时候，时不时就会下意识地弯下腰来，弯下腰来觉着舒服啊！可是一旦让苏兆安看见了，立即会提醒我，俞守仁，腰直起来！哈哈哈，我就赶紧挺起胸来……文澜，记住了，岁月让你的身体变老那是自然规律，重要的是，你不要太在乎这种变化。人活着，心态要好是关键。"

是的，心怀正能量，登高望远，开心生活，这就是真理，哈哈哈。

俞老师，一个典型的开心快乐的"老伙子"。何为老伙子？此乃笔者创造的一个新名词——人，年轻的时候称小伙子，老了以后变成老伙子。小伙子变成老伙子，变老的不过是外在的躯壳模样，不变的则是一颗阳光明媚、永葆清新的心。向可亲、可爱、可敬的老伙子俞老师致敬！

阳光心态，惬意人生。说到当下的一切，感恩生活、知足常乐的俞、苏两位老师流露出一份发自内心的惬意和开心。俞先生是不过生日的，即便年过古稀也不过寿，就连许多人珍视的金婚纪念，他们也只在清净的二人世界里度过，感受那份用艺术和岁月沉淀下来的温馨和快乐。对他们的生活深得感佩的笔者以为：诗意优雅、崇尚简单的艺术家，对人生之理解和追求的脱俗与超然，在先生身上尽显无遗。而今，俞老师除了每天和苏老师读书、散步、品茗、聊天、听音乐，还时不时会教教校外的学生，生活过得蛮有情调，蛮充实。说到教学，江苏电视台《歌声的翅膀》中的兰州女孩——杨雅坤，俞先生2014年9月开始给雅坤上课，将以前的唱法改为民族唱法。杨雅坤从起初的不习惯到渐渐喜欢老师给他布置的郭兰英曲目……作为一位启蒙老师，看到学生从甘肃海选唯一一个名额进入《歌声的翅膀》而感到欣慰。

说到自己的子女，俞老师满脸的开心："我有一双儿女，我的俩孩子，他们各自也有一双可爱的儿女……"按中国人的习惯，他们属于"活神仙"一族。两位老师的一双子女，儿子定居上海，女儿远嫁意大利。孩子出色，事业有成，生活安逸，便是做父母的最大的开心，是他们老年生活的幸福光源。

心中有绿色和阳光的人，人生四季皆春天，处处都美好；物质生活的低调和简单，换来的将是精神生活的丰盈与奢华——文澜谨以此语，献给心地善良、热爱生活的两位老师，也献给他们亲爱的孩子。祝福他们！

2018-09-10

唱醉一个时代

——走近京剧艺术大师于魁智、李胜素

多年以前，中央电视台的节目里第一次欣赏到于魁智先生充满艺术磁力的演唱，当即惊为艺术天人而倾心折服。时隔几年，第一次欣赏到李胜素老师的演唱，是她和于魁智先生的联袂表演，其艺术魅力丝毫不在于魁智先生之下。两位天人的表演，散发着一种被大美艺术之阳光雨露所照耀、所浸透的挡不住的神奇魅力！正是此缘故，两位大师一并成了我今生五体折服、无以替代的京剧艺术偶像。

对于京剧，我是个外行，却是一个忠实的欣赏者。说自己外行是真的，而承认自己是一个不错的欣赏者也是真的。我以为，一个能把自己打心底里喜爱的京剧唱段哼唱几十年，能把一曲令人沉醉的《梨花颂》身心投入品尝数十上百遍的戏迷，是有资格进入真正爱好者行列的（我对京剧的热爱是从那个特殊年月的"八个样板戏"中培养起来的，并且曾经能唱一二十段样板戏的经典唱段。更不可忘记的是，十六七岁时的我，在乡村舞台上唱戏，男扮女装演了两年阿庆嫂，不过唱的是秦腔……）。

对于这样两位举世瞩目的艺术大师，一个外行面对他们的艺术想要说点什么似乎是可笑的。只是因为天真孩童一般的热爱与痴迷，还是忍不住想要说上两句。世人皆知，两位大师一路走来因其非凡的艺术成就而赢得无以计数的各种荣誉和赞美。他们令人倾倒的表演艺术，已经尽善尽美到近乎无以复加。一直以来，深以为他们二人在艺术之路上的相遇和珠联璧合的联袂搭档，是冥冥之中艺术神明的安排。正是这样的相遇、这样的安排，为天下戏迷送来了国粹艺术舞台上一场又一场令人心醉神迷的艺术盛宴。他们堪称天衣无缝的艺术携手，无疑是京剧艺术之"黄金搭档"历史上一座新的里程碑。面对他们无与伦比的艺术，我不愿人云亦云地重复他人的俗套——我将二位完美无缺的艺术携手称为"钻石搭档"。

这些年来，不时听到戏迷们在言说两位艺术家究竟谁成就了谁的问题，听

来不免觉得可笑。客观地讲，在成就艺术的道路上，他们是强强联手令人称绝的、可遇不可求的巨大双赢者。如果将搭档之前的于魁智和李胜素比作两座令人赞叹的艺术高峰，那么联袂搭档之后的两位大师，才是真正迎来了他们艺术上登峰造极的辉煌时代。在我看来，于魁智和李胜素的艺术相遇，既是他们个人之艺术人生的幸运，也是中国亿万京剧戏迷的幸运，更是京剧这一国粹艺术的幸运。

国人应当感谢于魁智，感谢李胜素。因为从某种意义上讲，正是因为他们魅力无比的精湛艺术，影响和吸引了一批又一批的年轻人，让他们从此喜欢上了京剧这一国粹艺术。

此次国家京剧院来兰州，感谢好友李彦荣教授和王惠琴教授，更感谢甘肃演艺集团的郭诚部长，邀请我们夫妇去欣赏大师的艺术。有幸面对面感受两位艺术家的精彩表演，实为今生一个惊喜——心里话，不知为何，此前我可是从未奢想过有一天会有机会如此近距离感受两位大师的绝美艺术。本月17、18两日在黄河剧场连看两场，剧目分别是新创京剧《帝女花》和传统代表剧目《龙凤呈祥》。两场演出结束，有机会到台上与两位艺术家合影。尤其是第二场演出前，很荣幸有机会为我的两位偶像赠书——我的三部文学作品《朝圣之旅》《缪斯的情人》和《爱是生命的呼吸》，每本赠书上均有特意题写给他们的献词。演出结束，和两位艺术家单独合影。

三部文学作品扉页上的献词分别是：

> 京剧艺术的世界里，您是一个时代的高峰。尽善尽美、空前绝后这些尊严无比、不容轻触的极限词语，他们就是专门等候着赞美您魅力无穷的国粹艺术的。（《朝圣之旅》）

> 一曲梨花颂词，道尽千古真爱；两位国粹大师，唱醉一个时代。（《缪斯的情人》）

> 常言道，世间没有绝对的完美。但是面对您的艺术，除了用完美无缺、尽善尽美来赞美，我真不知道还能用别的什么词语来形容！您是国粹艺术一个时代的标杆！很幸运和您生活在同一个时代，让我们有机会近距离欣赏您魅力无穷的艺术。面对您，我必须说：伟大的艺术征服世界！（《爱是生命的呼吸》）

　　追星的年龄早已过去。年轻的岁月里无星可追也不兴追星，等到时尚追星的年月，却压根没有了追星的兴趣。更不用说，一路走来，跟许多同龄人相比，我的生命里根本就不具备追星的嗜好。若不是一些能从灵魂深处打动和震撼我的人和事，根本不可能令我为之所动。从某种意义上来讲，我天生于骨子里的孤傲、严苛和为我所具的个性与审美取向，是用纯金打造的——我的词典里，"崇拜"一词是被积年累月的尘埃所覆盖的。尽管如此，但是当我面对于魁智和李胜素两位大师的艺术时，身心不被折服是做不到的。说心里话，像我这样一个天生简单得像孩童一样的性情之人，对他们艺术的折服和敬仰，是全身心的，是源自灵魂深处的——京剧的世界里，此生只五体投地于三位大师：除以上两位，还有京剧样板戏《智取威虎山》中杨子荣的扮演者——而今已年逾八旬的童祥苓先生。他们，都是京剧艺术王国里让我深信不疑的旷世天人。

　　这次有机会在化妆室见到两位大师。如果我没有说错的话，他们每天这样的一场演出，从开始化妆到演出结束卸妆，得花上足足七八个小时。想必其间一直得保持一种不得松懈的临场艺术状态。这期间，不得休息，不能吃东西。正是从这一刻开始，我对他们，我对这个艺术行当的深深敬意再一次陡然升华。可以想象，每一部戏，七八个小时，舞台上的唱念做打一招一式，每个动作，每句台词唱腔，都要像他们那样做到尽善尽美、毫无瑕疵，那得需要怎样的全身心投入和始终不容懈怠的高度集中的注意力？试想做到这一切，谈何容易？他们的敬业、他们的辛劳，他们对待艺术的精益求精和一丝不苟，令人深感敬佩，身心折服。有那么一刻，我甚至在心里生出一份疑问：如此这般的苦差事，经年累月，年复一年，如何承受得了？那一刻，对两位大师的敬业精神和尽善尽美之艺术的关注、欣赏、理解和思考，极大的刷新了我为师、为教、为艺术的良知。

　　两天的时间里，我一次又一次想起已经故去的岳父。他老人家在世的时候，是不折不扣的于魁智、李胜素戏迷，始终视两位艺术大师为无人能出其右的旷世奇才。记得电视上只要有两位艺术家表演的节目，他会立即做出一个绝对保持安静的手势，不许任何人打扰，然后全身心地聆听和欣赏。待一曲结束，俨然一位梨园票友，大声叫好，赞不绝口，整个客厅里都是他溢于言表的赞美之词！我心想，老人家若在天有灵，此刻应该听得到我替他表达的对自己热爱的两位艺术家的由衷敬意和赞美之情——于魁智、李胜素尽善尽美的京剧艺术是这个时代的一座高峰，是美妙的国粹艺术一座不可替代的里程碑！

2018-12-19

艺术塑造美的心灵

——叶夫根尼娅·科斯特琳娜的绘画艺术

我的好友，俄罗斯美术家叶夫根尼娅·科斯特琳娜（Evgeniya Kosterina；中文名：冉妮娅，又名冉梅），1982 年出生于俄罗斯下诺夫哥罗德省，2004 年毕业于莫斯科列宁师范大学美术系，师从俄罗斯功勋艺术家 A. N. 季莫申科（A. N. Timoshenko）。大学毕业后任教于莫斯科 1188 专业美术学校。2010 年入中国甘肃西北师范大学美术学院攻读硕士学位，师从该院资深国画家、美术教育家吴怀信教授，研究中国绘画艺术，成为西北师大美术学院历史上所接受的第一位外国留学生。读研期间，她得到吴怀信先生的悉心指导及其他老师的热情帮助，加上她本人良好的艺术悟性和勤奋刻苦的大量艺术实践，在三年的学习中取得了可喜的成果，于 2013 年获得硕士学位。

2013 年春天，叶夫根尼娅在西北师范大学美术博物馆成功举办了个人作品展，展出了她在中国三年研究生学习期间的百余幅作品，包括油画、中国画、水彩画、粉笔画、素描及中国书法作品。其新颖的中西技法之有机结合得到了甘肃美术界人士和观者的一致好评。也正是在她的硕士研究生毕业作品展上，我有幸结识了这位多才多艺的俄罗斯才女艺术家。我们从此成为好朋友。从那以后，出于彼此的信任，她的几乎每次画展或是画册印制发行，会请我这个她心目中的"作家"，做她的文字翻译和编辑工作。我将此看作一件非常美好的事。作为一个从少年时代开始便深爱苏俄文学艺术的人，与这位俄罗斯朋友的相识和交往，我有了跟一个俄罗斯艺术家交流我对俄罗斯文化艺术的认知和感受的难得机会，大有一种了却自己心头一个重大心愿的惬意感觉。

特别值得一提的是，那次毕业作品展之后，叶夫根尼娅积极倡导并促成了"甘肃省中外艺术家暨企业家慈善赈灾义卖"活动。在这次义卖活动中，她把自己 70 余幅作品的拍卖所得善款，全部捐给了四川雅安地震灾区。

2015 年 6 月，她又一次成功地举办了题为《艺术塑造心灵》的儿童画展，展出了她近两年辅导的中国孩子天真烂漫、色彩绚丽的大量油画作品，获得观

175

者的热情关注和好评。

俄罗斯是一个有着极其厚重的文化和艺术传统的美丽国度、艺术王国。笔者时常感叹俄罗斯一望无际的茂密森林、绿色原野和肥沃土地，在这样肥美的土地上，生机盎然，鲜花盛开，可以长出各种各样的茁壮植物。俄罗斯厚重的文化和艺术的土壤亦如她广袤而肥沃的绿色原野一样，在这样肥沃的文化土壤里，可以孕育出迷人的艺术之花。叶夫根尼娅出生和成长在这样一个美丽的艺术国度，让她拥有了得天独厚的面对艺术杰作、接受艺术熏陶、接受俄罗斯美术正统教育的环境，使得她在大学阶段在造型基础和色彩感觉等方面打下了良好的基础。

执着向来是俄罗斯这个民族的天性，叶夫根尼娅也不例外。为了拓展艺术视野，学习中国绘画的精髓神韵，来到西北师大的叶夫根尼娅做出了一个不同于以往国内艺术探索的"跨境"全新选择。当她开始自己的中国画学习和探索的研究生学习生活时，期间遇到的困难是可想而知的。面对与俄罗斯油画迥然不同的中国独有的笔墨纸砚，其中的陌生和难以适应感是不言而喻的，但是这一切没有难倒她。经过一段时间的尝试、适应和大量的勤奋苦练，她最终摸索到了柔软毛笔的笔性和感觉，并使用这一中国绘画的特殊工具，在一张张的宣纸上创作出表达自己情感和胸臆的一件件艺术作品，堪称极端难能可贵。

叶夫根尼娅有着天生率真、执着而又沉静的气质和良好的艺术悟性及修养。她的作品，无论是油画、水彩，还是中国画，一概呈现她的天然的率性和追求超然意境的宁静心灵。通观她的画作，从油画作品的和谐、明快到水彩画的轻盈、透明；从水墨山水的意境、神韵到传统书法的点画和间架结构，无不体现着她独有的艺术天赋、良好悟性和优雅气质。在她的笔下，宁静的山野、绚烂的花朵、荒凉的戈壁和宁静的俄罗斯教堂等，无不透出她独特的艺术视觉和敏锐的艺术观察力和表现力。

叶夫根尼娅是一个天生充满好奇和探索精神的勤奋的艺术家。未来的艺术之路上，相信善于思考和勤奋执着的她，在东西融合的艺术之路上，一定会不断进取，打造她丰富而美丽的艺术人生。

2016-06-06

激情华章　精彩绽放

——常雅琼 2019 个人演唱会观后

我省优秀青年流行音乐歌手"常雅琼献礼改革开放 40 周年个人演唱会"，今晚在兰州大学本部体育馆隆重举行，倾情上演。

作为常雅琼的音乐启蒙老师，我受到诚挚邀请出席她的个人演唱会。看着舞台上歌声动人、激情飞扬、表演自如、热情奔放、舞台经验丰富、拥有无比艺术气场的常雅琼，整座体育馆沸腾着的激情和掌声雷动之中，我的思绪不由退回到二十年前。

那是春日的一个下午，一位中年男子领着一个读初中的小女孩，慕名来到我家。大家已经猜到了，那个女孩就是舞台上激情四射的常雅琼，与她一同前来的是她的父亲。常雅琼的父亲是一位非常质朴和真诚的中年男子。作为一个父亲，性情中人的常先生与我初次见面时的那一番真诚话语，将他对女儿的深深疼爱和对其未来前程的热切期盼，淋漓尽致饱含其中。他的真诚、他的神情、他的言语，深深打动了我。和许许多多第一次见到老师的学子一样，站在我面前的小常雅琼，神情中流露出一丝对老师的些许神秘和敬仰。

从那天开始，常雅琼做了我的学生，我成了她的音乐启蒙老师。

作为考前准备，针对考试要求，我教她乐理、音乐常识和视唱练耳。在我的记忆中，那时的常雅琼差不多没有多少音乐基础。显得异常朴素甚至有点胆怯和青涩的常雅琼，每次上课，很少说话（熟悉今天舞台上热情奔放常雅琼的朋友，大概想不到当初站在我面前的那个常雅琼，是怎样一种神情模样）。无论是讲解乐理，还是听音练耳，她都听得十分细致，写得异常认真。通过一对一单兵教练的授课方式，常雅琼进步非常快，具备了应试的基本能力。但无论如何，常雅琼后来的迅速成长和巨大变化，是极大出乎了我意料的。

当年，常雅琼顺利过关，考上了西北师大音乐学院附中，三年之后又顺利考取音乐系本科表演专业，师从我省最优秀的花腔女高音、曾被业内称为陇上"夜莺""百灵"的西北师大音乐学院柴莺教授。留给我的深深记忆是，考取附中之后不久，校园里再次见到的常雅琼，令我眼前大大的一亮，或者说是令我大吃了一惊——我难以相信，眼前这个亭亭靓丽、清新飘逸、阳光灿烂的女孩，就是我一年前辅导时那个默然无语的青涩女孩。本科期间，第一次在舞台上看到常雅琼歌唱表演的那一刻，再一次令我大吃一惊且毫无疑问地当下断言：这个女孩，是为音乐、为舞台而来到这个世上的。

后来我再次鼓励常雅琼考研，但由于歌剧院甚是重视这个人才，加之演出任务过于繁忙，常雅琼只好暂时放弃考研打算。话说到这里，我不得不说很多行业一味看重文凭，真是害掉了、还在继续坑害着许多真有才华的优秀人才。众人皆知，一味追求文凭这是很糟糕的事情。我深信，一个真正文明发达的国家，一定会更加重视人的真才实学和可靠本领，而不是什么烂七八糟欺世盗名的文凭——音乐人，有了高文凭不见得在舞台上有常雅琼的这般艺术感染力和征服力。

我是个艺术天才论者。我始终固执地认为：艺术家（无论音乐、美术、文学、诗歌……），从来是七分天赋，三分后天。作为常雅琼曾经的老师，我想说，无论是多么优秀的老师，他只能教给学生知识、技能和做人的引导，而不可能教给她天赋。可教的东西叫知识叫技能，不可教的东西叫天才。技术是人人能学到的，而天才只能为天才者所独有。每个天才都是一个独立的存在，是与生俱来的生命绝版。一个非凡的艺术家，最终登上艺术高峰靠的不单是他的技术，而是他那不同于他人的、个性独具的天才。值得注意的是，有些看似技术的东西——那些富有震撼力的技术的东西，其实压根就不是纯粹的技术，而是被简单误解了的天才。比如郎朗他们看似苦练出来的技术，其实并非全是苦练出来的，那是只有不同于常人的天才才能练出来的技术——凡真正懂得艺术深层奥妙的人，一定听得懂我这话的意思；凡不信其道者，可以自己试试。常雅琼就是这样，她具有出色的音乐和综合艺术天赋，她算得上那种天生才情过人的音乐人，再加上导师的精心调教，便有了她令人刮目的今天。常雅琼的魅力人生只能在音乐中、在舞台上——她是为音乐和舞台而生的。

常雅琼一路走来，一定跟不少的老师和艺术家学习探讨过。但近年来真正让她进入另一种状态的、不同于他人的东西，很大程度上是经她自己学习、领会和感悟来的，这是一切有才华、有成就、有个性的艺术家的共同特点。面对各种需要的、跟音乐艺术有关的东西，天赋聪慧、生性敏锐的艺术家就像是一块干涸的海绵——海绵吸水是无声无息、自然而然的事情，常雅琼的艺术成长也是这个理。天生聪慧、敏锐的她，就是天生拥有这种极富吸水力的海绵的人。

因为艺术上的不懈追求，常雅琼获得了越来越多各种各样的艺术奖励和荣誉。那一个个令人赞羡的荣誉背后，是她付出了大量心血的、无以计数的舞台艺术实践。面对她具有说服力的、货真价实的舞台艺术实践，该有的好评想必早已烙印在了每一个亲临现场和感受过她充满魅力的艺术表演的观众心目之中。

作为年轻有为的艺术家，作为甘肃流行音乐界标杆式的优秀歌手，常雅琼这些年来取得了骄人的成绩。她不仅主演了甘肃首部原创音乐剧《花儿与少年》，还演唱和参与创作了大量原创音乐作品。常雅琼的艺术足迹早已遍布陇原，走出甘肃，走向世界，为甘肃的音乐艺术事业赢得了可喜的荣誉。她的艺术路子和艺术视野在辛勤的艺术实践中，定将获得不断地拓展和提升。

从二十年前走到我面前的青涩小女孩到今天的个人大型演唱会，常雅琼堪称走过了一条从"灰姑娘"到"白雪公主"的艺术人生路。愿美好的未来属于这个为音乐为舞台而生的年轻有为的艺术家。

2019-01-06

灵魂披着袈裟的书写

——叶舟《敦煌本纪》阅读浅见

叶舟的长篇小说《敦煌本纪》参评第十届茅盾文学奖，过五关进入前十提名作品，但在最后一关与茅盾文学奖擦肩，遗憾未能进入最终的五部获奖作品，原因想必是多方面的。

《敦煌本纪》和获得第十届茅盾文学奖的五部作品，都是知友特意买来送我的。我是在读完了全部五部、九大本获奖作品之后，出于"于心不安"的强烈阅读期待，同时被知友的真情感动，决定"燃香于心"，认真仔细地阅读叶舟先生的煌煌大著。

作为一个向来懒散又愚钝的读者，我竟花去了整整三个月时间，方才读完这部近一百一十万言的《敦煌本纪》（译林出版社版本）。当然需要说明的是，读到后来，我是有意放慢节奏，不让自己读得太快的。坦白讲，开始有一阵，我真有种读得云里雾里的感觉——脑子像是吃了煤烟，甚至觉得叶舟先生大作之风格，不像是发生在我比较熟悉的天地里的故事——中国西部的故事。于是一度心生疑虑和困惑："敦煌"，为乐、为舞、为画，都可以，但是有那么多的人，包括叶舟在内，竟然铁了心一般，咬定不放地去进行文学创作。敦煌，有那么多的东西可以"文学"吗？我对此真有困惑。但是越往后读，我的感觉越来越明晰，渐渐的，一切都变了。至少，就《敦煌本纪》而言，我起初对他显然是没有足够的估计。

阅读入境之后，我大有一种"真正稀罕的美味珍肴，必须得存着慢慢地、精心地享用"的感觉——我告诫自己：这部作品，我要仔细品咂，我要细心研读，我要深入理解，因为这不是一部普通的小说。《敦煌本纪》，他是真正的文学作品——这里有赫然凸起于整个当代文学地平线的、非同一般的创新性突破和充分彰显文学价值的极度个性化语言艺术。

被我如此笃定的慢速阅读，极为重要的一点就是：为了达到真正的身临其境之效果，于精神层面真切感受作者倾注于作品中的一切内涵，你的阅读、你的心跳必须和作者同步。阅读中，我一次又一次告诉自己：写出这样"故事"的人，绝非寻常之人，其才气，其传统文化根基、文化底蕴、艺术造诣、精神高度和创作技巧的扎实到位，是不容置疑的。

读完了全书，因为阅读节奏缓慢，发现前面的有些情节内容已经模糊了，所以我决定，这部书我是一定要重读的。

毋庸置疑，《敦煌本纪》是一部令人望而生畏的作品，但一切的精彩，一切的价值，皆蕴藏在这望而生畏的感觉背后。至于一些心智蒙昧者（恕我直言），就更是难以怀着应有的兴趣读透，或者说根本读不懂《敦煌本纪》的——坦白说，这是我越到后来越发明晰的阅读认知和断定。

一百余万字，满眼诗一般的语言，实乃叹为观止。从精神层面讲，叶舟乃是灵魂披着袈裟、于禅修之境界中，以超然忘我之状态完成了这部新奇大著的书写。人活着，做那些纯属精神家园里的事，是很需要一份宗教情怀的。他须得像一位信使、像一位圣徒一样虔心其中。创造《敦煌本纪》的叶舟，便是如此。令人折服的第22、24两卷，那种全身心进入忘我之境的书写，严肃至极也精彩至极，读来俨然身临道场，身心徒步此间，着实令人难以忘怀。

这部作品，从形式到内容，有高度、有深度，更有广度和厚度。好的文学长篇之书写，从来讲求技巧新颖，叙事暗藏玄机且引人入胜，这些，应该说叶舟全做到了。从写作技巧和叙事独到方面，《敦煌本纪》堪称道行至深，许多同期作品难并其肩。从艺术性方面来讲，叶舟开创了属于自己文学叙事的、风格独特的语言艺术。这样的语言艺术，获得了极高的风格辨识度，同时极大地彰显了真正之文学该有的尊严。作为一部鸿篇巨制，其结构驾驭之精妙，处处可见（如287页陈小喊的身世交代等），体现绝非一般写作者可能有的绝妙架构能力（如1077页令人惊叹的绝佳叙述）。

走近这部大著，从有意思到很有意思，再到非常有意思，需要一个过程；阅读这部作品，从不够喜欢到喜欢，再到非常喜欢，也需要一个过程。这，就是我深切的阅读体会。说真心，到后来，我是把身心安顿在叶舟的故事里边精心阅读的，一旦合上书，闭上眼，一切便在眼前（如1044页的精彩叙事等）。读书人都有过这样的体会：有些书，越读越没意思；而有些正好相反，越读越有意思，堪称真正的身临其境、引人入胜——《敦煌本纪》便是如此。"惟有一念在，能呼观世音"（黄庭坚《观音赞》）——这足可洗礼人的灵魂、令人心静、使人顿悟的禅语，陪伴我度过三个月的阅读时光。

当然，因为自己的理解能力有限、阅读感觉之偏差，或者是作者为自己的审美追求而有意为之，我阅读这部大作，并非完全没有困惑。印象最深的是这部用诗的语言铸就的大作，我时不时地感觉讲述的不是离我们仅仅百八十年的人间沧桑，其间的人和事，有种像是从隔代又隔代的、更为久远的尘封中掏挖出来的古旧感觉……当然，从根本上来讲，这些并不妨碍这部作品的艺术品格和文学价值。四大名著，肯定读不出现代感，但他们的品格和价值肯定是不容置疑的。

　　时至今日，我依然觉得，此书或许不会有一般通俗文学作品那样多的读者（我指的是真正静下心来的阅读者，而不是那些粗略浏览者）。这不仅仅是因为篇幅太长，而是因为他从根本上就不是迎合一般读者心理的通俗小说。《敦煌本纪》之具有考验许多读者的、极致的高品位艺术语言和叙事风格，他的宗教般的深沉厚重和庄严肃穆，绝非一般轻松娱乐心理的读者所能接受的。说白了，叶舟这是带着一种极其严肃的、虔敬的、深沉的宗教情怀在写作。"敦煌"作为一种博大精深和浩瀚无边的人类文化存在，对于他的理解和书写，本该这样，必须这样。说《敦煌本纪》不可能有太多读者，绝无他意，而是敬言。就像许多世界名著，如但丁的《神曲》、歌德的《浮士德》乃至马尔克斯的《百年孤独》等，永远不可能有真正深入其中的广众读者（尽管我在一家平台看到，说有上万读者在阅读这部作品）。这一点，叶舟应该比谁都明白，但我相信他绝不会因此而放弃自己的创作理念和艺术追求。有一些读者会有阅读困惑，但叶舟不是为那样的读者创作的。有时，大师的作品是需要有一定阅读高度的知音们才能读懂的。说白了，这样的作品，他是有自己的"阅读门槛"的。

2021-11-02

"身必由己"的艺术家

——著名旅美中国作曲家梁雷艺术人生阅读

这是一篇关于《百川汇流的声景——作曲家梁雷的人文叙事》一书的读后感。书是我的老师、梁雷的父亲梁茂春先生特意题赠寄给我的（一同寄来的还有先生新出版的《梁茂春音乐评论选》，两书皆由上海音乐学院出版社出版）。记得收到快递的那天，抱着沉甸甸未拆封的快递，心里直纳闷：不就两本书，何以重到如此？还真没错，该"人文叙事"是一部印制极为精美考究的大书（梁老师的一部同样如此）。称其为大书，不是因为它宽大的篇幅和捧在手里如此沉甸甸的重量，而是因为他蕴藏其间的引人入胜和触动读者心灵的丰厚内容。这部由我国著名音乐学家洛秦教授担纲主编的大著，包括五个大的部分，即名家评论、艺术之路、专家评述集锦、梁雷文选和附录，每个部分皆堪称精彩。我深知，自己没有足够的才学和能力评论梁雷的艺术，但是出于一种源自心底的感动、钦佩、热情与热爱，我还是听从自己内心的声音，决定写下这篇不无浅陋和粗糙浮掠的文字。

作为读后感，笔者关注书中所有五个部分，但本文所面对的主要内容是其中的"艺术之路"部分，即由梁雷的双亲梁茂春和蔡良玉老师所写的《从未知到立志——梁雷的学习之路》和传记作家、哈佛大学音乐图书馆裴陵维女士撰写的《桥上的风景——梁雷的音乐人生》共同构成的第二部分，它们属于梁雷的艺术人生及创作评传。正如该书封面导语所言，笔者以为这部分是"格文美尔大奖获得者梁雷的创作与心路历程"之重点内容所在。为了忠实于自己的阅读理解和私房感悟，除了书中的主体部分和我最近聆听欣赏的梁雷20余首作品之外，笔者暂时不想、也不用知道其他的研究者就梁雷的创作和人生写过怎样的评论，即便我的理解和认知与他人有某种的巧合。

天资聪颖，一路勤奋，从少年时代便开始"声名在外"的梁雷，迄今为止，堪称成果丰硕的音乐创作和各种荣誉，引起国际乐界越来越多的关注。其中最为重要的荣誉奖项大致如下：哈佛大学 G. 奈特作曲奖、哈佛大学弗洛姆基金创作奖、艾伦·科普兰奖、古根海姆奖和具有极高荣誉的"罗马奖"、谢尔盖·库塞维茨基音乐基金奖、美国国家艺术基金奖、纽约创造基金奖以及由极具影响力的《潇湘》获得的普利策作曲大奖最终提名，特别是 2021 年因交响乐作品《万水千山》获得的国际作曲最高奖——格文美尔大奖。梁雷拥有包括纽约爱乐、波士顿现代交响乐团、柏林爱乐室内乐团在内的多家世界著名乐团的委约创作，拿索斯等唱片公司已出版发行其作品专辑十余张。梁雷现已出版作品一百多部（首），而今他的全部作品由著名的纽约朔特音乐公司签约出版。他曾被哈佛大学院士协会聘任为"青年院士"，被世界经济论坛命名为"全球青年领袖"。2018 年，受周文中先生亲自委托，担任星海音乐学院"周文中音乐研究中心"学术委员会主席及艺术总监。有着哈佛大学博士等多重身份的梁雷，现在是美国加州大学圣地亚哥分校的"校长杰出教授"。英国牛津大学早在 2014 年出版的《格罗夫美国音乐词典》已收入梁雷条目。

作为向来关注并强调艺术家天资禀赋之重要性的"天才论"者，我格外关注梁雷与生俱来的不凡资质。毫无疑问，梁雷从孩童时代开始便动辄出人意料的才艺显露，不能不看到其中那些与生俱来的不同寻常的禀赋。我更关注或者说特别关注梁雷的家教——他的父母和所有亲人在他成长之路上的用心呵护与深刻影响。

阅读《从未知到立志——梁雷的学习之路》，一字一句，那些透着梁雷父母温暖之至、爱心之至的文字，不仅让我们近距离看到梁雷十七岁离开父母赴美留学前的成长之路，更让我们看到作为父母、爷爷姥姥，一切的爱子之心和养育之情，携着一家人十七年过往的一切幸福美好和酸甜苦辣，用心浓缩和渗透其间。阅读他们的文字，犹如近在他们身旁聆听他们的讲述，仿佛听到他们那始终充满温馨、透着善良的声音……在他们文字的温暖辐射下，让我感受到浓浓的母慈父爱和养育之辛劳，同时让我再一次从中体会到两位真性情的老师这一生走来，他们做人做事的质朴、善良、纯粹与高尚。

为了更好的理解家庭对梁雷的影响，容许我在这里多点文字说说我熟悉和尊敬的梁茂春和蔡良玉老师。我们相识交往已有近三十个春秋，堪称漫长岁月。20 世纪九十年代初，笔者赴中央音乐学院进修和读研期间，梁先生是我尊敬的授业恩师之一。始终敬业的梁先生为我们开设的《音乐评论》课，让我受益匪浅，收获不少。结识蔡良玉老师，则是因为她是我硕士论文的答辩委员。坐在答辩席上，那是我第一次见到大名鼎鼎的蔡老师本人。委员席上的蔡老师，无论讲话的口气多么平缓轻柔，可她那一脸的认真和提问时一丝不苟的严肃神情，让我本来不无紧张的心，跟着她的神情一同肃然，汗往心里冒。一切，至今记忆犹新。那一刻，我没有想到，这位严肃又严谨异常的蔡良玉教授，会成为后来我心目中跟梁老师一样亲近又尊敬的忘年师友。我只能说，人生的很多，靠缘分。2000年，两位老师应邀来兰讲学，我一路参与陪同。农民巷小店里的兰州牛肉面和几样简单小吃，让一生节俭成了习惯的两位老师吃得开心。对我来说，最为开心和难忘的，是用餐期间给两位老师的花儿演唱（作为回族同胞的乡间邻里，从小听着花儿长大的我，心里装进不少花儿）。那天给两位老师和同坐们演唱了河州大令《上去高山望平川》和《白牡丹令》，大家掌声鼓励我，结果老师一定要我再唱一遍。这一遍，梁老师特意录了音，说是要给梁雷听——非常高兴的是，最近听赏梁雷根据黄宾虹的焦墨山水创作的代表作《听景》，从中听到了花儿王朱仲禄演唱的《上去高山望平川》，同时在获得格文美尔大奖的交响乐《万水千山》中，再次听到该曲的灵魂音调……亲切和感动之余，深感这该是冥冥中的某种缘分，因为当年我唱给老师的也正是这"上去高山"。那次讲学结束，我陪同两位老师度过几天的敦煌游。受莫高窟工作的学生好友陈雪静格外关照，我们三人得以参观了一些特别的洞窟和非常珍贵的壁画。面对珍宝壁画，两位老师的流连忘返让我记忆犹新。敦煌之行同样令人难忘的是游历阳关。阳关遗址，我们在那儿竟呆了三个小时，开车的司机实在有点耐不住了，便面带笑意轻声问我："你们是做啥工作的？怎么把这个'土堆'看这么长时间？"司机告诉我，两年来，他送过的所有"阳关"客人中，从未有人在这个"土堆堆"旁转悠三个小时的。不光转悠，还要站在土坡坡上吟诗，还要唱歌，还要呼号着等待远古的回声……除了阳关行，提着鞋子站在鸣沙山上再次给老师漫唱一曲"上去高山望平川"，也成了我们难忘的记忆。这次敦煌行，让我近距离看到了两位年已花甲却有着如同天真的孩童一般忘我真性情的老师，我看到了他们那近乎天然的朴素、真诚、纯粹和阳光性情，而这，正是一个真艺术家不可或缺的……近三十年的时光和交往，最终，让我们有了亦师亦友的珍贵情谊。漫长岁月的不断认知和感悟，让我相信，两位老师是被善良、被真诚、被大爱、被艺术的灵光渗透了灵魂的人。这漫长的岁月，我们之间虽不多却算得上抵达心底的真诚谈话和交流，让我对他们也让我们彼此有了越来越多的了解。讲这一番话，我是想说：正是我看到、我亲身感受到的他们的质朴、纯粹、善良和宽怀，以及他们的广博学识和做人、做事、做学问的严谨与执着，遗传和影响了他们的爱子梁雷。梁雷身上的温暖而高贵的品格和严谨自律、不断升华的人生境界和艺术境界，既有他后天的一路勤奋、严于律己和不断修炼，更有父母亲人从小对他的言传身教和潜移默化。有了如此的家教，梁雷（或者说这一家人），一路走来，将自己的接地气的身段低到了尘埃，那是极端的低调，极端的谦逊质朴和与人为善。我更看得到，在内心深处，他们又是有着何等的精神骨气、灵魂向天的一家人。上帝还有世间一切真诚、美好和心存善念之人，当爱他们。

早期艰难的求学经历、宝贵的人生经验和各种收获告诉我们：梁雷，他是真正守着初心一步一个脚印走过来的。漫长人生路，梁雷赴美求学之初所经历的过往和走过的一切不容易，给我留下无法拂去的印象。蔡老师美国访学期间，生活拮据的他们母子，那个吃冰激凌的故事，让我不由得停住了手头的阅读——立在眼前的文字让我刻骨铭心……孝子梁雷有金子般的心，其实他至今依然辛苦。我静心思想：他的创作获奖很珍贵，他的人品和为人处世更珍贵，而他金子般的灵魂最珍贵……我静心思想：上帝让一个人的才华与成就之获得，让他的爱与人性之升华，竟然要采用这样的方式……但一转念，我即刻意识到，在上帝那里，对一切的安排都是有数的，也是最好的。梁雷的经历让我想起中国圣哲"故天将降大任于斯人……"这句古话。梁雷性格之坚韧，思想之自由，人格之独立，视野之开阔，"身必由己""心必由己"的人生座右铭之确立，一切都是在这样仿佛早有安排的磨砺中形成的。梁雷，至今不曾谋面，但我心里很是钦佩这个人。今年前两个月，梁老师和蔡老师应邀来兰参加《黄河大合唱》学术研讨会，我带着新出的书去酒店看望两位，也顺便汇报我近年来的人生长进。听了我心没有遮拦的汇报，蔡老师说有机会要我和梁雷聊天……现在想想，我哪有什么能耐跟我所理解的这个梁雷对话？我想说，令我尊敬和深爱的两位老师，你们养育了如此优秀的梁雷，让我深深拥抱你们，并隔着遥远的空间越洋拥抱非凡的梁雷。

生命中的贵人，让不无幸运的梁雷获得了他艺术与人生的各种必须，也让他拥有了一颗懂得感恩的心。初到美国，在舅公舅婆的提议下，来自所有亲人们的温暖关爱和解囊相助。对于梁雷，那是真正意义上的严冬的棉袄、雪中的炭。虽是亲戚，但那番关爱之心，真不是我们所理解的一般人做得到的。几年后，于人生的又一困境关头，梁雷遇到了堪称他一生最难忘的贵人——赵如兰教授。此后的八年时光，梁雷吃住、学习、生活在赵老师家里。用我们庸常的心想想，八年时光，那是一种怎样的境况？对于学习如饥似渴的梁雷，赵家，那是一个像海一样宽广和丰富的艺术人文天地……梁雷所生活的那方天地是赵如兰老师的家，但是在我的阅读中，相隔万里，我能隔空感受到至今弥漫在那里的如兰之父、一代语言大师赵元任先生的浓烈而厚重的文化气场。所谓文化滋养，所谓精神辐射，所谓人性陶冶，所谓灵魂升华……世间可有几个人能有这样的幸运？除了赵如兰，还有一路真情关心他的导师科根教授，还有他的重要赞助人罗伯特·艾默利，还有慧眼识英雄的周文中大师……他们都是梁雷成长路上不可或缺的艺术人生引领者和宝贵的精神加持。面对如此人生的梁雷，我不由得想起中央音乐学院李吉提教授一篇文章中的一句话："独学而无友，则孤陋而寡闻"。从来谦逊好学、广学善友、取众家之长又不无幸运的梁雷，其令人羡慕的艺术人生，就像是对李吉提老师这句话再好不过的正面阐释。

特别要讲的是，梁雷对亲人的爱、责任与担当，一桩一件一幕幕浮现在我的眼前，令人难忘。对意外患病的爱妻大西孝惠的悉心周到、事无巨细的关心、呵护与照料，让很多人由此重温爱的真谛，刷新爱的认知，荡涤爱的灵魂。梁雷对儿子同样无微不至的关心与培育，真不是今天的每一个年轻父亲都能够做得到的。读他的传记，我仿佛看到公园里全身心陪同孩子玩乐的一对情深父子的身影，那孩子，不就是当年爸妈呵护下的小梁雷？做事自律成了习惯的他，为了全身心陪同孩子，他要求自己不许看手机；工作那么辛苦那么繁忙、站着都会闭上眼睛睡着的他，却会常规地连续几个小时陪孩子尽情玩乐，以至于让公园里的大爷大妈们误以为他是个家庭无业男……凡此种种，让我们很难把这样一个细心周到的"家庭男"与"合格父亲"，跟一个"探索艺术最前沿学科"的新锐作曲教授连在一起。透过梁雷的一言一行，人性的善良和品格的优越，以他细碎平凡的日常生活无言地呈现和传达给我们。常言道，忠孝自古两难全。可是在梁雷这里，我们看得到他对中华民族传统文化的敬畏，看到他对传统思想、传统美德的认知与践行，看到他对父母亲人的孝道，更看到他十年如一日，对家庭、对妻儿的行动胜过言语的情与爱，责任与担当。

一个几十年汲取古典音乐之营养且不算偏食的人，我对现代音乐却总是做不到如同对待古典音乐那样上心和亲和，包括梁雷的音乐。读梁雷，为了尽可能走近他，为了尽可能深入了解，我上网收集了我找得到的他的所有作品，大约30余首。

找到了网上可见的作品，然后认真仔细地反复聆听。尽管自己对现代技术了解甚少，但我想，对于任何一种作品，当他呈现在你的面前，就如我们遇到一位不曾见过的人，无论陌生几何，只要用心真诚面对，总有了解，直至相熟。梁雷的作品之于我，便是如此。初次接触，尽管达不到深入的分析和理解，但其中有好几首依然给我留下了深刻的印象。

2014年为低音提琴和乐队创作的协奏曲《幽光》，是一部令人一回入耳、一次过目，便再也无法忘记的精妙绝伦的作品。正是从这个作品开始，我深感梁雷的作品全是"音诗"，是现代音乐世界里"音诗""音画"且越往后越是肯定了我的这种认知。著名低音提琴演奏大师卓瑟尔那俨然魔术大师一般的"表演",其技艺之精湛,真是到了天衣无缝令人折服的境地。毫无疑问,那种无懈可击的诠释和演绎,会刷新乃至颠覆无数如我一般的听(观)众对低音提琴这件"天生笨拙"乐器的固有认知。凡对这首作品有过用心"留神"的观者听众,必然会想:一件全新技法和全新音效的现代作品,何以让一位如此境界的演奏大师对它如此这般的上心、着迷,做出神入化般的阐释?其中必有不容置疑的缘故。说白了,这部作品对低音提琴这件乐器的演奏难度和技术挑战,是极具创新和开拓性的。进而言之,这种叹为观止的演绎背后,是作曲家创作了足以让演奏大师认可并愿意为其倾心演绎的精湛作品,蕴藏在这部作品中的丰富内涵和精湛技法是无可置疑和值得关注与思考的。

创作于 1996 年的《园之八》,总共有六个音,六个不同的时值,每个音出现六次。由六个乐章组成,分别为《天》《地》《东》《南》《西》《北》,按我的理解便是整个宇宙涵括其中。在"橙客乐堂"公众号最近推出的梁雷论文《创作的得与失》(根据梁雷中国音乐学院的讲座录音整理,原文发表于《人民音乐》2021 年第 10 期)中,笔者看到该曲《天》的总谱。1996 年最初的手稿,谱面看上去可谓简单又简单。即便 2004 年朔特出版社出的新版本,记谱标识极为精致,但音符依然如故。以我有限的接受能力,我不敢说我对这个作品的艺术内涵理解几何、懂得几何,但我对这个作品的极度关注是毫无疑问的。首先,单就梁雷自己对这首作品的创作经过、作品内涵、作曲手法等,以数千言的宽大篇幅所进行的细致全面的阐释,便让我不得不肃然面对。更不用说,他其中竟然有这样一句恐怕要让所有人过目不忘的话:"我甚至觉得这首作品是一部袖珍歌剧,一个音就是一个不同的角色,两分半的时间里有 36 个不同的角色,他们之间或互相排斥或互相吸引,而且在演奏中随时变化。"这话,让我的心静下来认真思考:一首只有 36 个音的作品被他如此打磨完成,可见他的艺术思考、潜心酝酿、艺术表达和创作态度的一丝不苟,其严密、沉淀、凝练、简洁、内化、抽象而又具象到了何等程度?抽象与具象的同时空共生共存,该是这部作品的一个突出特点。说抽象是因其艺术的非传统语言,说具象是因其个性化语言有着明确意味的艺术表达,是因为他是我所理解的"音诗"。

梁雷作品之"戈壁"系列,给我印象深刻。从《风》(有大提琴、小提琴和中提琴三种不同版本)《戈壁双音》到《色拉西片断》到《戈壁赞》,他的理念在不断明确,思路在不断拓展,技术在不断成熟,意境在不断升华,作品给人留下极为深刻的印象。殊不知,关涉这个系列的创作理念,最初是不被很多作曲教授们看好的,甚至有人当着梁雷的面发表否定意见。但是执着于自己创作信念的梁雷，并没有因此而动摇，相反，他更为坚定了自己的创作理念，这符合他不怕逆行而"身必由己""心必由己"的艺术人生座右铭。我在想，梁雷之所以如此坚持，归根结底一句话：就是因为他心有底气。这底气，就是多少年来萦绕心头挥之不去，而且越来越浓烈、越来越渗入他灵魂深处的"色拉西"。为了能够更加深入地理解梁雷的创作，我查询和收集了网上可能找到的色拉西老人演奏的所有潮尔①作品，还有不同版本的《孤独的白驼羔》。仔细聆听这些作品，即刻拉近了我跟梁雷作品的距离。我感受到了他的作品跟古老的蒙古族民间音乐的血脉联系。我相信他的坚持与坚守，是因为他懂得他相信自己这份坚守的真正价值所在。作为新风格的现代音乐，梁雷作品的感人品质道出一个永远不老的朴素真理，那就是任何好的艺术，必须要有令人信服的根基血脉。由梁雷的"戈壁系列"发散铺展开来，我们发现，梁雷的所有创作，都是根植于中华民族音乐、民族文化的深厚土壤之中的。这样的根植，这样的联系和坚守，必然会成为他未来的艺术走得更稳、更远、更接地气的保证。

"戈壁"系列中的弦乐四重奏《戈壁赞》，无论乐器组合形式、音乐语言、民族风格等，堪称梁雷创作中最通俗、最接近传统的作品。然而，当我们仔细地观赏、聆听、感受，我们看到演奏家们呈现给我们的非同寻常的视觉印象和传达给我们的扣人心弦的音响效果，并不是我们寻常在这些熟悉的乐器上所看到、所听到的。从始至终，特殊而又合情合理的演奏方式和扣人心弦的声音诉求，异乎寻常地营造出作品该有的悠远辽阔和深邃苍凉的意境。在这样的音响和视觉感受里，我仿佛看到的不是小提琴也不是大提琴，而是在现代与故往间，做着天然穿越的马头琴，是古老而迷人的潮尔；我听到的是绝妙的呼麦，是地道且赋予更多内涵的蒙古长调；我在这里更是看到孤独的"色拉西"老人，还有他的潮尔发出的苍凉悠远的不朽声音。我在想，一个置身于现代作曲技术前沿时空和如此求新的作曲家，传统的各种元素该怎样吸收、溶解和内化到他的灵魂和血液里，才可以在常规的乐器上用一系列非常规的手法，令人信服地创作出这样的作品，制造出这样的动人的"声景"。

除此之外，他为羽管键琴创作的《江户人的空想》、钢琴独奏《月亮飘过来了》、中音萨克斯与磁带《潇湘的记忆》、各种不同乐器与萨克斯组合的多重版本的《湖》、铜管五重奏与打击乐《上升》以及为弦乐队创作的《境》，尤其是为钢琴和民乐队创作的《记忆的弦动》和2021年获得格文美尔大奖的交响乐《万水千山》，以及与此曲有异曲同工之妙、令人大开眼界的《听景》，给我留

---

① 潮尔：蒙古族多声部音乐概念的总称，泛指两个或两个以上的复音音乐形式。

下各自不同的深刻印象。他的诸多作品给予我的整体印象就是本该属于用耳的听觉作品在他这里变成了可看的；而本该用于视觉审美的作品在他这里变成了耳朵可听的。若要详细论述，他的作品的内涵及审美视域远不至此。一个有着数十年锲而不舍的追求，终于形成立体纵横文化和艺术素养的音乐家，其作品从内容到形式拥有如此丰富的特点，是必然的。因为能力有限，加上时间仓促不能做更为深入细致的分析和理解，本文不再赘述。

音乐，什么叫听得懂？在我认为：阅读（必要的资料）、聆听、观赏、思考、获得印象、形成自己符合逻辑的见解和表述……这就是懂。周海宏教授有句很"提醒"音乐听众的名言："音乐何需'懂'？"。周教授的"何需懂"，或者表面上貌似的"无需懂"，则是我理解的"比较懂"，或者是真正意义上"懂"，恰到好处的"懂"。一个不争的事实是，当下，马勒的音乐拥有越来越多的受众。同所有现代新锐音乐家相比，马勒称得上是"很很"古典了，但对于普通的音乐受众而言，要真懂得马勒还是有着极为之难度、深度、广度和高度的。在上帝面前身心受过洗礼的马勒，一定期待他的听众也是一个有着受过艺术洗礼的灵魂……然而，试想，马勒音乐会的听众席上，有多少人是真正读得来总谱、会分析各种高精音乐技术的？不懂、不会这些技术，就不能去听马勒？或者听不懂马勒？答案当然在所有爱乐者的心里。说白了，音乐并不只是给大学问家、大研究家听的，他们更是给各种热情的暖心爱乐者听的，否则世上的音乐厅早就关门了。

梁雷的现代音乐已经拥有越来越多的"粉丝"。我有句发自内心的感慨：包括音乐在内的任何艺术创作，能有一位可以真正进入你作品的灵魂深处感受和欣赏的知己，你都会觉得，你的创作、你的一切良苦用心都是值得的！想必这也一定是梁雷的感受。

做"身必由己"的艺术家，这是梁雷一贯的人生座右铭。一个人的自律、顽强、思想自由、人格独立和一丝不苟的高要求，全在这里。阅读梁雷，便知道"身必由己"这四个字，有着何等分量、何等的坚守与固执。几十年的创作实践来看，他是在一路践行且越来越明确、越来越坚信，也越来越夯实着他的艺术人生理念。大量的事实告诉我们，在执着于艺术的道路上，梁雷是一个言必行且行必果的人。一路技术的探索创新，作品的言之有物，不走别人的路，也不走重复的路，不做重复的自己……就是梁雷艺术人生的真实写照。他今天的一切成就、一切幸福以及对"得失"之充满智慧的认知，是用他的辛勤和汗水奋斗出来的。

人不可能完美，人生也不可能完美，但一定要朝着完美的方向去努力。梁雷源自青年时代的人生志向，让他行走在不断求索、创新、精益求精且不无艰辛的路上，一切，靠的是他极为顽强的意志和越来越自带光芒的纯粹人格。过去如此，今天如此，想必他的艺术未来，也必然会更加初心不改。

文章写到此，我要特别感谢才华横溢、热情高贵有爱心的哈佛大学裘陵维女士！感谢她如此动人、如此有深度、如此有高度的感人书写。一部传记，一部带有评论性的现代作曲家传记，写到什么程度才算合适，那肯定是无止境的。从梁雷的角度而言，对于他的作品，无论从其广度、深度、高度、准确度，各个方面，究竟应该做怎样的分析、研究和阐释与认知，肯定会有他自己的特别期待，那肯定是一般人不易达到的。而从我阅读该著的过程中，我以为裘陵维女士潜心其中、如入忘我之境的研究和书写，已经到了令人叹服的程度。

与此同时，特别感谢学术和精神世界里一身厚重、智慧无比的出版家洛秦教授，感谢他让我、让跟我一样的读者，有缘看到这样一部引人入胜的大作。

2021-11-14

永不退色的记忆

——深切缅怀恩师杜秀兰

　　昨夜，好友石成义在"临师情缘"同学群发布一则消息："今天通过八一级音美班学友的微信，得知我们的恩师杜秀兰老师于2016年10月与世长辞，让我们怀着沉痛的心情在此悼念恩师……"消息后面特意附了一个恩师照片的音乐相册。从发布信息的一刻直至今日清晨，一直有同学在群里写下各自感人的肺腑之言，寄托对这位铭刻于太多学子灵魂深处的不朽恩师的缅怀之情。文澜本周工作繁忙，唯独今日恰好有空，草草写下此文，以表对恩师的深切怀念之情。

　　"文革"之后的一九七八年，临洮师范正式恢复招生。我是该校音美班恢复招生后的第一届五十名学生之一（音美班的音乐美术学子各半）。作为一个从没见过大世面的土气十足的农村孩子，赴临洮上学那是我平生第一次出远门。

　　临洮的初秋，景色宜人。在城外马路边等候迎接新生的接待点，背着行李从车上走下来的我，一眼看到两位神情异常和蔼的中年女老师等候在那里。两位老师中的一位我认识，她就是几个月前来我的县城招生的杜秀兰老师。那天的杜老师跟我数月前见到的一样，从朴素简洁的发型到素雅的着装，再到脚上那双八成新却一尘不染的黑皮鞋，显得异常的干净整洁，整个人散发着一种令人折服、令人肃然起敬的优雅气质。

　　临洮两年是我人生的黄金岁月。临洮师范书香四溢的校园给我留下难忘的记忆。生来热爱读书的我，喜逢"文革"劫难之后春回大地、万物复苏的美好时光，让我从此进入了对文化知识和音乐艺术如饥似渴、废寝忘食的状态。母校良好的学习氛围让我感到惬意，母校一个个敬职敬业的好老师让我亲切、令我感动。在众多的老师中，音乐班的专业教师杜秀兰老师，更是以她渊博的知识学养、无私的敬业精神、母爱般的高尚情怀和卓然不凡的人格魅力，赢得众多弟子的无比敬仰和真心爱戴。按现如今的话说，当时年已半百的杜老师，是我们这些莘莘学子心目中神圣不可动摇的女神。

　　关于老师的过去生活，我从同学友人的只言片语中略知一二。但我知道，对于恩师，那是她心头永远不可触动的伤痛。正是因为这样，如我一样的同学，彼此间都不愿意提及这个话题，一切皆因大家对恩师的无限敬爱。但终有一天，这潜在心底的一切，悄悄化成了我心头一个亦真亦幻的、寂静诉说着的梦：我看到一对彼此深爱的年轻夫妇，20世纪五十年代为了支援大西北，怀着一腔热血离开上海大都市来到荒凉的大西北……可现实是何等的残酷无情，那位一表人才的丈夫，噩运让他与自己的妻儿生离死别，年轻的生命最终悄然消失在了河西大漠……

　　我一路走来五十多个春秋，从小学、中学、师范、本科、硕士、博士，差不多上完了一个人一生所有该上的学。如此漫长的学习旅途，我遇到了数不清的老师，而且有不少老师是深深留在我记忆深处的好老师。可如果要让我说出一个最令我难忘的老师，那这个人一定是我亲爱的杜秀兰老师。杜老师教我们乐理、风琴、合唱等课程。她不仅对自己的学科了如指掌，而且有着异常明晰的教学思路和恰到好处的教学方法。铭刻在我记忆里的一个深切的感受是，无论任何东西，经杜老师一讲，就没有你听不懂、学不会的——什么都不用说，一句话，这样的老师就是令人折服的好老师。我的乐理从来考一百分，就是恩师教学成功的最有力证明。如今作为一个大学教师，我知道自己的身上有恩师的影子，有深深烙印在我骨子里的恩师的精神和人格。

　　我各门功课的学习成绩一直很好。毕业时在老师面前发下宏愿："我要继续努力，两年后一定要考上大学，否则我就不来见您。"给老师立此誓言，更深一层意思是为了以此鞭策自己，不给自己留任何后路。师范毕业在通渭一中任教的两年，我学习异常勤奋。当时我的音乐学习条件极差，差到今天的音乐学子们难以想象——我是拿一个六十贝司的小手风琴刻苦练习并拿下那首《牧民歌唱毛主席》的。凡是懂行的人，请展开你的想象——我会是用了怎样的办法解决那些"没法解决"的问题的？我将自己的录音带通过邮局寄给杜老师，听取她的指导意见。老师给我认真回信，悉心指导我学习。我和老师之间的通信就是从那个时候开始的。那年月，恩师的话是圣旨，精神的力量无穷。两年后，我在别人当着我的面说："王文澜，你肯定考不上师大音乐系"的情况下，如愿考入西北师大音乐系，而且是当年定西地区七个县考取西北师大音乐系的唯一考生。有这样的结果，我不能忘记恩师对我的教诲和鼓励。考上大学后，我如约前往临洮看望老师。吃住在老师家，深深感受到人生的幸福和美好，一切就像是一场美丽的梦。那一刻，恩师和我，心情是一样的喜悦。

　　大学毕业前夕，因为我的关系，我班同学联系到临洮师范实习。老师为学

生的成长和出息感到自豪。期间，杜老师和丈夫杨明哲老师特意请我和我们的
几位指导教师到家里做客。当时其乐融融的景象，而今想起如同昨日……我大
学毕业留校任教，我们始终有书信往来。记得20世纪末的一天下午，杜老师和
老伴杨明哲老师突然出现在我的面前——他们专程来兰州看我，真是让我惊喜
万分。两位敬爱的老师，依然往日神情，只是我亲爱的杜老师已是满头如雪一
般的银发，不再有一根黑发。随后得知，老师要离开临洮去陕西儿子那里养老。
离开甘肃之前，这是特意来兰州我家看望学生。老师带了两只烧鸡来看学生，
我至今闻得见那烧鸡的香味。那一刻，喜悦和伤感之情交集于心的我，只觉得
就像是年迈的慈母来到了她的儿子的面前，我的心中涌起无法言表的感情……
此后的岁月，教师节或春节，我会给老师打电话，可去年，我打过几次电话都
没人接。后来我再也不敢打了……

　　榜样的力量是无穷的。杜老师影响了我整个的人生。她不仅影响我如何学
习，如何工作，更影响我如何做人，如何当一个合格的老师。杜老师的影响力
甚至渗透了我生活的一个个细节中——我一直习惯于衣冠整洁地站在讲台上，
以示对我的每一位学生的尊重。殊不知，这个好习惯就是来自杜老师的言传身
教。我知道，今生我做不了像我的杜老师那样好的老师，但我懂得如何尽心膜
拜，虔心修行，让自己行走在如她一般的、心怀爱与善良的绿色人生路上。我
相信，这些话也一定是每一位曾受教于杜老师的弟子、我的好友们想说的心
里话。

　　令人痛心的是，现如今很难找到像杜老师这样的好老师了，也很难有如我
等一般真心敬仰老师的学生了。从深层来讲，这是我们时代的大气候——没有
好老师，没有用心奉献真爱学生的老师，哪来那么多的真正德才兼备的好学生？
要知道，这世界的一切皆有因果……

　　亲爱的老师，学生怀着一颗感恩的心，在此向天堂里的您三叩首！愿您的
灵魂安息，享受天堂的温暖和安宁，直到永远！

2017-05-23

这方水土当敬仰您的灵魂
——深情怀念敬爱的杨树声先生

岁月如梭，转眼间先生离开我们已经五年了。

记得，送您的那天，冬天很少下雪的兰州却落下了厚厚的雪，那雪，遍地洁白、茫然一片，似乎要让那个伤感的日子，永远留在所有前来向您哀悼的人们的记忆之中。是啊，那天、那雪、那伤悲的气氛真是表达了我们每个人深深的哀伤之情啊。

这世界在不断的变化之中，但有些东西是不会改变的，如那些深深留在人们心中的、足可成为永恒的记忆。先生在西北，在兰州这块地方度过的生命将近半个世纪。在这漫长的岁月里，您的崇高精神、您的质朴人格、您的任劳任怨、您的无私奉献的忘我工作态度，这一切，无不给您的友人、同事，尤其是您的学生留下不可磨灭的印象。我时常这样想：作为曾经用心聆听过先生的教悔、面对过先生的精神、感悟过先生的人格的学生，只要我们生命的记忆尚存，我们必将永远深情怀念先生；只要先生活在我们的心中，我们则一定会将先生的精神发扬光大，传播至我们的每一位学生。

先生的一生是为西北、为祖国的音乐教育事业默默奉献的一生，这一生看似平凡，实则厚重，回想先生对物质生活的淡泊而对人民事业不遗余力的执着一生，留给我们的是一份无比宝贵的精神财富，这宝贵的财富是值得我们每一个后来者认真思考和深切怀念的。

我们怀念先生的艰苦创业精神。我们不会忘记当初（1956 年）正值年轻力壮的您，甘愿放弃在繁华的大都市上海的工作和生活环境，举家迁往当时可谓满目荒凉却又急需建设人才的西部重镇兰州。每想到此，我的脑际便会幻景般的出现一幅画面：冒着浓烟的列车驶过西部的黄土高原来到遥远的兰州，当您和家人到了与上海有着天壤之别的甘肃兰州之后，会不会也像当年西北师大的开拓者李蒸院长和他的同事们那样，乘坐着缓慢的牛车，看着那车轮留在黄土路上的道道车辙，来到西北师大的所在地——安宁十里店？啊，那简直就像是一个遥远的梦……

初到师大，人地生疏，条件艰苦，工作与生活的艰难是可想而知的。尤其是当时处于初创阶段的西北师大艺术系，人力物力极度缺乏，属于典型的一穷二白。然而正是在这样的条件下，您和您那些富有献身精神的同事——我们这些后来者从内心可亲可敬的前辈们，怀着一颗火热的心，怀着为西部的音乐教育事业甘心奉献的崇高精神，开始了你们的创业工作，你们从无数的艰难困苦中走过，走得那样心甘情愿、无怨无悔，你们实在是付出了太多太多的勤劳和心血，为我们、为西部、为国家创建了西北师大音乐系最初的规模，为我系未来事业的发展打下了良好的基础，绘制了充满活力和富有特色的蓝图。吃水不忘掘井人，作为音乐系的后来者，每当我用自己的良知之心回想和思考这一切的时候，就像今天这样，我的无法抑制的激动与感恩的泪水就会像海潮一般涌上心头，充满我的双眼。

我是"文革"之后进校的第四届学生。那是 1982 年，距离先生来到西北已经过去整整 26 个年头了。那时音乐系刚刚迁入新建的教学楼，即我们今天的"旧教学楼"——条件在当时可以说是很好的了。作为我来说，新学生、新环境、新时代，真可谓一切都充满了清新的气息。我怀着前所未有的激动与热情，来到这个一万年前便命里注定要成为我的母校的美丽校园，在这个令人心情怡然的学习环境里，开始了我艺术人生的重要历程。当时系里有这样一些现象曾给我留下深刻的印象：

首先是我们的书刊资料。在我们的专职人员收拾和陈列得井井有条的资料室的书刊中，我看到不少这样的乐谱或文献资料：它们已经非常陈旧，尽管大多是精装本，但质地精良的封皮书角已经被完全磨成了圆形，封面上原本鲜艳美丽的色彩黯淡了，清晰的字迹模糊了。这些资料中，凡是外文的曲名我都认真细致地做了中文的标记，书页破了的地方都进行了粘贴修补，甚至有的书页被多次地精心修补。它们就是以如此的面目无言地为我们展示着自己漫长的、丰富的、令人起敬的光辉历史。面对这样珍贵的资料，给你一个明显的感受就是，它们仿佛被数百上千的人使用过，同时可以看出它的主人们对它的极度珍惜。更令我难忘的是，这些资料有一个共同点：在它们的扉页上都盖有"华东师范大学图书馆"的印章。后来在处理一些"废旧"资料（这个做法是错误和令人痛心的）的时候，我特意买了一本这样的外国钢琴曲集，大三十二开精装本，今天，我将它永远供奉在了我心灵的书架上。

其次是音响资料和乐器。我上学的时候，是录音带已经开始逐渐普及的时候。但我们的资料室在大量购买和录制盒带音响资料的同时，整整齐齐地精心存放着数量可观的胶木唱片供师生们教学使用，其中不少78转的唱片据说也是当年由华东那边支援我们的。记得当时有不少老师和学生会经常去资料室，利用这些难得的音响资料学习钻研，使其有效地运用于教学工作。与此同时，我们的钢琴（或许还有其它乐器）中有一些是来自华东的。那些现已光荣退休的"莫扎特"钢琴，音响和质量都是上乘的，在西北师大音乐系半个世纪的历史上，同时是在已故毛纯儒先生的精心调理呵护下，为这里一代又一代的莘莘艺术学子们做出了不可磨灭的贡献。想想，在那个时候，这些资料和乐器是何等的缺乏和珍贵啊，兄弟院校将这些宝贵的资料、乐器送给我们，其意义无异于雪中送炭，半个世纪以来的师大音乐学子们，对所有为我们今天的事业付出心血的前辈们当怀揣什么样的心情来感激、来报答，实在不是我这苍白而平庸的语言所能表达的。

几十年来，我始终认为西北师大音乐系和华东师大音乐系乃至上海音乐学院有一种剪不断的血缘关系。在西北师大音乐系最困难的初创时期，是华东师大在人力物力等方面给了我的母校大量的、无私的帮助，让这个年轻的音乐系渡过难关，走出困境。西北师大音乐系之所以有后来的发展，与华东师大最初给予我们的无私关怀和帮助是绝对分不开的。而之所以能够获得这种关怀和帮助，则与杨先生及其当时与先生先后同来的华东其他前辈们的努力有着重大关系。从更深的层面来讲，应该说华东对我们的影响还不仅仅在以上所说的人力物力方面。就西北师大音乐系后来长时期的发展而言，其它一些东西或许显得更为重要，那就是华东师大和上海音乐学院优良的治学精神和办学传统给予我们的影响。杨先生及其与他同来的前辈们不仅毕业于此，而且工作于此，他们来到西北，不只是人来了，同时无疑把那里的精神和传统带来了，这一点，在后来诸位先生的教学，乃至他们为西北师大音乐系建立的成套的、系统的办学理念和教学规章制度中，有着大量的、明显的体现。正是因为这一原因，使我这个在前辈们辛勤培植的绿荫下成长起来的后来者，对我至今从未到过的华东师大怀有无比真诚的敬意和深厚的感情乃至难以割舍的亲情。

我们怀念先生的人格魅力。在众多同事、友人与学生的心目中，先生是一位有着宽阔胸怀的人，这既有一些与生俱来的天然因素，也取决于先生在其数十年教育生涯中的自我历练与不断造就。据先生自述，初来西北师大艺术系担任领导工作后，由于大家缺乏彼此之间的信任和谅解，尤其是有的同事起初因对他个人缺少理解，工作上缺乏良好合作，加之他自己缺乏工作的经验，使他的工作一度遇到了比较棘手的困难，如他刚来时，由于从华东师大过来的教师人数不断增多，使原来的教师一时心生疑虑，心想这些人来到西北会不会搞华东宗派，于是相互间出现了一些矛盾和摩擦。面对这种情形，面对他人的不理解，先生的内心曾经也矛盾过，甚至气馁过。但是作为一名新加入组织的共产党员，先生以它应有的姿态和觉悟克服了工作中遇到的困难，他把别人的不理解、把自己心头的委屈一概置于脑后，担起自己应担的责任，引咎自责，凡有问题先从自身查找原因。由于他这种高姿态和严于律己的作风，使工作中出现的问题终于得以解决，同事们相互之间的矛盾和摩擦也渐渐消除了。然而当他经历了他未来人生历程中的众多磨练之后，他才意识到，最初工作中的这点小小困难根本就算不了什么。

如先生生前所述：我接受了众多考验，如屡次运动的考验，集体下乡劳动的考验，集体下乡办学的考验，还有艰苦工作的考验，经济困难时期贫困生活的考验等等。但无论如何，每一次的考验他都坚强地挺过来了，而且每经历一次考验，都会使他对社会、对人生、对这个世界加深一层新的认识。正是在这种精神与肉体的磨练与考验中，他的灵魂得到不断的升华，思想变得越来越沉稳、精神变得越来越崇高、胸怀变得越来越宽广。由此看来，生活道路上的艰苦磨难既是人生的苦难，又是人生的财富，这就是生活的辩证法。

从我进校的那个时候起，在我们所有学生的心目中，先生始终表现得心境平和，遇事坦然，待人和蔼，关心同志，是一位对物质生活极为淡泊，而对工作一丝不苟的、受人深爱和敬重的德高望重的长者尊师。但除此之外，作为学生的我们，当时可能很少有人知道先生所走过的人生道路与他这种人格力量之间所存在着的必然联系。

我们怀念先生对音乐艺术和教育事业的赤诚之心。先生是一位对自己所崇尚的音乐艺术和教育事业有着绝对赤诚之心的人。毛泽东主席曾经说过，一个人做一件好事并不难，难的是一辈子都做好事。我想，凡是了解杨先生之人生态度的人，一定会同意将毛主席的这句话套用到杨先生的身上。杨先生对艺术事业的热爱、赤诚乃至虔诚绝非一年半载，而是终其一生的。

在如何对待艺术的问题上，先生是一个绝对严谨的人，这可能与他早年所受的教育是有关系的。先生毕业于上海音乐学院，曾受教于黄自等名师。众所周知，那时的上海音乐学院及其在此任教的诸位先生们，其教学是非常严谨的。杨先生无疑是继承了上海音乐学院及其恩师们的这一优良传统，并在他来到西北师大任教之后，身体力行，使其在西北师大音乐系的教学中将这一优良传统发扬光大。先生以及他这一辈人中的诸位尊长，尤其是当年从华东师大过来的各位先生，他们严谨的治学态度直接影响了每一个后来者，从而形成了西北师大音乐系几十年来严谨治学的优良作风和办学传统。从这个意义上来讲，我等每一位工作或学习在这里的教师和学生们，都应该深深地向着他们鞠躬致敬，并将他们的宝贵精神以及由他们创建的优良传统发扬和传递给我们的后来者。

杨先生是一个对音乐艺术充满痴情的人，在这一点上，他那一以贯之的作为给我们留下太多太深的印象。一位学友说："文革"期间，在一个炎热夏天的中午，大家午饭后都在休息，他听到远处有歌唱的声音传来，闻声而去，发现原来是杨先生光着膀子独自躲在一个山沟里练声，他闭着眼睛练得那样的专心致志，竟然始终没有发现他人的到来。

以上这位学员所述之事，我对此深信不疑，因为我也看到过近似这样的情景：我留校之初的某年大年初一，我想到系里学习，走到门口，便听见杨先生在练声。整栋音乐楼里没有别的人，先生那浑厚的男中音，回响在整栋音乐楼里，给我的心头一种前所未有的感动和震撼。我站在门口看了好一阵，看到先生依然像往常那样，闭着眼睛，完全沉浸在一种对声音艺术之完美境界的忘我求索之中，那种超然的状态，那种出神入化的神情，是只有那些对艺术怀着无限赤诚的音乐赤子才可具有的。

纵观先生的一生，他所追求的一切，归宗一处，都是为了他一心所系的音乐教育事业。几十年来，先生对西北音乐教育事业所付出的心血是众所周知、有目共睹的。从课程建设、师资培养、设备配置、资料收集、规范制度、教学管理等方面，无不付出他毕生的精力。他以一个典型的热爱祖国音乐教育事业的知识分子的情怀，将自己数十年的心血全部地、无私地贡献给了祖国西部的音乐教育事业。我想对着先生的在天之灵深情地说一声：面对着您为祖国的音乐教育事业如此执着的、忘我的赤诚之心和无私奉献，您曾洒下无尽汗水的这方水土，当永远敬仰您的灵魂。

先生，您是我们后来者心中一面做人、为师的镜子。在您的面前，而今有多少大言不惭、自称为"公仆"的钻营者当低下他们羞愧的头颅。面对我们的世界，面对芸芸众生们追求的人生与价值观念，先生的人生理念与毕生追求让我们如此思考人生、思考生命的真正意义：

我们来到这个世界，每个人都将在同一个太阳底下走过自己生命的每一天。在这每一天里，上苍给于每一个人为这个世界做贡献的机遇原本是一样的，然而当我们离开这个世界的时候，每个人留给这世界、留给后来者的记忆是那样的不同。人的一生，究竟什么才是最重要的，什么是我们应当追求的，什么是我们应当舍弃的，什么是永恒的，什么是易朽的等诸如此类的问题，当我们面对并解读先生在淡泊与超然中无尽追求的一生，我们将会受到应有的启示，找到合理的答案。

2007-07-22

艺术和人生的一面镜子

——深切缅怀杰出的音乐教育家高天康先生

恩师身卧病榻一年有余，病情也是每况愈下。先生随时可能离开我们应该是早有预料。然而，当噩耗真的传来的一刻，我依然是那样的伤悲不已。整整一个上午，泪眼望着窗外，陷入深深的哀伤和思念之中。已经很久不曾因亲人的离去而流泪了，可今天，眼里充满了止不住的泪水，哀痛这个世界从此失去了一位真正的好老师，一位以其卓越的人格和学识而深得无数学子尊敬和爱戴的人品高洁、学术圆满的杰出音乐教育家——高天康老师。

六十年前，为了祖国的音乐教育事业，风华正茂的高天康、林佩菁夫妇，毅然离开繁华的大都市上海来到落后荒凉的西部兰州。从那时起直至退休，三十余载，先生勤勤恳恳，无怨无悔，将毕生的心血和精力无私奉献给了这块待开拓、盼耕耘的土地，奉献给渴求他用自己的学识技艺和人格魅力来教育和影响的莘莘学子。

我深信，高老师一定是这个世上少有的、能让数不尽的学生怀念的好老师。一切皆因老师的厚重学识、高尚人格和终其一生的无尽勤勉和倾心奉献。

今生让我打心底里感到又怕又敬爱的人有两个，一个是我慈爱的祖母，一个就是我敬爱的恩师高天康先生。我的祖母堪称世上最严厉的祖母，可是我们几个孙儿没有一个不亲、不敬、不眷恋她，以至于祖母离世二十余载，切切思念的孙儿依然时常哭醒梦中；高老师是一位严师，但他博得了所有曾受教于他的每一位学子的深深的折服、敬佩、亲近和爱戴，一切皆因他的天性善良，他的渊博学识和高洁人品。作为一个老师，能将自身的严厉和学生的爱戴有机集合，的确是一件有难度的事，但我们敬爱的高老师完全做到了，他以此而成为无数为师者的杰出典范和一代楷模。

他是学识渊博的理论家。高老师的学识渊博是有口皆碑的。熟知他的同仁学生无人不知，先生是一位异常勤奋的学者，他的良好修养源于儿时的家教和大学时代打下的坚实基础，更源于几十年一贯的勤奋积累。在他的著述中，国内音乐学习者熟悉的那本一版再版的《音乐知识词典》灌注着高老师大半生的心血，而他本人也因之成为音乐百科式的老师。而今这本词典已成为诸多音乐学习者爱不释手的工具书，无数音乐学子因之受益。高老师的渊博体现在他对音乐理论之娴熟把握的方方面面，从基础乐理到和声、复调、曲式、配器，无所不精到，无一不熟练。一个好老师，知识的熟练把握无疑是至关重要的，但与其同等重要的是如何将这一切以最有效的方式方法传授给学生。高老师正是将知识的积累和传授这两者达到完美境界的卓越老师。他的高妙之处在于：无论多么深奥晦涩的东西，在他这里一概变得浅显易懂，这是他长期修炼、精益求精的结果，也是很多学子从此对他满心折服的根本原因。

他是技艺精湛的好老师。高老师精彩至极的键盘和声课在中国西部乃至全国高师音乐院系远近闻名。从教学需求和音乐教育科学的角度来讲，高老师在这一领域的确是一位真正的名师、难得的良师。由于有着扎实的音乐理论基础和良好的键盘演奏技能，高老师的一套键盘和声教学方法，极其适合当时直至今日该课程的教学要求。高老师从教学实际出发，将基础和声与钢琴的基本演奏技能做了最具实用价值的学理组合，以丰富的教学经验编写了极具实用性的教材和课程计划。使得所有受教于他的学子受益匪浅，无不赞叹先生这门课程的丰富经验和教学成效。老师当年充满热情的教学情景至今记忆犹新，不仅演奏技巧娴熟，而且和声编配效果丰富令人叫绝，离调、转调、下属阻碍、重属运用胸有成竹，美妙的音响至今回响耳畔。他编写的实用键盘和声教程由人民音乐出版社出版之后，获得国内专业院校和广大音乐爱好者的高度评价，成为这一领域最受欢迎的教材。

诸多弹钢琴的人中，有两双手给我留下深刻记忆，一双是我曾握过的钢琴天才、今日巨星郎朗读音乐学院附小那阵的手，那婴儿一般握着绵绵的，那是上天为琴而生的手；另一双便是高老师的手，老师的手很大且非常好看，握着软软的，这双手可以弹到十二度，两手摆放在钢琴上看着异常舒服，让人觉得这双手天生就是为了奉献给钢琴的。所有受教于他的学生，喜欢他的键盘和声课，喜欢他这位严肃又充满童心的老师，还喜欢他这双为音乐而生的手。我的同事好友、高老师的优秀弟子李彦荣教授在对恩师的悼言中如是说："高老师是我音乐道路和教学生涯的指路者和无可替代的榜样，是影响我终生的恩师。我从他的手上接过了键盘和声课程，使用着他编写的教材，努力传承他的教风。""无可替代的榜样""影响终生的恩师"这发自肺腑的言语，不仅是彦荣兄的真实心声，也一定是所有得益于高老师的教诲，感受过他强大人格魅力的学子们的共同心声。榜样的力量是无穷的，如今生活在西北师大音乐学院的高老师等前辈的事业传承人，喝着前辈开掘的甘甜井水，大家真诚希望能把前辈树立的优良传统一代代发扬光大，传承下去——这是我们最强烈的心声和愿望！

他是事必躬亲的好楷模。想想改革开放之初那个年月音乐系上上下下的工作和学习的好风气，既与时代大环境有关，更与我们身边有高老师这样一丝不苟、以身作则、严于律己、宽以待人的好楷模好榜样有关。一个单位，好的领导就像一面明亮的镜子，所有的人会自觉不自觉地以这面镜子来对照检查自己的言行。高老师以他十年如一日的一言一行、点点滴滴，为我们每一个师生树立了令人敬佩的榜样。在我的记忆里，从我踏进大学校门直至高老师退休，作为系主任的他，真是凡事都做到了兢兢业业，事必躬亲，一丝不苟。作为大学的系主任，每个人都会有自己的一套工作方法，也不见得每个人的工作非得事必躬亲。但是，高先生超于常人的严于律己和事必躬亲，赢得了所有同事和学生的高度认同和深深敬仰。从那时过来的学生，大家一定记得音乐系的门厅里经常摆放着两三块便携式小黑板，系里每天的大事小情都会写在小黑板上。而写黑板的人不是别人，正是我们敬爱的高主任。之所以如此，并不是别人干不了这样的工作，而是为了工作的"简便"——高主任想好的工作，给别人安排交代半天还不如自己三下五除二亲手写黑板来得利索。高老师从来是办事干练、条理清晰，这是他多少年一以贯之形成的风格。他平时走路总是很快，因为有太多的工作在等着他去做。师大校园，从高老师的住所到音乐系的这条路上，每一块石头、每一棵小草，或许至今都能记得高老师那勤快的脚步声。

他是童心不泯的艺术家。高先生在所有学生心目中的感觉和印象可用四个字来概括，那就是"既怕又爱"，这无疑是高老师的非凡之处。做过他学生的人都有这样的记忆：为人公正的高老师，关心爱护他的每一位学生，几十年如一日。在我的心目中他好似一位永远充满爱心却又不失严肃的"牧师"。课堂上，那些基础比较薄弱的学生回课时难免紧张得两手哆嗦，但高老师从来会以最合适的方式甚至开一个幽默的玩笑，给予学生恰到好处的启发引导；在气氛严肃的全院师生大会上，面对同样严肃的高老师，坐在近旁的学生会紧张得看都不敢看他一眼，但是他往往在最严肃的批评之后，会突然童心爆发地来一个"远关系转调"——出其不意缀上一句意想不到的"幽默"，于是引得大家捧腹大笑。比如有的时候在看似严厉批评的同时，他会盯着你说："这样不听话的孩子是要打屁股的。"之所以如此，是因为在高老师的心里，他把所有的学生当成了自己的孩子——严厉是形式上的，真心的关爱、呵护才是发自内心的。高老师无疑是一位慈父般的好老师，是一位永远童心未泯的艺术家，天真和单纯是恩师灵魂永远的本色。

在这个悲伤流泪的日子，记忆中发生在我和恩师之间的"童话故事"是不能不讲的。我留校不久，高老师信任安排我做了个班主任。没多久，我发现自己缺乏这方面的本领，于是去找他，说自己干不了这事儿。无论他怎么劝说，脑子一根筋的我只有一句话："我干不了。"老师后来又派人找我两回，我还是不答应。第三回请我，结果连我人影儿也找不见了。"三请"之后，高老师亲自爬上单位五楼找到我的住处，敲门不见动静。刚要转身下楼，突然想起爬一趟五楼不容易，既然来了就得打个来过的"招呼"。老师给学生打招呼的方法有点"创意"——他像幼儿园孩子一样把我门帘打成串串结，看似像糖葫芦串。我回来见此情景百思不得解！后来终于明白是我的老师干的，那感觉俨然就是幼儿园孩子摆好的玩具被人弄坏了。我直接跑校长跟前告大状。校长问咋回事？我委屈地说："我的主任把我门帘绑成糖葫芦串了。"校长一听哈哈大笑，只说了一句："你老师是个老顽童你不知道啊？回去！"几天后，我不好意思地给我的高老师道歉，结果又惹得一旁的几位同事哄堂大笑……三十年过去，而今想起这一切，仿佛已经成了遥远梦中的"童话"。三年前恩师回来，我请他老人家共进午餐的时候，大家还拿我开这个玩笑。我亲爱的恩师啊！当学生成长到比较懂事的时候，我突然明白：只有您这样童心不泯的天真"老小孩"和我这样天真简单的"一根筋"学生之间，才会生发这样的"童话"，而这世上真能读懂这个童话的人，恐怕只有我们的知心朋友——莫扎特小朋友啊……

大前年最后一次回来，老师将几本他曾用过的书，特意签了名送给我留作纪念。让我倍感珍惜的是，老师将他的一件手工编织的崭新的高领毛衣送给我，令我深深感动。他的学生们知道，老师一生中，大多时候最喜爱穿的就是这样的高领毛衣，穿上很帅、很潇洒、很精神的样子，那种永远明媚的精气神，从他的卓然风度，从他的祥和神情中向我们辐射而来……

高老师的善良和爱心，留在了与他相识的所有人的记忆里。一位认识高老师的教工家属说："高老师，您是少有的好领导啊，您心地善良，关心下属，一视同仁，以身作则，我们永远怀念您！"天堂里的老师，您可知道，这其实是代表了无数人的心声啊！它所表达的是对您这样一个真正善良、正直的好人的源自肺腑的敬意。亲爱的恩师啊，当学生到了如今这个年龄或者比这更早的时候，我已深深懂得，如您这般兢兢业业、一生善良、人品高尚、童心不泯的人，活在世上，您的学生会尊敬您、爱戴您！而今，您去往天堂，天堂里管事的那位也一定喜欢您！天上人间一个样，善良美好的人，无论到了哪里都会被爱戴，都将受欢迎……

最后，允许我套用一位我的弟子的话，结束我的文字：中国人的素质如果都能像亲爱的老师一样，我们的社会将向前迈进一百年不止！

恩师人品昭昭，日月可鉴，师德圆满，万古长青！

2016-05-30

为你点亮记忆的灯盏

——纪念西北师大音乐系指挥家刘金昊先生

为了撰写一篇纪念文章，我要用到一幅 20 世纪 50 年代的珍贵老照片。照片是当年西北师大艺术系音乐专业毕业季的师生合影。望着照片上一张张风华正茂、充满朝气的面孔，我发现那些老师们有近一半我叫不上他们的名字。于是，我拨通了热心的苏兆安老师的电话，说明意图并发去照片，要她和俞守仁老师帮我辨认。不多久，俞老师反馈信息说："很遗憾，我们也认识的不多。"到了中午，俞老师再次发来信息，是一份名单，补齐了此前我们不认识的其余五位老师的名字，并且附了这样一段文字："我把相片发给林（佩菁）老师了，这是林老师确认的老师姓名。这样就认全了吧？"我为两位尊敬的老师一贯的办事认真、一丝不苟而感动，更为年已 88 岁高龄的林佩菁老师的那份认真细心而感动。

林老师提供的教师名单上，对庄静和刘金昊两位老师做了特别注解，说他们两人是夫妻，夫人庄老师当时在系办公室工作，同时特别强调了一下刘金昊老师出色的业务能力。看着"刘金昊"这个名字，望着照片上神情显得沉静肃然乃至不无"忧郁"的刘老师，一种甚是莫名地感觉从心底油然而生。我突然生出个念头，想更多知道一点这位能让一向讲话分寸严谨、对专业要求甚高的林老师"额外强调"的前辈的故事。于是，我不由自主在网上输入了"刘金昊……"字样。

就像是真的有种心灵的感应——没想到，一篇含有"刘金昊"名字的文章出现在我的眼前。

文章的题目是《乐声悠扬秀陇原》。这是一篇记述跨一个世纪之西北师大乐团轶事的文章，作者是西北师大文学院已故教授党鸿枢先生（从党先生的学生所写的文章"后记"得知，党先生也曾担任过西北师大乐团的指挥，极富音乐修养），撰写时间是 2016 年 12 月 23 日。文章挺长，分为四个大的部分（遗憾的是，这篇很有意义的文章在网上推出五年来，竟然只有五十位读者）。出于好奇或者比"好奇"更为重要的情愫和探究心理，我认真仔细地阅读了这篇文章。

果然，文中有两三处专门写到了与西北师大乐团有关，更与 20 世纪 50 年代音乐系有关的这位刘金昊老师。

> 毛泽东主席说，'人是第一因素'，军队是这样，乐团也是一样。先说指挥，他同样是业余乐团的核心和灵魂。培养一个指挥，少则数载，多则十数载。首要条件是洞明各种乐器的性能和音域、音色，要有超凡的记性，能熟记总谱和分谱，配器的动机和企求，等等。那时的兰州，有水平的音乐人，不会到寒苦的大西北来。
>
> 可是有一位音乐人，作为团结改造对象，却从遥远的东北，下放到校音乐系（当时是西北师大艺术系）任教。他就是刘金昊教授。他原系伪"满洲国"广播乐团指挥，该团覆灭后，被苏联红军俘获，后在我第四野战军军乐团任教官。因沉重的历史包袱，放逐到大西北改造思想。十分可惜。他后来饿病暴殁于酒泉县的夹边沟。
>
> 秉承他的技艺，在校乐团任指挥及教练的有钱培基教授、康建民教授、江桂生教授、朱振达教授、晏飞教授及王忠林老师等。若等的指挥艺术及教授方法，在全国高校乐团中首屈一指。

读到这部分内容的时候，我不知不觉停了下来，眼睛静静盯着屏上的文字——为刘先生伪"满洲国广播乐团指挥"的"特殊"身份，更为后面令人心惊肉跳的"暴殁于酒泉县的夹边沟"字句。我的心情不由得沉重下来。心情默然中，回头再仔细看看照片中的刘先生，越发证实了我此前通过第六感觉对他的那番感悟和认知。觉得他神情中的那份忧郁像是越发浓重起来……

这幅合影照的时间是 1957 年的毕业季。当时的极端形势背景下，刘先生应该心里明白，自己的命运已经处于一种怎样岌岌可危的境况之下。按时间推测，应该就在拍了这幅照片之后不久，刘先生就"去了"夹边沟，时间不可能拖到第二年。因为党老师的文章后面写到，第二年，朱德委员长视察甘肃的时候，省委省政府安排西北师大乐团去省文联会所给朱总司令演奏伴舞，那时的乐队指挥已经是钱培基老师，而不是刘金昊先生（钱培基先生是继杨树声先生和高天康先生之后，西北师大音乐系的第三任系主任）。

刘金昊老师的作曲指挥能力无疑是精彩的。其作曲水平之高，业务能力之强，指挥水平之精道，从党先生的文章中可见一斑。该文有这样的记载：

　　如上述殁在河西走廊的刘金昊教授，虽然背着沉重的政治历史包袱。仍一边喝着小酒，一边为乐团缩写乐谱。每周两次排练，兢兢业业指挥到位，将自己的超群才艺，悉数献给了师生。他高瞻远瞩，从易入手，迎难登攀，选择了《晚会》《多瑙河之波》两首乐曲提携乐团。

　　功夫不负有心人，师大乐团在兰州剧院举办音乐会的海报，贴满了南关十字、西关十字的广告栏，震惊了省音体美各界。开演那天，一票难求，剧院爆满，过道里也挤满了音乐粉丝。演奏终了，刘教授三次谢幕，还谢不断热烈的掌声。于是两首乐曲重新演奏一遍。音乐会再次落幕。市党政军领导上台接见致谢。第二天，省各级传媒竞相点赞。那时代的西北师大英名远播，校乐团红得发紫。

　　当年的西北师大乐团所使用乐器的来历很不一般，特别值得一提。从党先生文中得知：20世纪五十年代，校乐团乐器急缺，后来在军区政治部的积极筹划下，中央军委政治部军乐团下拨了一批乐器支援充实西北师大乐团。据了解内情的军内同志介绍，那批乐器本是德国纳粹统治的时期，希特勒党卫军从波兰、法国、奥地利、匈牙利、捷克斯洛伐克等国掠夺而来的，原属柏林警察乐团的乐器。二战苏联红军攻克柏林时，该乐团被苏联胜利之师俘获，乐器作为战利品，运到了莫斯科。后来，作为友谊礼品，莫斯科将这些乐器慨赠中方。我西北军区军乐团接收后，便将这些乐器的大部分给了西北师大音乐系。据说一九五八年那次朱总司令来兰，得知这一消息后，特意嘱托："听军区的同志说，学校存有一批二战时期的战利品，那可是历史的见证，我喜欢战利品，要保存好啊！"尽管如此，这些"身世"极为特殊的珍贵文物，在十年浩劫中，命运遭劫，被毁坏殆尽踪影全无。

　　可惜，在当年人才奇缺的兰州，刘金昊这位难得的指挥才俊，最终深陷绝境，宝贵的生命了无声息消失在河西戈壁……而今，六十多年过去，和我一样的后学，还有比我更年轻的学子，恐怕已经没几个人知道刘先生的名字了。

　　尊敬的刘金昊先生，笔者以这篇简短的文字，想要拂去落在你名字上的岁月尘埃，为你点上一盏不该忘却的记忆之烛。唯愿所有人生路上曾饮过西北师大音乐系这口井中甘露的后辈学子们，借此文而从此记得这位前辈的名字，记得像刘先生这样的老师，给我们亲手挖过井、赐后来者一瓢甘饮的前辈。

2021-07-10

追求卓越的工匠精神

——记西北师大音乐系已故钢琴师毛纯儒先生

我所理解的勤勉、执着、默默无闻、只讲奉献不思回报的劳动者，当是如他这样的人——他的名字叫毛纯儒。名如其人，人更如其名，他是一位懂得和信守儒家品行与美德的人。西北师大音乐系八十余年的办学历史上，如果要找出一位脚踏实地、严谨务实的好先生、真劳模，我真心投毛先生一票。

两年前，当我第一次特别关注"工匠精神"一词的时候，脑子里即刻闪现的，便是这位我曾经熟悉的师长，我的忘年同事毛纯儒先生。改革开放以来尤其是近二十年，全国高校音乐专业扩大办学规模，学生人数逐年增长。与此同时，社会音乐教育在日新月异进入一个前所未有的普及时代，器乐学习尤其是钢琴领域，琴童日益剧增——言下之意，钢琴的数量也必然是与日俱增。我没有做过认真仔细的调研，但就已了解和掌握的情况，我想"不无根据"地发个疑问：全国有多少大学音乐院系的钢琴调律一项，是让师生们满意和拍手称赞的？

毛纯儒先生是西北师范学院艺术系57（1957）届毕业生。因学习成绩优异，表现优良，毕业后留系工作，系里安排他做专职钢琴调律和乐器修理师。根据先生终其一生的敬业精神，笔者可以推断，先生当初毕业得以留校工作，很大程度上取决于其为人诚实、做事勤勉、踏实肯干、一丝不苟的人品和工作态度。留校之后，根据教学之迫切急需，同时借鉴华东师大音乐系和上海音乐学院的办学经验，系里便很快决定送他到上海音乐学院进修，专攻钢琴、风琴、手风琴等乐器的调律和维修业务。这样的重要决定，在很大程度上要归功于两年前为支援大西北，先后从华东师大来西北师范学院艺术系工作的韩林申、高天康、钱培基等老师，尤其是担任（音乐）系主任的杨树声先生。正是风华正茂、一腔热血、专业出色、乐于奉献的他们，为当时还很落后亟待开发的西北兰州，带来了华东师大和上海音乐学院的优良传统，而且这一传统在西北师大音乐系几十年的办学历史上得以延续和光大，并极大地影响到陇上乃至西北的许多音乐院系。"业精于勤",这句话在毛老师身上有着极为充分的体现。一贯踏实和严于律己的毛先生,没有辜负艺术系领导和全体师生的殷切期望,他以如饥似渴的态度,珍惜难得的研修机会,学到了该有的本领,取到了难得的真经。这一切,从他日后几十年无可挑剔的工作成效和累累业绩,得到了最充分有力的证明。毛先生的工作,能够始终得到与他一样严格要求、一丝不苟、以身作则的杨树声主任、高天康主任的认可和放心,得到同事和同学们的高度认可和交口称赞,便是足以说明了他的工作态度、专业水准和技术质量。而今回顾前辈,我们深深感佩那个时代的良好风气。我们不仅敬仰毛老师这样令人钦佩的先生,也诚服和敬佩那个时期以系为家、认真负责、有担当有作为的院系领导。

甘肃人民出版社于 20 世纪 70 年代末出版的《钢琴风琴手风琴简易修理法》一书,是当时这一领域在全国范围内都不多见的专业工具书,它是毛先生 20 余年键盘乐器调律和修理之勤于钻研、充分实践的经验总结。该书自出版至 1988 年第三次印刷,先后印行 20000 余册。业内人士明白,作为使用者范围相对有限的一本工具书,在当时竟然有如此可观的发行量,足可见这一指导手册在全国范围内的实用性、有效性和影响力。尤其是其中钢琴调律和维修的四章三十九节 104 问答,在当时乃至今日,一直是陇上该领域钢琴调律师的重要专业工具书。其中对每一个问题浅显明晰的表述和解答,处处体现着先生工作细致、严谨、朴素、沉稳的一贯风格,细心阅读,犹如聆听先生的现场指导答疑。笔者读本科期间,作为系里安排的讲座式普修课,有幸修过先生的钢琴维修讲座课。想必当时所有听过这门课的学生,对先生的授课情景定会记忆犹新。应该说,凡是从事音乐艺术、同钢琴打交道的音乐人,所有人应该听听这样的课。对于钢琴调律维修,毛先生无疑是一位"医术高明的良医"。他的实践,他的理论,对任何一个可能遇到的问题和"治疗"办法,无不了熟于心、精湛于手。先生对每一个问题的把握和讲解,从来是言简意赅、恰到好处,动手实践能力的精准到位,无不令人折服。

在那个办学条件十分困难,各方面都无法跟今天相比的年月,自力更生、白手起家是我们一贯倡导的精神美德。毛先生的工作室,不单有钢琴等乐器的维修工具,更有各种零配件的制造工具以及木工必需的全套家当,其中许多蛮有工艺含量的工具,是心灵手巧的毛先生亲手研制的。先生维修钢琴,很多零部件包括有相当技术难度和严格质量精度要求的低音缠弦,是他手工制作的,至于一般的裸弦续接、琴键、榔头、呢子粘贴、顶柱儿加工等各种内部小零件的制作于他,全是小菜一碟,一概不在话下。这在一切现成、一切应有尽有无不方便的今天,很多人会感到新奇和不可思议。特别需要强调的是,经先生手工制作的零件，跟原件相比几乎可以乱真，一切皆因其工作的忘我、尽心和无与伦比的精致入微。我敢说，作为一位钢琴维修和调律师，毛先生虽然一生都在业内不引人注意乃至被人遗忘的大西北工作，然像他这样技术精湛而又一丝不苟的维修调律专家，不仅在那个年月属于出类拔萃、凤毛麟角，在物欲横流、人心浮躁、动辄向钱看齐的今天，即便就全国范围而言，恐怕也是很难见到的——这个世界，令人信服的真正楷模，从来难得。

经毛老师培养的弟子们，没有一个不打心里尊敬和惧怕这位严师的。他们许多人调修过的琴，只要一脸严肃或是面带微笑却又寡言少语的毛老师往琴前一站，手还没有触到琴键，琴键榔头没来得及跳动，弟子们那难免缺乏自信的心却先跳起来了。从来不留任何情面的毛老师，一生严于律己，同时严格要求自己培养的徒弟。记得那个时候，没有今天这么好、这么崭新一色的琴，却有让音乐的耳朵们感觉到音准音色蛮合适的琴……人的心，真是用到哪儿哪儿见成效。行家们都知道，钢琴调律，音高误差四五个音分是大多数耳朵听不出来的。但毛老师要求自己也要求他的徒弟们，音律音分之偏差，必须控制在"听不出来"的范围之内。我常想，如果毛老师在天有灵，听见后来的音乐学子大家伙儿弹的琴发出那样的声音，我估摸，先生在天堂里会坐卧不宁睡不好觉的。

毛先生也是我所见过的无人可比的不徇私情者。不徇私情是他的一个做人做事准则和态度，所以这方面的例子简直不胜枚举。凡系里用琴维修方面的事，他从来不会有任何怠慢和推辞，相反，如果是跟系里无关的事，无论任何人，都不能拿系里的东西做私人之用，即便是一根琴弦。当然，他的这种作为，撞到我们今天一些人的观念口儿，他们不免会说：先生就是一个不懂得"变通"的人。是的，先生不懂得"变通"，他也不想、不会"变通"，一切皆因先生的公私分明和爱系如家。我要说，这才是真正优秀的共产党员，做人楷模。而今许许多多所谓的"优秀""模范"——那些假优秀假模范们，在先生、在良知面前，都该怎样的羞愧，怎样的汗颜？

爱系如家的毛先生，是值得我们尊敬的人。凡是那个年月的音乐系学生，无人不晓：毛老师会时不时地检查琴房，一旦发现有人将热水杯或餐具搁在钢琴上，一顿批评是免不了的。视察琴房属于毛老师给自己定的工作职责。其批评，视情节分为一般批评教育、严厉警告直至"小黑板"公开通报批评。其实，更多的时候，都不用多说，只要毛老师推开琴房门往那一站，学生该明白的都明白了，需要解决的问题也都解决了。毛老师的严格要求和言传身教很管用，学生对用琴的爱惜，一天好似一天，很少有人再将水杯、餐具等不该放的东西放到琴上。按毛老师的一贯训导：钢琴上就是整整齐齐摆放琴谱的。

　　附带说说，毛老师监考之严厉也是人人皆知的。毛老师认为，严格考试制度是高校教育教学之规章制度中所不容忽视的。所有事先精心策划企图作弊抄夹带的学生，一旦得知是毛老师监考，便会第一时间自觉掐灭那些杂七杂八的心思念想，因为他们惧怕毛老师的"洞察秋毫"。当时，那些"未能如愿"的学生难免心里耿耿于怀，但等大家走出校门，历经岁月历练时光沉淀，懂得了做人做事的道理，没有人不从心里佩服和尊敬毛老师，并以他的言行和敬业精神作为自己人生路上做人做事的榜样和对照。

　　如前所述，而今在很多学校由于大量扩招而人数翻了八倍十倍的当下，由于学生越来越多，钢琴使用率越来越高，在乐器维修人力严重不足的情况下，要确保教学用琴的使用质量，肯定是个令人头疼和不易解决的问题。可话说回来，我们不可以因为这些客观上的原因，而懈怠了我们必须面临和必须解决的问题。无论是在我的学院还是其他所经之处，每每听到从琴房门缝里肆无忌惮挤出来的"变异"琴声和自以为是的嘈杂之音，我的整个身心开始变得不舒服。每当这样的时候，我没法不想起离我们远去的毛先生……

　　这里还想说说与我自己有关的两件"微不足道"的小事。20世纪八十年代末，在那个办学经费极其拮据的年月，爱系如家的系领导，为了给系里赚几个小钱补贴教学之用，费心从上海钢琴厂进来几台琴体损坏的"LIRIKA"（莉莉卡）钢琴。说实话，那几架钢琴给我的最初印象用"惨不忍睹"来形容毫不过分。想想看，原本那么光洁漂亮的钢琴，琴体一侧的竖版，几处都是粉碎性破裂，我当时觉得那是属于不可救药的硬伤……可就是被损坏如此的破琴，经毛先生之手，得以"妙手回春"，最终变得崭新漂亮如初。我要说的是，就是最初看到其惨不忍睹面目的我，最后以该琴原价5700元，从系里买走了一架修复的"破琴"。而今，这架琴成了我心中的文物宝贝，即便有人送来一台原装"雅马哈"我也不会去换的，因为这台琴，是由我今生不多见的、技艺精湛、追求卓越的毛老师之手精心修复的。修复的工艺如何？有事实为证——有朋友来我家，我要他们看看我的琴何处是被损后修复的，无论怎么细心查看，都没人看得出。

　　另一件则更是属于小得在世人面前"不值一提"的事。可正是这么一件小事，让我终生不能忘记也不愿忘记。当年作为留校的青年教师，从来没有觉得自己跟系里的老师是同等身份的同事，而始终觉得他们永远都是我的老师。面对他们，作为学生的我，始终心怀敬畏。而面对向来严肃、不苟言笑的毛老师，我就更是不敢轻易跟他说话。记得我刚结婚那阵，买了一只不锈钢炒菜锅，需要镶一个木质手柄。想来想去，我周围只有毛老师干得了这活儿，于是，不无忐忑地敲开了先生工作间的门。待我说明来意，先生竟然没有半个字的推辞。

记得当时他只轻声给我说了三个字："放下吧"。过了几天，他让我去取。令我不无吃惊的是：先生递给我一个镶嵌做工精致犹如艺术样品的炒锅。那手柄，圆润光洁，犹如在车床上精心车出一般。说心里话，即便让我自己做，我也是难以尽心到如此程度……这，就是毛先生。从来少言寡语的他，把真诚藏在心里，把真心对待他人的热情也藏在心里。面对这样一位做事一丝不苟、精益求精的人，你不想对他肃然起敬都不行。

我一次次地问心？我们的当下，这样的人多吗？如果不可以违心，不可以说假话，我的真诚表达是：我的视野里真的很难寻得到毛先生这样的人。

是的，毛先生这样的人，不是说西北师大少见，而今我们的视野之内，到处都比较少见。

在人心依然浮躁的当下，我们多么需要能够撇开自我，撇开个人功利，静下心来，以忘我之心、忘我之境而默默做事、安于奉献的人。我们的时代呼唤毛纯儒先生这样的卓越工匠，呼唤毛纯儒先生的高尚人格和精益求精、一丝不苟的奉献精神。

先生离开我们已经15年了。这篇短文，只是我个人的点滴回忆和记录，远远谈不上对先生一生勤劳执着之敬业之奉献精神的记述。鉴于先生同龄人越来越少的情况下，作为晚辈，回忆先生艺术事业和精道业绩之点滴，实属我心中的真情牵挂，故以拙笔记之，聊胜于无。

2021-05-07

艺术与人格魅力同辉

——记著名指挥家、西北师大音乐学院已故名师吴廷辉先生

　　时光走得太快，吴廷辉先生（1936 年 10 月—1999 年 11 月）离开我们已经二十二年了。二十二年来，我和所有热爱吴先生的艺术、敬佩其为人的学生友人一样，时时想起脚步轻盈登上舞台，一脸清新目光炯炯望着合唱队员，自己精气神满满也感染每一位合唱队员精神的吴先生……往事历历在目，一切犹如眼前。

　　吴廷辉先生是广东佛山人，1955 年考入西北师大艺术学院音乐系，主修声乐。至 1999 年去世，他的一生只有短暂的六十三载。而在这仅有一个甲子余的短暂生命旅程中，其漫长的四十四个春秋，是在兰州、在西北师大音乐系度过的。他一生的事业和对音乐艺术的热爱、求索和真诚奉献都在这里。吴先生毕业留校之后，长期担任声乐教学工作，后期则主要担任全系的合唱教学工作。其声乐艺术特别是在合唱领域，长期的认真探索和精益求精，让他最终成为陇上合唱艺术的一代名师，并在全国合唱艺术同行中产生影响，留下记忆。

　　术业有专攻，天道总酬勤。吴先生在合唱艺术方面的成就和影响，是在漫长的艺术思考和探索、虚心吸收名家之长以及大量艺术实践的基础上积淀起来的。吴先生的指挥艺术个性鲜明，自成风格，许多令人信服的艺术成就甚至连同他那舞台上充满魅力的临风身影，让人由衷感佩：他就是天生的指挥家。所有上过吴先生合唱课，或有幸在合唱队里感受其指挥艺术的人，没有人不对他独特的艺术魅力而深受感染。吴先生在指挥台上的神情、背影、激情、干练，清晰简洁的指挥动作，个性独具的卓然艺术风度，无不给人留下深刻印象。常言道，台上一刻钟，台下十年功。从舞台上的精准艺术传达给人留下的难忘印象，可以想象吴先生平常课外做了何等扎实的功课。是的，他奉献给观众的每一首作品，都会事先认真做足功课，对每首作品的细心研读和悉心处理，始终严谨认真，精益求精。正是这样从不含糊的艺术理念和严谨态度，使得许多经他诠释的艺术作品，成为西北师大音乐舞台上常演不衰、历久弥新、深受广大

观众欢迎的保留曲目：《祖国颂》《在希望的田野上》《赶圩归来啊哩哩》等，令人永远记忆犹新，可谓作品经典，演绎同样经典。可以说，这些作品的倾情演绎和成功展示，代表了西北师大音乐系合唱教学和艺术展演历史上的一个高峰时期。参加吴先生的合唱队，无疑是一种艺术美的亲近、感染、熏陶和享受。每回站在舞台上，面对眼前的吴先生，面对这位身躯单薄却又挡不住魅力四射、玉树临风身影的一刻，透过他的无与伦比的神情和清晰干练至恰到好处的指挥手势，我们看到了一个由里到外其整个身心被艺术内化、浸染和升华至忘我境界的吴廷辉——这样的艺术家，还有他诠释的艺术，令人由衷钦佩。

因为他的不懈努力和艺术影响力，吴先生和他的合唱艺术得以一次次走出甘肃，同全国的同行和艺术团体交流切磋。他不仅带领西北师大音乐系的合唱团，也率领甘肃省的合唱团多次参加全国各种比赛，并取得优异成绩，引起同行对甘肃合唱艺术的关注。为比赛评委，多次参加各类合唱和声乐比赛活动。对吴先生而言，参加全国性的比赛无疑是向他人学习取经、取百家之长而提升自我的难得机会。同严良堃、杨鸿年等大家的学习和交流，对吴先生的艺术影响是不言而喻的。在那个艺术活动远不及今天这样频繁的年月，参加全国性的合唱活动，也是宣传我们，将甘肃的合唱艺术推向全国，让全国各地的兄弟院校、专业院团认识甘肃、了解西部合唱事业的大好机会。在这个方面，吴先生实乃功不可没。一个人，一生能将一件事情真正做好，就非常的不容易和了不起了。我以为吴先生就是这样的人，他将心血花在合唱艺术上，并能获得那样的成绩是必然的，是令人发自内心由衷敬佩的。

漫长艺术路上，这样那样的遗憾总是在所难免。听说有一回参赛，因为出现小失误，一位"急火攻心"的朋友对吴先生当面微词，流露不满，随口说道"吴老师真是老了"。作为一个一路走来极为自尊，对自己向来严格要求、一丝不苟且追求完美的人，吴先生听到这样的指责，当时的心情可想而知……我没有批评那位朋友的意思，因为他的一番真性情流露，也是因为真心热爱的艺术……可从另一个角度来讲，我们始终不该忘记：要允许艺术和生活中的不完美存在，尤其是那些意想不到的不完美……这世上，真正完美的事情、完美的人生，何人何曾见过？

吴先生性格偏内向，这往往给初次接触他的人一种不无严肃的感觉。其实，一旦走近他，与他有了一些交流和交往之后，便会即刻感受到他内心的那份善良和宽容、待人的平易和温暖。宽厚善良是他做人的根本，与人为善，从不给人难堪，从不与他人争执是他信守的行为准则，这方面我对先生时有体会。而那些专业师承于他，受他言传身教，见识过他的身体力行，从他这里体会并懂得"先做人，而后艺术"的吴门亲传弟子们，对自己的这位恩师自然会有更深的了解。正是因为他的善良人品，因为他的工作态度和敬业精神，他的学生们无不热爱自己的这位恩师；由于他的精道艺术和人格魅力，上过他的合唱课或是参加合唱表演的学生队员，也无不折服他，尊敬他。

人，贵在充分了解和正确认识自己，而后确立自己的专业之路。吴先生的男中音声音醇厚，音色很好，但由于他的一口难以更改的佛山普通话，使得他的声乐演唱势必受到一定影响。我以为这也是他后来为什么适时调整，做出正确选择，把更大的精力投入合唱艺术的一个重要原因。令人可喜的是，在自己热衷的合唱艺术天地，吴先生积极探索，细心钻研，勤于实践，一路进取，终成自己的艺术风格，成为在甘肃合唱领域最富成就，在全国高校合唱领域有一定知名度的、受人尊敬的合唱艺术家。

吴先生退休前的艺术学院那场教师聚会，想必给不少同事和友人留下记忆。那个晚上，就像是先生人生路上一个不寻常的里程界点。我的记忆里，那晚他显得蛮开心，喝了不少酒，后来又跳了很多舞。那是我第一次看他跳舞。我惊叹先生的舞步竟是那样轻盈，舞姿是那样优美，真是让我大开眼界。我从中看到了先生内心的美好优雅和一个艺术家特有的、抒情音乐一般的真性情。后来他有些喝醉了，但舞还是跳个不停，甚至更加充满热情。可是从他的神情里，我看到了流淌在心底深处的那份伤感，或许更确切讲是一种孤独……是啊，一个数十年一路走来何等热爱艺术、热爱舞台、热爱音乐教育的人，那一刻，他的心情哪能真的平静？虽说退休以后还可以开启人生的新阶段，可以延续他热爱的事业，但是比起几十年的教学生活，那该是有区别有落差的。那份伴着伤感的孤独，可以看到一位热爱自己事业的音乐教育家，对学院、对艺术、对合唱舞台、对自己关爱的学生们的深深依恋和不舍……

一年前，我在西北师大校友群里看到 1991 级张大海校友发了两幅吴先生 20 世纪九十年代参加全国合唱比赛的照片，即刻引起群里校友们的热议。从中看到曾经受教于吴先生或是感受过吴先生合唱艺术魅力的学子，对先生发自内心的怀念和敬仰之情。其中几位校友的感言给我印象深刻："居然看到吴老师的照片了！虽然吴老师仙逝多年，看到照片还能记得先生低沉的广东普通话回荡在音乐系楼道的声音，犹如就在昨天。"（1993 级张琦）、"咱们系上没有几个人传承下来吴老师指挥艺术的力道和灵魂……"（1989 级魏新水）、"确实学不来呀！"（吴先生的弟子李颖）。

一个成功的教师，一朝为师，他的一切会深深烙印在学生的记忆里。当年的学生对先生的热爱和敬仰之情，充分说明一个问题：对于老师，他的品格，他的言行,他的一切所作所为,学生的心中会有一面镜子一杆秤。所谓公道自在人心——学生,他们永远是老师的第一裁判。

我熟悉的学生、友人陈蔚老师(现为北方民族大学音乐学院教授),是吴先生的高足。写这篇文章的时候我突然想到,应该跟她做一些必要的交流。出乎我意料的是,听到我的交流意图,电话那端静悄悄没了声音。就在我纳闷是不是电话断了线的一刻,我突然听到了电话那头的回答,声音哽咽。等情绪略显平静后,她给我讲了下面这样一段话:

> 吴老师给我、给他的许多学生额外上课,从来不收学生的学费……为了报答他,为了表达学生发自内心的一份感激和敬意,我只好变着法子给老师买一条烟,因为我知道老师喜欢抽烟。可是一条烟,哪能表达和回报老师的辛勤付出呢……我现在给自己的一些学生上课也不收学费,我的想法很简单,就是想以自己今天的这样一种方式,默默回报老师崇高的人品和在天之灵……我以前的性格不是这样子的,就是因为受敬爱的老师的影响,把我无声息地潜移默化成了如今这样。我永远忘不了老师的那种宽怀、善良和高尚品格……遗憾的是,等到有一天我真正懂得、越来越懂得感恩老师的时候,等到我想感谢他、报答他的时候,老师竟那样匆匆离开了这个世界,离开了敬爱他的学生……一切都晚了。

是的,先生那般年纪去世,上天像是有意要给敬仰他的学生和友人心中留下无法抹去的遗憾和思念。

亲爱的吴先生离开我们已经二十二年了,没想到的是,二十多年过去,一经提起,昔日的学生竟然会有如此深情的表达。我在想,一个老师,他得做到怎样,才能在学生的心中留下如此铭心的记忆、尊敬和深情怀念啊? ……从陈蔚老师的声音语调中,听到她对授业恩师如此的深情和发自内心的感恩,真的出乎我的意料。听陈同学一席话,我被深深感动,甚至是一种心灵的激荡。我不得不说,这样的纯粹,这样的真情,这样的感恩,是多么的珍贵啊!它无疑让我又一次受到人性之真善美的沐礼。同时,我不得不重新思考一个原本思考过无数遍的问题:一个老师,一个令人敬爱的老师,他对学生将会有着怎样的影响呢? 吴先生若在天有灵,他当为自己培养出这样的学生而感到欣慰,同时该为自己宽广的胸怀、高尚的人格和善良品德在学生的心中打下如此的烙印,产生如此恒久的影响而感到自豪。更为重要的是,音乐学院未来的希望——年轻辈的教师们，该从吴先生这样的前辈身上学些什么？该做一番怎样的思考？该受到怎样的影响和启迪？

　　吴先生生前不仅担任声乐与合唱教学，还长期担任音乐系声乐教研室主任一职。一个单位就像一个人口众多的家庭，出现问题产生矛盾在所难免。对吴老师而言，工作中无论遇到什么问题和困难，他都能宽容、坦然、平和对待，积极解决问题。他在这一岗位勤勉工作，为学院声乐教学工作做出了应有的力所能及的贡献。除此之外，先生还是中国合唱学会的理事，集多年的教学经验，曾受邀参加制定全国高师合唱课教学大纲，编写《合唱》教材；参与《人生的分类及演唱形式》盒带的制作发行等等。因其教书育人的突出成就，20世纪九十年代，先后获评甘肃省优秀教师，获得甘肃省委省政府的"园丁奖"以及曾宪梓教育基金会的"高等师范院校优秀教师奖"。这些荣誉，无疑是对吴先生一生音乐艺术教育成就的应有褒奖和充分肯定。

　　吴老师不幸病逝后，他的恩师、音乐系退休老主任杨树声先生特意从无锡给吴老师夫人郑昌虹老师致信悼念和安慰。我有幸读到这封书信的原件。杨先生的质朴语言和流淌在字里行间的真情，令人感动。杨先生离开我们也已经二十年了。读着先生的亲笔信，我们敬爱的老主任那浑厚亲切的声音犹在我的耳畔。杨先生在信中伤感地写到他几个月前离开兰州回无锡时，吴老师前往火车站送别他的情景："……告别了才半年多。我走的时候曾来告别，晚上他上火车站送我，那时都是好好的，没想到他不久便病了……"作为吴先生的恩师和老主任，杨先生在信的后边对吴老师做了十分中肯的评价："老吴的心地是宽厚的，待人是善良的，业务上勤勤恳恳、用心钻研，四十余年中做出了可贵的贡献……"

　　我们怀念吴老师，怀念他内心的善良美好和待人的宽厚谦和，怀念他对音乐、对合唱艺术的毕生追求和精益求精，怀念他那与其富有魅力的身影一道定格在舞台上的一个个永恒而光彩的瞬间。西北师大音乐学院八十余年的办学历史上，人才济济，名师辈出。我们当不断继承和弘扬光大前辈们开创的优良传统，让学院的明天焕发更加清新灿烂的勃勃生机。

2021-07-07

人生淡定需境界

——纪念我的同事、友人康建民先生

世事难料，生命无常。我的同事、友人康建民教授猝然离世，伴随着难以平静的哀伤和悲痛之情，我不由得这样想：人生一世，实乃红尘大千的匆匆过客。

由于建民先生几十年来做人做事一贯低调、不事张扬，想必很多人对他了解不是很多，包括笔者，对先生的了解也是十分有限的。即便如此，就我了解的他为人处世的"冰山一角"，已足以让我在心的宁静与肃然中，写下这篇对他深怀敬意的哀悼纪念文字。

忘我工作的建民先生。我几十年的记忆中，音乐学院的前辈和老师们中间，有几位工作堪称极端踏实、超乎认真、与其相识者无不认可和称赞的先生，康建民老师便是其中一位。转岗教学之前，他有很长一段时间的工作是为系里管理音像资料和录音室，属于教辅工作。依我之见，在这件事上，我们尊敬的已故老主任高天康先生无疑做到了真正的知人善任和人尽其才。高天康主任和康建民老师，两位同样认真的人碰到了一起。爱系如家，认识到位，极端注重资料建设的高主任，将他眼里认为一个大学音乐系极为重要的小半家产——音像资料室，交给了康老师。这在老先生的心里无疑是对康老师的足以放心、高度信任和委以重任。而办事认真、一丝不苟的建民老师，也是将这项工作兢兢业业做到了堪称完美有加的境地。改革开放初期，在办学经费相当拮据的情况下，高主任十分注重、舍得投入尽可能的资金加强资料建设，不仅源源不断购进各种原声盒带，而且购买了两台在当时堪称豪华的"三洋牌"复录机。自从那两台录音机来到音乐系，便和勤奋工作的康老师一道，在康老师的朝夕陪伴下，为我们音乐系的音响资料建设立下了汗马功劳。我每次到资料室，始终发现那两台机子在不停地运转着，录音机的前面，整整齐齐，一边摆着原声带的盒子，另一边摆放着"Sony"（索尼）或"TDK"（东电化）空白带的盒子，盒子的目录纸上是康老师如同乾隆朝代抄写四库全书的翰林一般，一丝不苟写下的乐曲目录。康老师写得一手漂亮书法，摆放在那里，看上一眼也是一种美的享受。到过资料室的人都记得，整整齐齐摆放在资料柜里经康老师翻录复制的数千盒各类音乐磁带，俨然一道赏心悦目的风景，那风景的背后隐藏着的是一个热爱艺术、忘我工作者的品格良知。我之所以写此事，一个重要原因是因为康老师费尽心血的资料室，真的让无数痴爱音乐的学院（当时是音乐系）师生，受益良多。

多才多艺的建民先生。做事细致和追求完美的康先生，为人淡定，不事张扬，但熟悉他的学生友人，无不知晓他的广泛兴趣和多才多艺，书法、摄影、演奏、作曲、配器、乐队指挥等，不一而足。他写得一手漂亮而富有个性的硬笔书法，从中可以看出他在这方面的爱好、用心、精益求精和不俗造诣。无论是他精心书写的乐谱还是一丝不苟的资料目录、音乐词条，都给人一种赏心悦目的视觉享受，我从来将其视为硬笔书法艺术。先生热衷于音乐创作。我读大学那阵，不时看到他的一些作品手稿和乐队配器的总谱，每一件作品之书写都是非常整洁美观。我时常想，这样的总谱手稿，若是直接拍照印行，一定会非常漂亮。大学临近毕业那一阵，西北师大学生会创办了学校大学生艺术团。因学生会主席一番"不容商量"的安排，我这个满校园最不适于从事组织工作的人，竟然成了学校艺术团的第一任团长。好在那时学校各系真有一些十分出色且状态积极的表演人才，于是活动搞得有声有色。乐团分乐队、歌队、舞蹈队。记得最初的几场演出，无论是演唱、演奏还是舞蹈表演，均获得校领导和广大师生的好评。今天之所以翻出这档往事，是因为初创的西北师大学生艺术团跟建民老师有关——他是我请来的乐队指挥。得知我的邀请意图，康老师向惯常的那样平静，望着我嗨嗨一笑，来了一句"那就试试看呗"，答应了。凡事认真的康老师，在这个"职位"上干得十分认真。他创作、编配乐队总谱、指挥，一丝不苟，从不含糊，成了艺术团的重要人物。后来，我因能力有限，加之这方面的个人兴趣也有限，申请离开了艺术团。之后，康老师继续负责乐队，一直干得有声有色。后来音乐系组织乐队，很长一段时间，也一直由热心和认真负责的建民老师负责排练。

爱心深藏、教子有方的建民先生。有一回校园里一早遇到康老师，问他忙活什么呢？他嗨嗨一笑轻声告诉我："送老婆上班刚回来"，说话时一脸的阳光温暖。我后来得知，康老师夫人肖大夫在兰州铁路中心医院上班，那儿离西北师大有很远的路程，早晚高峰时段遇到堵车须得一个小时。为了不让夫人上班赶车挤车，一早驾车送夫人上班成了他的神圣职责。他一脸笑意地告诉我："送老婆上班是我和这辆车的重要任务、头等大事"。看那说话的神情，你就知道，这个凡事心心做到实处的男人，心底里是怎样地深深关心和疼爱着自己的妻子。凡事认真的康老师，打理家务也跟打理他的艺术兴趣和各项爱好一样，认认真真，讲求实效。对妻子、对孩子的爱，体现在几十年如一日的用心奉献和认真践行上。康老师所做的一切，最令人感动和深感钦佩的，当数对爱子康啸的悉心教导和成功培养。记得他的宝贝儿子（很长时间，朋友们一直习惯喊康啸那个"为音乐艺术而生的乳名"）三岁开始学钢琴，最初因年龄太小，康老师同时给儿子买了个头最小的八贝司手风琴，进行演奏入门训练。还没上小学那阵，我就见识了康老师是怎样培养儿子的。有一回，我寻着悦耳的琴声到了康老师的琴房，门口探头一看，发现康老师一脸的阴云，正在严肃乃至严厉地"教导"儿子，那神色，那架势，让我领略到这位严父一丝不苟的教子风格。看了一眼正在"状态"中的康老师，我立马自觉地缩回了脑袋。康啸学琴，无论钢琴还是手风琴，日益精进的艺术技艺，我都有过见识。有道是，功夫不负有心人，自古严厉出孝子。康先生堪称爱心深藏的严父，而天资聪慧、极端努力的康啸，以自己不同凡响的勤奋、刻苦和严谨学风，回报了深爱他的父母亲人。他没有辜负父母的期望——当年考取中国音乐学院之后，从本科到硕士，再到博士，马不停蹄，一气呵成，一路优秀，出类拔萃。而今，他是我国西方音乐学界人人皆知、成绩斐然的知名青年学者，同时是中国音乐学院最年轻的教授。看到这么出色的儿子，想必康老师的在天之灵定当无比欣慰。

大半年前，合唱音诗《天鹅琴》（笔者作词）在国家大剧院公演，建民夫妇出席观看演出，让我感到亲切又惊喜，因为我们很久没有见面了。演出结束，我将观众献给我的一捧赏心悦目的鲜花，献给我数年未见的建民夫妇，心里感到无比美好和欣慰。虽说就那么一捧花，那一刻让我们感受到了默默存放在彼此心间的友情和温暖。造化弄人，没有想到，大剧院匆匆一别，竟然成了我们今生永远不可能再见的永别。康老师那走过生命、品读人生而为之净化、为之升华的清净、善良、温暖、淡定的神情笑容，从此深深留在我的记忆里。而今想来，心头涌起抹不去的黯然、伤感和怀念……

世上怕就怕"认真"二字。建民先生是我见过的做事最认真、认真到令人默然起敬的人。建民先生人格之淳朴，做事之踏实，工作认真，一丝不苟，勤勤恳恳，默默奉献之品行，几十年深入我心。我在想：这世上，人人做事若能有建民先生之精神，甚至只有那精神之一半，我们的社会将会向前迈进一大步。

2020-07-10

他和他的艺术都像是一个梦

——纪念天才雕塑家靳勒

从某种意义上讲，他的那些
精心作品从此也就成了他的纪念碑

客观地讲，他算得上是我最陌生的艺术家。作为一个"陌生人"，这篇文章却是我发自内心的不得不写，一切皆因一个机巧。

靳勒（原名靳文彬）这个名字，圈外或许没几个人知道，但他的艺术，他的雕塑作品，无论圈内圈外，恐怕没有几个人不知道——对于兰州人来说，定是这样。凡路过兰州繁华地带西关十字的人，都见过他的雕塑代表作《热冬果》；而对于西北师大的人来说，更是如此，因为人人都熟悉他的精心制作《常书鸿》纪念雕像。人人熟知的《热冬果》位于兰州西关十字西单商场广场，早已属于兰州地标性雕塑艺术；艺术大师《常书鸿》位于西北师范大学艺术广场，是西北师大这所充满厚重人文气息和艺术底蕴之百年学府的艺术地标。

万万没想到的是，几天前，他以常人无法面对的方式，不幸告别了这个世界，年仅 56 岁的生命，定格在了 2021 年 1 月 11 日的凌晨，惊动了沉睡中的大地。痛惜！

兰州的这个冬天格外冷。告别这个世界的先天晚上，他独自站在楼下单元门口，神情一派凝肃，或是忧虑。我取快递从楼前经过，还彼此打了个招呼。谁能想到，数小时后他便以自己选择的方式，往他的天堂去了。现在想来，那个傍晚，身心皆在三九寒天里的他，孤独地站在楼下的严寒中，那是在跟这个世界、跟所有那一刻的邂逅，做最后的告别……

靳教授的形象气质很个性，很艺术。他的一位"粉丝"弟子在怀念他的一段文字里如是形容自己的恩师："虽说他长相凶悍，可内心善良、温和、可亲可敬。"对于这样的评述，我信的。还有我的一位朋友称他"沉默寡言，瞪着一双大眼，长相艺术，思想深刻。在校园里常见，并不熟悉，打声招呼而过，感觉是位真艺术人"。对于这样的评述，我以为很贴切。

　　对于靳勒，我知道的实在太少太少，但这个人有不同常人处：但凡不小心落进你眼里的，无论是他的言行还是他的艺术，都能给你留下从此抹不掉的记忆。仅就我知道的他的冰山一角，已经让我感觉得到：这是一位极富个性的艺术奇才且心的深处结结实实埋藏着属于艺术家的那份敏感、执拗、天真和纯粹。他是真正怀具艺术之心、艺术之灵魂的艺术家，是一位"真艺术人"。

　　与靳文彬（靳勒）相识，源于十年前的俄罗斯之行。那个夏天，有了解我的一位好朋友告诉我，他们美术专业（当时音乐美术同属一个学院，即敦煌艺术学院）的部分艺术家们要去俄罗斯进行艺术考察，邀我一同前往。对于从小便热爱、便迷恋、便向往俄罗斯艺术的我，听到这样的消息，激动得心跳跃许久不能平静。那次出行，美术学院的教授们有公费资助，我这个局外的当然是自费。自费也很美，只要能跟随他们一同前往梦里艺术国度，便打心底里阿弥陀佛。到了莫斯科的第一夜，我们入住莫斯科"奥运村大酒店"。

　　带队领导君朝先生安排我和靳文彬同住一室。同住一室，我的心里感觉不太自在：一来我看着他的神情那样的有个性，二来没有几分友好的表情，或者说没有任何表情。过后我想，也许那阵子他看着我这个音乐学院的便压根不大顺眼——众所周知，学音乐的，在很多人眼里就是没文化的半吊子。他言语很少，而且一旦开口说话，神情语气顿时显得有些不自在——这之前我们虽在学院见过面，但不曾说过话。所以，虽属一个学院，但莫斯科的奥运村是我们第一次交流，并且从始至终，也没说上太多的话。当晚尽管话很少，尽管不自在，但我能感受得到，他的相貌跟性情并不一致——他是一个内向木讷但性情敏感、单纯和善良的艺术人。

　　第二天一早，我醒的挺早。我自以为我早，却发现靳文彬更早，一睁眼，发现他的床是空的。朝窗外一瞅，发现莫斯科的天晴朗得像被太空里的清泉荡涤过一般，万里无云，瓦蓝瓦蓝的。我不无兴奋地快速穿上衣服，透过窗，居高临下拍下了满眼翠绿的莫斯科美景。出了房间的门，我不由自主被惊奇了一下：发现靳文彬在走廊一头正架着相机拍摄，真正一副摄影师派头。出于好奇，我走过去，很友好地小声打招呼："拍照呢？你起得好早啊。"他待理不理地轻轻"嗯"了一声算是应答，但并不看我，神情陌生，完全无视我的存在，眼睛始终直愣愣盯着窗外景色，就像是梵高出神凝望着远方的麦田或是向日葵。那一刻，那神情，俨然莫斯科的美景都是他的。

　　从俄罗斯回来后，我们偶尔会在校园遇见。遇见了，有时他会很热情地跟我打个招呼，就像是很早熟悉了的老朋友；有时则显得十分漠然。对此，我很是理解，艺术家的个性就这样，漠然的时候，他定是在想着自己热情里的一些要紧事。

后来有一次，我着实被他感染到了：那是个晚上，我在美术教学楼二楼走廊居高经过他的雕塑工作室，发现那里一片灯火通明——他和他的一大群弟子正热火朝天的加班加点呢。眼前是已经成型的一组颇具规模的大型浮雕，模糊记得，那画面中全是秦汉时期的古典图纹，很厚重，很大气，猜想应该是什么地方定制的一组作品。记得当时他朝上随便扫了我一眼，没说话，随即整个身心忙进他的作品里去了。被感动了的我，两天后，把远方弟子送给我的两瓶酒，真心送给了他。我知道他爱喝酒，但我不记得是从哪里得知的。接了我的酒，重又显得木讷，只说了声"谢谢教授"。再没多的话，但那表情显然是十分感激的。反倒是我说了一大堆的感动，说了我如何被他的艺术精神和艺术才情而感动。不久我的文学作品出版，送了美术学院的几位熟人，其中也有他，却不知道生来心性绝高的他可曾翻过。

几年前出席一位友人孩子的婚礼，那天靳教授也去了。婚礼结束，我那资深友人邀请我跟她合影，我特意请了近在身旁的摄影家靳文彬给我们拍照。靳半蹲着，瞪大眼，认真踅摸再三，看那神情，我笃定他一定能给我们拍出个好看的。兴冲冲等待，接过手机一看，心下不由得咯噔了一下——失望是不用说了。对于一向尊崇唯美艺术风格的我来说，那个照片的仰视构图让我不好接受……当时，有点不大理解，作为一个摄影家，为啥要给拍成那样？后来看到他的一些极为个性的雕塑作品之后，我终于理解了。而通过网络看到跟他学过摄影的弟子讲述这位恩师"摄影是照相机之外的元素思考的集结"之摄影理念之后，尤其是看了他的一些外行感到"另类"的作品之后，隐约之中有些理解了……

说心里话，他那雕塑名作《鱼人》，是我始终不愿多看一眼的，外貌是那样不唯美，至今不合我的审美习惯。那鱼人的面目，熟悉的人都知道，那里有艺术家自己的太多"元素"。不单是这件作品，他的许多风格个性的作品，如《人虫》《蜥蜴》等，都能看到靳艺术家的神态形貌。我虽不欣赏这些作品，但理解，因为，有个性有想法的艺术家，大多跟寻常人不一样。跟常人太一样了，就创造不出有别于常人的、充满了艺术和人生哲理的作品。

靳勒这些年最为震动的，震动了家乡、震动了甘肃乃至全国美术界的大动作，莫过于十二年前在他的家乡秦安石节子村开创的"石节子美术馆"，还有随之被推举上任的荣誉村长职务。位于天水秦安叶家堡乡的石节子村，是一个只有 13 户人家的小村庄。而今，不仅靳勒的许多作品落户到了石节子，而且这里的 13 户人家在他的引领下一应变成了 13 个"美术分馆",也就是说,整个石节子村变成了一座大地上的美术馆。

石节子自然条件用"贫瘠"二字形容毫不过分,世代贫穷是这片土地长期以来的基本底色。作为村子里出来的第一个大学生,艺术家靳勒长期心系着生他养他的这块土地,深爱着挂在陡峭山坡上的那些"希望"和"出成"——那养活家乡父老的每一棵花椒树、苹果树。开创"石节子美术馆",靳勒于其有多大、有多少的雄心宏愿和奇思异想,我不得而知,但就我粗略看到和理解的,有两点是可以肯定的,那就是他的热情、梦想、艺术痴心和开拓父老乡亲看世界的视野、改变故乡贫穷落后面貌的深爱之情。这些年来,他把大量的心血化在了生他养他的石节子泥土里,而故乡石节子从此也真的发生了不小的变化……

靳勒,一个不平凡的艺术家,一个"怪人"——常人不大能理解的"怪人",就像世上很多的大艺术家那样,常人不能理解,也无需常人理解。

靳勒离开了这个世界。对于他告别这个世界的选择,外人们唯有深深的哀痛和惋惜,而无以更多的评论。我不由得想:那一刻,他的心在想着什么?他的眼里看见了什么?但愿他看见了引领他进入伟大艺术幻境的缪斯之神……

斯人已逝。从某种意义上来讲,他的那些精心作品从此也就成了他的纪念碑。

2021-01-16

一座精神家园的诞生

——纪念木心先生逝世十周年

今天是木心先生逝世十周年纪念日。

数年前，我通过学长、友人陇菲（牛龙菲）先生而有幸认识和走近木心，走近木心美术和故居纪念馆。学养丰厚的陇菲先生，是一位用心懂得木心和丹青先生的挚友。是十年前木心先生仙逝时的守灵人，也是六年前木心美术馆开馆仪式的嘉宾。那年，我通过他的微信公众号（今日的"陇菲独弹"），初识木心和木心美术馆。

木心是所有木心热爱者的木心，他是独一无二的。

想必很多人都在想，木心，这样一个灵魂辨识度极高的不凡人物，他是怎样到达他如此这般之特殊精神境地的？回答必然是木心成就木心。木心从来没有居高临下的作派，但他绝对有居高临下、玉树临风的精神与人格，他的灵魂是无以模仿和无可复制的。走过人生八十余载，木心的天资，他的不世之才，他的人生苦难与不幸，他所经历的一切，磨砺了他，也成就了他。他是站在常人无以企及的精神高地，沐浴着上苍有心加持的荣光而俯瞰人间却又不为凡俗所困的淡然、坦荡和天马行空者。一切正如我两年前在《致标杆大师》一文中所言："从苍茫大地默默走过的孤独身影，你的绝世才华上苍恩赐，你的多舛命运造化安排。你的人生是一部人间抒情悲喜剧，一切皆因上苍要执意造就一个玉树临风的旷世生命。你是独一无二的人类智者，你是在黑沉沉的夜色里大雪纷飞的精神贵族。"

天下越来越多的爱木心者，受木心安静又干净、温暖而惬意的人性光芒和强力磁场所吸引，心向往之汇聚一处，于是形成了越来越浓厚的木心氛围，产生了越来越强大的木心气场。于是，一座满目清新、为善为美为崇高的精神家园——为抚慰和滋养有趣灵魂而生的大美人类精神家园，在清风明月般的天时地利人和中诞生了。而这美好的一切，才刚刚开始。世间的有心人陈丹青，追随木心，弘扬木心，数十年如一日。上苍让世间有木心，有陈丹青，是如我一般唱着信天游，喜欢抬头读星星看月亮的赶路人的莫大福分。

　　木心美术馆、故居纪念馆，每天都有来自四面八方的游人访客，但我相信他们中的大多数是有别于寻常游人的、木心朝圣者，因为这里是一座近乎天然的灵魂荡涤之所。比起地上许许多多的博物馆、纪念馆，位于乌镇的这座"木心灵魂栖居地"，他有着更纯粹、更干净的精神格调和内在气场。按我所理解的木心，这座灵魂净土、精神家园，拒绝任何的装腔作势，厌恶一切的道貌岸然。这里要的是干净、纯粹和人间真情，要的是为了世间之美和善的、崇高而天真的灵魂。

　　木心美术、故居纪念馆，有木心和他的不朽灵魂在，这里便是为诗和远方仰望星空的有趣灵魂们的安居之所。虽至今尚未到过这方净土，但是一颗被木心之魂关照和沐浴过的心灵，我早已欣然栖居此间了。特别想说的是，有幸做丹青先生的同时代人，让我们拥有同一时空的太阳和月亮，真是我人生的大欣慰！

　　跟很多懂得谦卑的人一样，我知道我只可以用心拜读木心，而没有资格书写木心——如果不是诚心想要木心发出无语的叹息。可我，终究还是忍不住写下了这篇简短文字，因为我实在太钦仰远方的木心了。

　　真心感谢天上木心，感谢陈丹青，感谢充满生机与魅力的木心美术与故居纪念馆。

2021-12-21

梦里见你，太幸福

只要你在兰州一天，
每日的饭，必须在我这里吃。

做完每日清晨的"必须"。回来尚早，外面天黑着，于是躺下闭目养神一阵。可是，今天躺下竟然不小心就被梦神请了客，就像是今儿个必须得要睡着一刻似的。结果，一经睡着，就梦到了他。

梦里，我的房子临街，不无简陋的那种。

我的贵客就坐在我的屋子里，就坐在一面大沙发上。他啥时候来的，梦神忘了告诉我。

坐在那里的他，跟我们看到的照片上一模一样：一脸的清澈、善良、温和、高贵，像是把全人类的清澈、善良、温和、高贵，全拿来安顿在了他的神情里。

谁都知道，他是这世上最孤傲的人。此时此刻，却见不到一丝的孤傲在他面对着我的神情里。

我们是在聊天，具体聊什么，被捣乱的梦神姐姐硬给删除了。

一位友人携夫人来访。男的满不在乎地欣赏我墙壁上的那些画，那夫人被我引领到沙发前，见过尊贵的客人。不无激动的我满怀喜悦问她："你看看，这是谁？"我等待着她跟我一样的欣然或是激动的表情。结果，她完全一脸的淡然，一脸的无所谓，摇摇头，说不认识（作为礼貌，她竟然连一点通常的尴尬和难为情都没有。）

我的贵客坐在那品尝零食。生活简单的我，家里根本就没啥好吃的，记得只是一些和田大枣、核桃仁，还有新鲜的紫葡萄什么的。他吃的很专注，吃得津津有味，像是在认真品尝一顿美味正餐那样。

我送两位朋友出门（出门不到两米就是过马路的地下人行通道）。因为家里有贵客，跟两位熟人匆匆道了别，便立即折回。

刚跨进门，发现我的贵客已经穿戴整洁准备离去。那一身穿戴跟以往没有

228

任何的差别，依然是无比庄严的绅士打扮——黑色的衣服，黑色的礼帽，黑色的皮鞋，外加一件黑色的呢绒大衣，手里依然提着他一贯的那柄手杖。

我不容分说，立即拦住他。

像是对待人世间最亲的亲人、最好的知己那般，我伸出手臂，用我的两手——不，用我全部的真诚和温暖，搂住他的双臂（搂着他的两臂，才发现，他只穿一件单薄的衬衫，黑色的。能清晰感觉到，他的两臂，软绵绵没有多少肌肉的，唉，显然是一位老人了）说道："这哪行？绝对不可以的。你听我说，只要你在兰州一天，每日的饭，必许在我这里吃。"我用通常给我最亲的亲人说话的口吻，说了这句再瓷实没有的话。

见我一副绝然不容商量的口气，定定望一眼我的神情，便折了回来，坐了跟原来沙发对面的一个位子。然后像一个小孩一样，轻轻摘下帽子，一个很帅很帅的动作，玩儿一样，轻轻随手扔出去。那帽子，像飞碟一样，旋转着准确落在了远处一把椅子上。他的脸上顿时现出十分惬意的笑来。那笑，那神情，像一个只记得天上的太阳、星星和月亮的小顽童一般。

我无比钦敬的人，2021年的最后一个清晨，受有心的梦神安排，能有幸如此真切的梦见你，真的太幸福！我在想，一个人，对他有了怎样的敬爱，才能够拥有如此真切的梦里相逢。

梦，一旦醒来是极容易流逝的。好在我记录及时，所有梦里细节，让我做到了原样封存。

朋友，你应该已经看出我这是梦见了谁？

是的，我梦见了木心。

2021-12-31

难忘我的红军奶奶

一

我的二叔祖母董秀珍（按老家习惯，我一直唤她"二奶奶"），是 1936 年 10 月中国工农红军第一、二、四方面军在甘肃会宁会师之前，因受伤而留散在甘肃通渭境内义岗川镇的红军女战士（所在部队属贺龙、任弼时和关向应率领的"红二方面军"）。

祖母生前曾不止一次地给我讲述：民国 25 年（1936 年）10 月，红军经过义岗川的那天，她和家里其他人正给东家（通渭大地主"万盛佳"或是"马家场子"）在地里干活。突然间，她看见天上飞过来几架土黄色的飞机，俯冲着、吼叫着，往下扔炸弹，同时用机关枪扫射。他们从来没有看见过那样恐怖的景象，于是赶紧往隐蔽点的地方躲藏。祖母她们对面有一个叫瓦房的村子，黑压压的红军队伍在一处坡道上向前涌动着，飞得低低的几架飞机在跟着队伍轰炸。地面上，红军的机枪也在朝天上的飞机扫射。红军战士死伤惨重。他们看见，有的红军被炸掉了腿，在地上爬着，痛苦地呼叫着。机关枪的子弹呼啸着飞过奶奶他们的头顶，打得田埂上尘土四处飞扬……

母亲也曾对我说："在你三姑还没过门（出嫁）的那一阵，有一次我们俩回义岗川老家，晚上和你二奶奶住在一起，她给我和你姑姑讲了她参加红军和长征的经过。当时讲过的，好多我已经记不清了，下面是我大概能记起的一些。"

笔者本文的记述，从头至尾尽可能按照祖母和母亲的原话、原意，有的地方还会加进去一些我个人的回忆。

二

据二叔祖母自己说，她的老家在四川巴州（也可能叫"霸州"或"巴中"，母亲搞不清楚）。红军到了她们村子之后（应该是在那里休整补充实力和给养），村子里许多年轻力壮的男人应征入伍，集中在一个大户人家的大院子里，学习集训多日。

没过多久，姑娘以及年轻的小媳妇也去应征集训了。训练几天后的某一天，天蒙蒙亮，队伍整装出发，她们这些女娃儿也随着一同出发了。妇女参加红军的条件比较宽松，主要是看年龄。出发的时候，她们中间有人还是怀了孕的已婚女子。

以下是二叔祖母长征行军途中的一些艰难经历的片断：

行军途中，有时好长时间喝不上一口水，她们渴极了，嗓子眼干渴得几乎要冒烟。有时，如果看见远处有一片亮晶晶的小水洼，他们便赶忙跑过去，一边走一边弯下腰来连水带泥地舀上一茶缸，急不可耐地喝了下去。

因为敌兵围追堵截，行军途中始终危机四伏，以至于她们往往好长时间吃不上一顿热饭。有的时候眼看着饭刚刚做好，可就在那一刻，行军的号角紧急吹响了，于是，大家眼巴巴地看着没吃上几口的饭被倒掉，炊事员赶忙收拾背起锅，又开始行军上路了。

长征途中最艰难的也是让她最刻骨铭心的，莫过于爬雪山，过草地。她说，有的战士眼巴巴看着就从看似草地一样的沼泽里陷了下去；有的在经过雪山的时候，不小心灌进了雪窟窿……经过大片草地的时候，她的两只脚被水里的芦苇扎破，肿痛得看不出是脚的样子了（每每听到这里，我便有种难以想象的扎心之痛，真不知她当时是怎么走过来的）。

……

在接连不断的枪林弹雨中，他们的队伍于 1936 年 10 月行军到了甘肃通渭义岗川的时候，遇到了国民党军队的强力围追堵截。在敌机的狂轰滥炸中，她的头部和背部多处受伤，倒在地上，再也无法跟得上自己的队伍了……就这样，在即将到来的中国工农红军第一、二、四方面军会宁大会师前夕，她与自己的部队失散了。

<h1 style="text-align:center">三</h1>

1936 年 10 月的一天，在通渭和会宁交界处的义岗镇西山上，一个叫鸦儿湾的山路边，几个放牧的娃娃（其中有我的小舅爷和三叔祖）看到了一个因受重伤而掉了队的红军战士。在我的记忆中，祖母曾经告诉我，当时二奶奶在反复地跟那几个放羊娃问着什么，但由于她那浓重的四川口音，当时没人能够听得懂。

放牧的少年中，有个年龄大一点的给了这个红军战士一块馍馍，并亲切地告诉她："我们家有饭吃呢，你到我们家里去吧"。这对她来说无异于绝处逢生。这个领她回家的人，就是我的三叔祖。据二奶奶说，那天中午给她吃的是调了苜蓿酸菜的杂粮面。

祖母第一眼看见的二奶奶是这样的：身上的衣服破烂不堪，头部多处受伤，头发被凝结干涸的鲜血黏在一起，脸上，脖子上，衣服上，到处是斑斑血迹。二奶奶的背上背着一个竹子编的小背篓，里边装着几个生洋芋和一双由两只不一样的鞋子凑起来的破旧麻鞋，洋芋和麻鞋上同样被鲜血染过。她赤着脚，因为她的两只脚已经肿得没法穿鞋子了……（每想到祖母的这番回忆，我的眼泪就会一次次漫上心头。）

这个小红军说的话，祖母基本上听不懂。虽说脸上长得眉清目秀，说话声音清脆，但从她的头发和脸面上，一时性别难辨，看不出这个人是男是女——这话听起来似乎有点夸张，因为在我的记忆中，二叔祖母的长相是何等的清秀好看且十分的可亲可爱，不可能是个连性别都看不出来的人。当时祖母他们之所以有那样的疑虑，主要是因为一来她的头发太短，而且是被鲜血黏在了一起；二来她那没有被缠过的双脚，这一切可都是奶奶他们此前不曾见过的。

在家里坐了一阵后，她的脚更是疼得再也踩不到地上了。祖母先给她把脚上的伤口洗了洗，然后和三叔祖一起给她找了一些破布头，将她受伤的脚包了起来。祖母劝说着，让她在家里住下来好好休养几天。

初到家里的时候，二奶奶睡觉不知道倒顺。家里是土炕，二奶奶经常会倒着睡觉。后来在奶奶的"调教"下，她终于懂得了在土炕上睡觉的倒顺规矩。

随后几天，祖母对她关心备至，虽说不大听得懂她说的四川话，但仍然尽可能多的和她说话，给她吃，给她喝，用水清洗、敷药和包扎她的伤口。由于头上多处伤口，清洗起来非常困难。祖母花了好几天的时间，费了好大功夫才将黏在一起的头发洗梳开来，然后将她的短发梳成一个个小发髻。就这样过了些日子，她的伤势越来越见好转。尽管如此，但重新寻找自己不知去向的队伍，已经完全不可能了。由于休息得好，脸色有了明显好转，这时奶奶发现，眼前这个小红军，原来是个长得十分清秀好看的姑娘……

那个时候，爷爷他们很穷，家里除了老大也就是我的爷爷以外，其它的四个弟弟中，除了几个年龄尚小的，二爷爷已经到了该娶媳妇的年龄，但因为家贫还没有成家。奶奶开始婉转地去问这个红军女战士，征求她的意见，看她是否愿意留下来，给我的二叔祖做媳妇。二叔祖当时二十出头，人长得蛮英俊。再加上一段时间的相处，她发现对自己悉心照料的这一家人竟是如此的善良，这个红军女战士就答应了。

就这样，这位因受重伤而失散的红军女战士，从此成了我们王家的一员，成了我的二叔祖母——我亲亲的"红军奶奶"。那个时候，无论是二奶奶还是家里的其他人，因为消息闭塞而无人知晓，其实不久前，就在百里之外不远的会宁县城，中国工农红军第一、二、四方面军在那里会师。

和二叔祖成婚以后，我的红军奶奶生了一个女儿，也就是我的福女姑姑。记得我的红军奶奶一直特别疼爱小孩，想必这跟她后来再没有生育不无关系。也正因为这个缘故或者她天生的善良，我小的时候，二奶奶特别心疼我。她把我抱在怀里，从她每每望着我的眼神里，我能看得见世上难得一见的那份慈爱。二奶奶操一口乡音浓郁的四川话，但我始终能听得清清楚楚。记得她总是把好吃的东西给我吃——那个时候日子过得比较穷，所谓好吃的也不过是白面馍馍或是赶集买来的一颗梨几个核桃什么的。也因为这个缘故，我每次回老家（爷爷奶奶在中华人民共和国成立前夕搬家落户到会宁）看望太太的时候，我最想见的人就是二奶奶。每次见到她，我就会跟前跟后，不离左右，即便在厨房做饭的时候，我都愿意黏在她身边。在我的记忆中，她是这个世界上最和蔼、最善良、最慈祥的老人。我能想得出，二奶奶年轻的时候那眉清目秀的样子。

虽说二奶奶只生了一个女儿，但让她感到欣慰的是，我的曾祖母特别心疼二奶奶给她生下的这个孙女——福女姑姑。母亲说，她清晰记得：福女姑姑已经是一个很大的女孩的时候，有一次她看见老太太依然心疼地把她抱在怀里，用一个小调羹给她喂甜醅子吃呢。

20世纪九十年代初，我的红军奶奶走完了她充满艰辛的不寻常的一生。晚年，政府每月都给她发放一点生活补贴，后来生活补贴给得多了些，但不久她就因病去世了。二奶奶去世后，县、乡人民政府特意来人，送了花圈，念了悼词。按村里的亲房邻人们说，公家给"老共产"举行了一个十分体面、堪称隆重的追悼会。

　　亲爱的奶奶，您的这个孙儿永远记着您、想念您，愿您老人家的在天之灵安息吧！

2021-06-28

做好"五有"艺术家

——2017 中国文联专题研讨班上的发言

中国剧协、中国音协、中国舞协、中国影协深入学习贯彻习近平总书记文艺工作座谈会重要讲话精神专题研讨班于 2017 年 6 月 19 日至 22 日在兰州宁卧庄宾馆举行。来自四个协会的 300 多名文艺工作者参加了这次重要的研讨会。整整三天的时间里，艺术家们不仅听到了杨光祖、肖安鹿等专家、教授有关艺术批评和当前意识形态现状分析的精彩报告，同时观看了老艺术家闫肃同志先进事迹报告会的录像。2017 年 6 月 22 日上午，全体与会人员认真聆听了中国文联主席、中国作协主席铁凝同志所做的专题讲座。

随后的研讨总结大会上，有四个协会的代表发言。西北师大音乐学院王文澜教授代表音协做了题为《肩负使命，努力做好"五有"艺术家》的发言。

各位主席，同志们，大家上午好！

几天来的学习交流以及今天上午中国文联主席铁凝同志的专题讲座，让我们很受启发，很受教育，对习近平总书记文艺工作座谈会重要讲话精神有了进一步的认识和提高。下面谈点我的认识。

我们目前处在一个十分复杂和特殊的时期。这个时期给了我们每个人太多需要面对、思考和回答的问题。我个人的认识是，作为国家文艺战线的艺术家和基层工作者，我们是肩负神圣使命的人。这份使命要求我们成为有思想、有境界、有良知、有责任和有行动的"五有"艺术家。下面，我简单说说我思考和期望的"五有"之内涵：

有思想。我们生活在一个丰富多彩和充满生机的快速发展的伟大时代。与此同时，我们必须认识到我们也是生活在一个生存环境变得越来越复杂，思想意识形态充满了诸多挑战的时代。我们在满怀欣喜地拥抱和享受这个空前的互联网时代给予我们无尽方便的同时，我们在无可奈何地面对着、承受着网络媒体给我们带来的山洪一般的巨大挑战。网络是把双刃剑。在网络的世界里，好的、坏的，崇高的、低俗的，阳光的、阴暗的，天使神明、牛鬼蛇神，同聚一堂。面对这样一个活跃而又鱼龙混杂的世界，我们需要自己的警觉、判断和选择，而这一切离不开我们敏锐而正确的思想。

有境界。境界是一个人之思想和人格的高度。有境界就是懂得保持灵魂的洁净，是懂得人格的崇高和独立，是懂得精神世界的清净澄明，是懂得从文、从艺和做人的品位和洁身自好。艺术家，无论面对现实生活，还是面对心灵自我。我们都需要一种精神的高度，需要一种足以自省和自我约束的觉悟。在面对艺术低俗之风、社会不正之风或是生活带来的迷蒙混乱之时，有高度的思想和觉悟，可以提醒和引领我们做出该有的判断和正确的选择。

有良知。我所理解的良知，就是有理性的良心。没有人否认，我们生活在一个国家越来越富有，民生越来越有保障的时代和社会。可在我们的周围，麻木的、缺乏感恩之心的人越来越多，这是不正常的。在众多原因中，里里外外那些通过各种渠道以各种手段制造和传播的负能量及其影响，不能不说是一个重要的原因。我们必须认清这些麻烦，并且懂得如何以我们该有的良知应对这样的麻烦，那就是，在一切大是大非面前，必须守住底线。一句话，我们的灵魂不能出问题。

有责任。在众多的责任中，我这里要特别强调一下我们文艺工作者的主人翁"正能量引领责任"——如果你是一位教师，你就要注意自己身居三尺讲台的正确引领；如果你是一位文艺创作者，你就要用自己饱含正能量的艺术作品引领；如果你是一位表演艺术家，你就要注重自己在舞台上的引领；在所有人关注、参与的互联网世界，我们要懂得在网络媒体上的健康引领，那就是，不造谣，不传谣，远离低俗，弘扬正气，不左右摇摆，以身作则，自觉抵制一切别有用心者的混淆视听，传达正能量。

有行动。以上的所有说法，最终必须归结一处，那就是具体行动和如何行动。真正的艺术家必须是远离低俗，撇开庸俗的功利心的赤子之心者。我们无可回避艺术领域的各种不正之风造成的坏影响。艺术的良知让我们对那些缺乏艺格的跟风式的所谓"艺术"，尤其是削尖脑袋投机钻营的所谓"艺术家"，深恶痛绝。关于艺术良知问题，我可以结合我自身的体会说两句。音乐界的许多朋友知道，西北师大有个热衷文学创作的音乐教授王文澜。这些年我创作出版了包括小说散文在内的十多部作品。我敢十分坦然地说，我的所有创作，是摒弃了浮躁和功利之心的，因为我所有作品的创作出版是在我读了博士评了教授之后，我的言下之意大家明白——我不受任何通常意义上的功利之心的驱使。我们知道，一个对自己有要求的艺术家，一定会有自己明确的创作理念和艺术准则。从这个角度出发，我为自己制定的艺术准则是，关注生活，贴近时代，远离浮躁，追求崇高，歌颂和弘扬人性的真善美。我坚持认为：一切有责任、有担当、有良知、有爱心、有信念和追求的艺术家，当远离低俗向往崇高，当与功利浮躁不两立！我不敢说自己写得好，但我永不背叛自己做人从艺的良知和准则。我一再强调，我的创作始终关注人性，表现和弘扬美好的人性。我在自己的作品中坚持揭露假丑恶，弘扬真善美，坚持塑造善良美好的人物形象，传播正能量。我这样做的理由和理想很简单、很明确：我期望以美好的人性感化众生，感化我们的社会、我们的世界。我深信，这个世界好人多了，我们的社会自然也就风清气正变好了。

谢谢大家！

2017-06-25

做个心中有梦的人

——音乐学院 2020 届毕业典礼寄语

亲爱的毕业生同学们：

亲爱的各位领导、老师们：

大家下午好！

感谢学院，让我在今天这样一个隆重的仪式上，代表学院的老师们给即将毕业走向明天新生活的全体硕士和学士们讲话。

首先要说的是，感谢全体毕业生同学。感谢三年前、四年前由于你们的勤奋努力和慎重选择，让自己成为了西北师大这座中国西部百年名校的一名学子。也正是因为你们的选择，让我们有缘、有情、有共同目标，一同度过了几年为师、为生、为教、为学的美好时光。正因如此，希望同学们毕业之后，不要忘记自己的母校，不要忘记西北师大音乐学院，因为你们把自己几年精彩的人生留在了这里，因为这里留下了你们今生不可更改、也不可复制的一段宝贵的人生记忆。

大学毕业，研究生毕业，是我们一生中极为重要的人生节点。在这个告别过去走向未来的人生节点上，你们既需要回首，更需要展望。回首，是为了审视和盘点自己的过往，既是为了明白自己取得的成绩，更是为了看清自己的不足，明白未来的日子里自己该怎样总结和吸取经验教训，补齐人生短板。展望，是以你们该有的清新活力精气神，设计人生，重新整装，焕然面貌，抖擞精神，拥抱未来。从今往后，母校与你们永远不可分离，而你们的一切荣辱，也永远和母校连在一起，希望你们时刻不忘为母校争光。

同学们知道，这些年由于扩招，我们的学生人数越来越多。学生多了，我们的教学，我们的行政工作就越来越繁杂，负担也越来越重，教学工作中的不尽如人意也就在所难免。几年下来，同学们对我们教学工作的不到之处若有什么不满意见，我代表学院的老师们向同学们致歉，真诚地给大家说声："对不起。"对于老师们来说，在今后的教学工作中我们会不断改进，而对于即将毕业走向新的生活的各位同学来说，你们可以以此为鉴，以此为戒，做一个更有修养、更为精彩的自己。

借今天这样一个机会，我有一些肺腑之言，大致有六点，权当是毕业寄语，赠送给行将毕业、开启人生新历程的全体同学。

做个修德行、重情操的人。毕业之后，无论你们开始择业走向工作岗位，还是继续求学深造，希望同学们始终记住，要把做人，做有德行、有高尚情操的人摆在首位。要懂得，好的德行操守是我们一辈子做人行事的最基本，也是最根本。要记住，学无止境，艺无止境，而学着做个德才皆具的优秀之人更无止境。

做个有大爱之心的人。人类历史上前所未有的2020，让世界卷入空前的灾难之中。我相信同学们和我一样，在这场严峻的灾难考验面前，我们看到了伟大中华民族空前的民族凝聚力和无私奉献的人间大爱之心，我们的身心因此受到前所未有的洗礼。面对国内外复杂形势，我们深深思考许多问题，我们前所未有地热爱我们的祖国母亲。毫无疑问，这样的大爱之心和凝聚力，使我们国家和民族充满希望。同学们懂得，我这里所说的大爱，就是爱党、爱祖国、爱人民、爱朋友、爱亲人，爱自己。这个"爱自己"不是庸俗层面的自私自利，而是懂得珍爱自己。一个懂得珍爱自己的人，可以让自己变得越来越精彩，越来越完美，而一个趋于精彩和完美的人，对自己、对他人、对家庭、对社会、对国家，都是有益的。

做个有感恩之心的人。人生未来，希望同学们务必懂得一个重要道理，那就是，记得一路感恩，而不是时时抱怨。我相信，懂得感恩的人，他终将是回报最多、获得最多的人，而一路抱怨的人，终将是物质和精神无不贫乏、无不贫穷的人。如何感恩祖国、感恩母校、感恩父母、感恩该感恩的所有人，这是个重要的人生哲学命题，留给亲爱的同学们仔细思考，认真实践。我有个清新如昨的记忆，那就是，三十八年前我走进这座学府的那个夜晚，行走在绿树掩映的校园，心情异常激动。那一刻，我觉得我人生的根系开始扎在了这座学府的泥土里。我从此深深爱上了我的母校西北师大，结果这一爱就是一生。曾经一个又一个要我离开这里的充满诱惑的召唤，都不曾动摇我心，因为我感恩这里给予我、栽培我、养育我和成就我的人生的一切。

做个有责任、有担当的人。所谓有担当，就是对社会有担当，对工作团队有担当，对家庭有担当，对自己有担当。我们每个人谁不希望自己的人生路上，惠风和畅，柳暗花明，一帆风顺。可现实生活往往是充满曲折和挫折的，甚至是严酷的，生活中遇见更多的是对我们的挑战和考验。人生至为重要的是，在面临考验、面对挑战、不可推诿、无以后退之时的沉住气、有担当、能应对、有作为。

　　做个有理想、有抱负的人。毕业之后，不可回避的头等大事，就是如何面对现实走向未来。由于各方面的因素，择业是当下一个不无困惑和令人棘手的问题，面临挑战和考验是毫无疑问的，但同学们必须认识到，和挑战与考验同时等待你的，还有无时不在的各种机遇。你要懂得，机遇是永远留给有准备的人的，而不是留给闷头睡大觉的人的。所谓有理想、有抱负，就是状态积极，让自己的人生有高度，有视野，有远见，就是面对挑战和考验时，不怕困难，懂得拼搏，把握机会，知难而进。我愿同学们对自己永远不要失去信心，因为一个绝对的事实是，这个社会，这个国家，会始终源源不断地需要人才，需要各类优秀的人才。选人用人之中，竞争是难免的。面对竞争，不是要你退缩，而是要你以自己的实力、以自己的优秀，经过努力获得你所需要的一切。人生不怕挫折，也不怕一次又一次失败，怕就怕失败面前你放弃了争取下次成功的勇气和毅力。

　　做一个懂得"减法的背后是加法"的人。减法的背后是加法，这是我一贯主张的人生法则。同学们务必懂得，一个人的时间和精力是有限的。未来路上，你们尽可能做到轻装上阵，把那些原本可有可无却又时时困扰你的鸡毛蒜皮、杂七杂八尽量扔掉，把那些最多不会保留三天的恩恩怨怨及时删除，把那些背在你的行囊里边的沉重的石头瓦块卸掉，因为这一切东西堆积起来的，是你的无效人生。与无效人生相对的自然是有效人生。所谓有效人生，是把你尽可能分成七股八杈的时间和心力拧在一起，拧成一股力，做你认为最有意义的事情。时光宝贵，生命有限，人生能把有限的一两件事情做精彩，就算精彩。

　　同学们，人生，就是一个立梦、追梦、圆梦的过程。处于人生早晨的你们，正是站在了立梦的关键节点上。我有一言：诗意美丽的人生，永远属于心中有梦和会做梦的人。你要坚信：以热恋般的激情和状态投入生活，拥抱未来，追梦的人生路上没有做不好的事情，没有实现不了的愿望。同学们，未来是一个永远开放的、无限广阔和充满机遇的世界，愿你们信心满满、热情满满、勤奋、执着、不言放弃，走向充满挑战、充满考验，更充满机遇和美好希望的未来。

　　谢谢大家！

2020-06-24

走在爱与梦想的路上

——音乐学院 2020 级新生入学典礼寄语

亲爱的各位领导、老师和全体同学们，大家下午好！

感谢学院给我这样一个极其宝贵的机会，让我荣幸地给新同学讲几句话。

首先，热烈欢迎在座的 2020 级全体本科生、研究生新生入学，来到西北师大，来到音乐学院，开启你们充满生机、充满希望和梦想的美好人生。

同学们，你们结束了过去十余年的前期学习生活，终于走进了各位梦寐以求的大学校门，便是开启了你们人生的崭新阶段，从此树起你们无比重要的新的人生里程碑。新的生活需要新的人生设想。下面我要讲的核心问题，就是"爱心与梦想"，供大家参考借鉴：

做一个心中有爱的人。这个"爱"，有着广泛和崇高的含义，包括爱自己、爱他人、爱学习、爱学校、爱生活、爱党爱国爱人民，等等。

爱自己。不是让你变得自私自利，而是让你懂得做人的路上如何珍惜、珍爱、珍重自己，让自己变成一个有爱心、有学养、有修养、有思想、有境界的人。要懂得：自己的知识、修养和人格的完善进取和追求卓越，就是对己、对人、对社会的最大负责。

爱他人。包括爱亲人，爱朋友，敬爱老师，关爱你应该关爱的所有人。要时刻懂得爱人便是爱自己的深刻人生道理。讲求孝道是中华民族的传统美德。同学们必须懂得，努力让自己成为一个德才兼备的优秀人才，便是对养育和心疼你的父母亲人的最大孝道和最实在、最接地气的爱和孝道，这其中的道理不用我细讲。同学们，求学路上，你们少不了老师的教育和引导。大学生活，互敬互爱的良好师生关系是我们的必须。我三十年前在给学生们的一封信中讲过这样一句话："严格来讲，这个世上只有不善教的老师，而没有不可教的学生。"如果说三十年前的这句话多少有所偏颇，那么下面这几句话，则是我今生不可改变的教育信念，那就是，"教师如果把学生当自己的孩子来对待，教育中的许多问题便不再是问题。反过来讲，学生如果将老师当自己的亲人来对待，教学生活中的许多矛盾定会迎刃而解"。教与学的关系，教师与学生的关系，可以在这样的彼此理解、互相懂得的基础上，形成我们期望的良性循环，其本质就是两个字——"爱心"。

爱学习。作为人生八九点钟的太阳，你们必须明白，大学是你们人生知识储备的重要阶段。大学的学习同你们刚刚结束的中学时代有很多的不一样，那就是学习的自主性。高度的自主、自学、自觉、自律是你们完成大学学习生活的重要保障。研究生就更是如此了。长期以来，我的一个重要认知是，同样的老师，同样的学习环境和条件，而不同的人最终的学习结果或许大不一样，这除了某些客观原因外，主要还是取决于自己的内因。同学们是学艺术学音乐的，我始终认为一生能跟艺术结缘是幸福的。走进了大学校门，跨进了艺术殿堂，要懂得珍惜，懂得这来之不易的大好机会，愿大家在人类之不朽艺术的熏陶下，洗涮和荡涤自己的身心，让自己成为一个名副其实的、对得起音乐艺术的新时代学子。

爱学校。大家来到西北师大，来到音乐学院，这既是你们的慎重人生选择，也是我们的美好缘分，懂得、珍惜、呵护这份缘分，无疑是我们不可或缺的修养。作为百年老校，西北师大包括我们音乐学院，有着厚重的学术传统和值得每一位西北师大人骄傲和自豪的历史。同学们，从此之后，这里就是你们亲爱的母校，你们每一位就是这里的一个重要成员。同学们要像热爱自己的家园一样，用心热爱母校，时刻不忘为母校争光，要以实际行动与母校同生存、共荣辱。

爱党爱国爱人民。同学们，我将这个神圣的命题放到最后，不是不重要，而是因为它太重要、最重要。我是要大家懂得，只有具备了前面所述的各种爱，我们才有底气、有资格谈得上爱党爱国爱人民。大家知道，今年全中国人民经受了空前的巨大考验。正是在这样的考验中，我们经历了很多，感受了很多，认清了很多，也提高了很多。巨大的天灾和来自外部世界的企图搞垮我们的邪恶势力，都没有、也不可能吓倒中国人民，相反，在巨大的灾难面前，在党中央的坚强领导下，全国人民的爱国之心空前凝聚，抗击新冠肺炎疫情战胜困难的决心和信心空前高涨。前天，党中央举行隆重仪式，表彰抗击疫情的民族英雄、国之栋梁，深得人心，举国上下民情振奋。回顾过去的这八个多月，在无可争议的事实面前，我满心虔诚发自肺腑地说一句：上苍让我们生活在中国这样一个伟大的国度，我们是幸福的，伟大的中华民族是不可战胜的。

做一个心怀梦想的人。作为新时代的大学生，我们必须心怀远大理想，要努力让自己成为一个对社会、对国家有所作为的人。你们要懂得：人生，就是一个立梦、追梦、圆梦的过程。踏进大学校门步入新的知识殿堂的你们，无疑是站在了人生立梦的全新起点上。我有一言：诗意美丽的人生，永远属于心中有梦和会做梦的人。你要坚信：以热爱生活、充满激情的状态投入学习，投入生活，追梦的人生路上没有做不好的事情，没有实现不了的愿望。同学们，从今天开始，愿你们信心百倍，热情满满，以自己的勤奋、执着和不懈努力，打造自己的美好未来，实现自己充满希望的人生梦想。

　　谢谢大家！

2020-09-10

九十春秋留青史

——《甘肃省临洮师范九十年简史》序

受我的恩师、年逾八旬的原临洮师范学校李作辑先生的嘱托，为《甘肃省临洮师范九十年简史》一书撰写这篇序文，内心实感诚惶诚恐。之所以如此，皆因作为陇上师范名校，临洮师范在其办学的九十年历程中，先后为国家培养了一万六千五百多名学子，其间有为数众多出类拔萃的才俊，堪称人才济济。若论为此书作序，文澜实感不够资格。然一来恩师嘱托不可违，二来作为临洮师范的校友，数十年来对母校有着难以忘却的深情记忆，于是便怀着惴惴之心情，尊师嘱托，撰写此文。

自古以来，临洮就是陇上乃至中国西部的一块人文风水宝地。临洮故称狄道，历史悠久，文化遗迹丰富。中华文明之马家窑文化、辛店文化，都因最先发现于临洮而得名。迷人的洮河携着诸多美丽的传说，如一条清澈的玉带流淌境内。洮河文化及浓厚文风，滋润了这方土地。临洮始终因其教育发达享誉陇上，几千年来文脉承传，人才辈出。临洮之近代教育肇始于民国，中华人民共和国成立以后，教育事业蒸蒸日上，迅猛发展。走过整整九十个春秋的临洮师范学校，便坐落于临洮县城。

临洮师范学校于 1916 年 10 月由地方热爱教育人士杨明堂、刘笠天等人创建，初称"狄道师范讲习所"，校址在临洮县城城东岳麓山椒山祠，校长杨明堂。1917年 3 月，定名为"狄道公立师范学校"。1918 年 8 月，由甘肃省议会更名为"甘肃省第三师范学校"，校长刘笠天。1926 年夏，校址由岳麓山椒山祠迁往临洮城内。1936 年改名为"甘肃省立临洮师范学校"。进入 20 世纪四十年代，该校教育成绩斐然，为甘肃初等教育培养了大量的师资人才，办学声誉驰名陇上。

中华人民共和国成立后的 1949 年 10 月 15 日，临洮师范学校和发端于 1911年的"甘肃省立临洮女子师范学校"合并，命名为"临洮联合师范"。1950 年改名为"甘肃省临洮师范学校"。1958 年曾一度更名为"临洮师范学院"，设大学部、中师部、初师部。1959 年暑假，撤销临洮师范学院，其大学部与靖远师院大学部、陇西师院大学部合并成立"定西师专"。其中师、初师两部，再度定名为"甘肃省临洮师范学校"。

1966年暑期后，学校受"文革"冲击，停止招生。之后曾实行流动办学，举办师资培训班。1972年暑假后，开始实行推荐招生。这一时期，师资队伍受到冲击，校舍遭到破坏，教学设备大批散失，学校蒙受重大损失。

1976年10月之后，临洮师范的历史翻开了新的一页。1978年春季，恢复统一考试招生，招收应届高中毕业生，学制二年。1980年，定西地区教育局确定临洮师范为定西地区三所师范（靖远、陇西、临洮）之重点师范。1982年改招初中毕业生，学制三年。1984年将其学制调整为四年，以普师为主，兼办音美、幼师专业，招收民教班。

1984年以来，临洮师范开始标准化建设和现代化起步工作，先后建成学生宿舍楼、教学楼、综合艺术楼，教学设备、设施逐步健全完善，有图书馆、阅览室，有藏书5万多册。各类教学设备极大改善，师资队伍逐渐壮大，专业齐全，结构合理。1990年中共甘肃省委、省政府授予临洮师范教育系统先进集体称号。1996年10月15日，该校创办校史室、师生书画、校友书画展室，全校师生隆重集会庆祝建校80周年。

2000年9月，该校更名为定西师专临洮分校。2006年8月17日，随着全国大量撤减中师教育的改革趋势，定西地委行署决定，该校整体撤并，划归临洮中学，部分教师到定西师专等校任教。至此，陇上名校临洮师范，走完了从创建、发展、壮大辉煌至撤并的90年历程。

跟全国所有的中等师范学校一样，临洮师范学校为陇上基础教育培养了大量合格的、优秀的师资人才，为国家的中、小、幼基础教育做出了不可磨灭的贡献。撤并大量的中等师范学校这一国家教育战略举措之得与失，仁者见仁，智者见智，一切有待历史进一步做出评判。

人生最大的幸运，莫过于在你求学和成长的关键时期和关键节点，得以走向一个合适的去处，遇到合适的引路人。记忆中，岁月所给予我和许多如我一般学子的，便是如此。我是"文革"结束国家重新恢复考试制度之后，临洮师范音乐美术班招收的第一届学生。尽管那时大家的生活依然窘困，但我们的国家从此开始一天天走向兴旺发达，各行各业呈现一派万象更新的喜人形势。大小环境越来越好的怡人气候和良好氛围，都给我们那时的学子们留下人生的全新感受和难忘记忆。

走进坐落在县城中心的临洮师范，优雅、质朴、清洁、整齐而留存着些许岁月痕迹的校园，给人一种扑面而来的清新和亲切，大有令人身心怡然之感。

当时的临洮师范，所有校舍是清一色平房，但在学子们的心目中，这是最感亲切、温馨的美丽校园，是大家实现美好人生愿望的圣馨家园。在那风气纯正的美好岁月里，这里一年四季书声琅琅，歌声合着笑声舒心荡漾，无论秋冬，不分春夏。国家走过十年劫难，一切来之不易。生活在那个年月的老师和同学们，懂得呵护师生之间的崇高情谊，懂得珍惜打造人生的宝贵时光。

求学做人的路上，遇到好老师是何等的幸运呢！一个人从小学到读完博士，遇到的老师数不胜数，但并不是所有的过往、所有的人事能留在你的记忆里。我想说的是，在那个春天般大地回暖、万物苏醒的大好时光，一切显得那么美好。那是一个堪称人人珍惜学习时光的时代，年轻的我们在这里、在临洮师范，遇到了一批优秀的、怀揣爱心善心、令学子们从心底敬佩的好老师。教室三尺讲台上或是校园鹅卵石铺就的林荫道上，迎面而来的老师们那和善慈祥的神情，留在学子们终生难忘的心上。为人师表的恩师们，他们的做人做事、言传身教直接影响了一批又一批的学子。他们的渊博学识和一丝不苟的奉献精神影响了学生，他们良好的教风、传道授业，让渴望知识的学子们醍醐灌顶、茅塞顿开。受那个年月各种因素的影响，同学们的生活热情和努力学习的精气神是令人难忘的。客观地讲，那个时候的许多师范学子，其学习态度、吃苦精神和整体学习生活状态，恐怕非今天的很多大学生可比。他们对知识的渴求和学业水平，也非今天的很多大学生可比……

撰写此文，无数往事一幕幕浮现眼前。我多想在此一一写出师范求学期间那些令人无比尊敬的恩师们的名字。可是想想于我之前走出临洮师范的学长前辈和于我之后在母校学习过的学弟学妹，每个人都有自己的难忘记忆，更有自己刻骨铭心的恩师，所以文澜不能借撰文方便，只提自己的恩师。相信每一位曾耕耘在这里的身正学高的恩师们，早已深深留在了你们曾用心血哺育栽培的学子们的心中。

前年专程造访母校。站在已经属于临洮中学的空旷校园，见昔日的母校校园早已无影无踪，被改造得留下不多的痕迹，心中难免怅然。静默中，轻轻闭上眼睛，于心的深处唤醒往日时光——昔日校园的琅琅书声、欢歌笑语和满目清新、生机勃勃的一切，一一浮现眼前。亲爱的母校，而今虽校舍不再，可你曾经有过的辉煌和造就这辉煌的一切，必将载入陇上教育史册……

文澜深知，这篇粗拙的文字，没法算得上是一篇合格的序文，但他流淌着一位从临洮师范走出的学生的赤子深情。

2021-04-18

246

艺术家的情怀与使命

——甘肃文联文艺工作者职业道德和行风建设座谈会上代表音乐家协会的发言

各位领导，各位艺术家，大家好！

很荣幸作为音协代表出席今天这个重要的座谈会。

我要讲的话题是：当下和未来，音乐界以及整个艺术界，必须刷新和提升两个方面的共同认知并努力践行，不负时代，做有情怀、有使命的艺术家。

第一，使命认知与努力践行。真正的艺术家，必须是心怀使命的人。这种使命意识亟待我们认清并对得起自己所处的这个时代。始于 2020 年之初的全民"抗击新冠肺炎疫情"的伟大战役，至今在继续的 2021"建党百年"伟大成就检阅和"全民实现脱贫奔小康"的社会主义伟大实践，无数的事实告诉中国人民也告诉全世界，我们有着一个多么伟大的党，我们生活在一个多么伟大的"中国梦"时代。而生活在这个伟大时代的艺术家们，我们必须心怀使命，抖擞精神，做有责任、有担当、有人格、有境界、有思想、有情怀的德艺双馨艺术家。听从时代召唤，以自己的艺术良知和不懈努力，创作具有高度艺术性、时代性、民族性的艺术精品，以自己崇高的艺术人格、艺术行为和艺术实践，贴近民心，报答祖国，热情讴歌与我们命运攸关的这个前所未有的伟大时代。

第二，问题认知与极力抵制。无论是过去还是今天，甘肃的音乐家们一直行走在积极实践、努力前行的路上。在这条音乐艺术、音乐事业的前进道路上，堪称人才辈出，创新不断，成果不断。但是从严格的意义上来讲，无论是高端人才养成，无论是精品创作，无论是艺术观念创新与富有前瞻性的艺术实践等，我们依然存在诸多需要认真反省的问题。因时间关系，今天只讲行业不正之风问题。客观地讲，与全国艺术领域的某些行业相比，音乐界相对要好，甘肃也是如此，但这并不意味着没有问题。长期以来，行业不正之风在我国艺术领域可以说是无孔不入、无声无息渗入了骨髓的。如某些违背艺术创作宗旨的急功近利行为；如庸俗的"饭圈文化"，金钱交易导致的"互惠互利"之恶性循环；如凭借人际关系获取虚头巴脑、毫无价值的所谓"艺术项目"，名不副实的网络宣传和没有底线的夸张炒作，等等一切，皆堪称艺术领域的庸俗、低俗、恶俗乃至恶行，必须人人谴责，极力抵制。要不断清除这种恶劣现象，打造艺术世界和文化领域风清气正的良好局面。

　　拜金主义绝不是艺术的终极理想与追求。崇高的艺术需要有良知、有境界、有思想、有情怀、有真才实学和忘我精神的艺术家。先做人而后艺术——艺术家的人格、境界、格局决定艺术的高度。真正的艺术肯定是超然于金钱物质之上的，是远离浮躁和脱去庸俗功利之心的。崇高的艺术是以荡涤和升华人类的灵魂为神圣使命的——懂得了这些，便是懂得了艺术的真谛；记住了这些，便是记住了艺术的初心和使命。

　　谢谢大家！

2021-08-31

入学典礼话校歌

——2021 西北师范大学新生入学典礼发言

尊敬的各位领导和老师们，亲爱的 2021 级新生同学们，大家好！

我是音乐学院的教师王文澜。入学典礼这一重要时刻见到你们，真的很高兴！

亲爱的同学们，在今天这个特殊的日子，在这个有八千多名同学参加的隆重入学典礼仪式上，由我来给大家讲解我们的校歌，倍感荣幸！

咱们的校歌《我的校园在黄河岸上》诞生于 20 世纪八十年代初，即 1982 年母校 80 年校庆之际。可以说它是在祖国改革开放、欣欣向荣的晨光里诞生的，至今已经走过满怀清新的 40 个年头。

校歌的词作者是我校外语学院已故教授、诗人洪元基先生；曲作者是我校音乐学院教授，我的老师，音乐学家、作曲家卜锡文先生。当年，两位先生怀着对母校的深情和对学子们的挚爱，联袂创作了这首校歌。

歌中唱到：我的校园在黄河岸上，这儿鲜花朵朵，绿树行行；这儿歌声阵阵，书声琅琅。这里有智慧的春光，这里有青春的理想，这里有西北师大精神鼓舞我们奔向远方……有洪先生的亲属告诉我：有一天，先生在去往教室的路上，看到满目清新的校园里书声琅琅、一派勃勃生机的动人景象，顿时激情奔涌，一气呵成了这首温馨明媚、催人奋进的歌词。

每当校歌唱响，这异常亲切质朴的旋律，犹如清泉一般涓涓流淌，荡涤我们每一个师大人的心房。深爱民族音乐的卜先生，在这里恰到好处地运用了我国西部特有的民间音乐花儿音调，为这首清新优美的校歌，赋予了鲜明的地方特色和民族色彩。

同学们，一首校歌，它承载着丰富的人文情怀和精神内涵，它是一所大学的精神地标和灵魂象征。从你们跨入西北师大校门的那一天起，便是开启了自己全新的人生旅程，这里是你们永远的母校。未来的日子里，愿同学们在校歌的美妙旋律伴随下，心怀使命，充满热情，走过刻苦学习、勤奋探索，努力成为祖国栋梁之才的每一天。

亲爱的同学们，祖国的未来、西北师大的骄傲们，母校深爱你们！谢谢大家！

2021-09-13

附录

会宁有这样一个小村庄
——祖厉河源头的音乐摇篮

牛志强①

会宁，是中国红军三大主力会师的圣地，是西部闻名的状元县、博士之乡。但是没有人相信，在这片土地上，有一个小得名不见经传的、不到二十户人家的小村庄，竟然悄悄长出大大小小"一群音乐家"，形成一道令人称奇的音乐人文景观。

这个位于会宁、通渭、静宁三县交界处的小村落，名叫上史河，属于会宁县侯川乡芦河村。位于分水岭脚下的芦河，属于黄河支流祖厉河的发源地之一。上史河是中国西部众多戴着贫穷落后帽子的山村之一。就自然条件和生态环境而言，小村落及其周边没有什么太多可炫耀的秀美风光，唯一可夸耀的，就是山顶上那条"上了年纪"车来车往的西兰公路，还有和公路一道蜿蜒飘动的绿色林带。土生土长走出小村落的几位音乐家，加上他们学习和走上音乐之路的下一代，大大小小总共九人（如果算上"加盟"其中的两位"音乐家媳妇"，则是十一人）。九人，人数不算太多，但是只要看看他们的学历、职称、职务等，你会发现这在会宁乃至中国西部的很多地方，恐怕是找不出第二个的——别忘了，这是一个原本只有十多户人家的西部偏远小村庄。

说到走出这个小山村的音乐人才，按年长年少，首先要说的是王文澜教授。

王文澜是我国恢复高考后第一位考上大学本科的会宁籍音乐学子。1982年，他以定西地区七个县唯一金榜题名者，考入西北师范大学音乐系，1986年又以综合第一名的成绩毕业并留校任教；1999年获得中央音乐学院文学硕士学位；2007年获得西北师大教育学博士学位。值得关注的是，后来考上本科、硕士、

---

① 牛志强，甘肃会宁人，《中国教育报》《未来导报》特约记者。原文首发于2016年12月17日"文化圈子"微信公众号。

博士的几位有成就的会宁籍高层次音乐人才，几乎无一例外同王文澜教授有一些关系，乃至是很深的学缘、亲缘关系。

王文澜现为西北师大音乐学院教授、博士、硕导、博士论文指导教师，西北师大学术委员会委员，音乐学院教授委员会副主席，兰州文理学院特聘教授；教育部国培计划首批专家、甘肃省专家组音乐学科组长。他是甘肃省首届"园丁奖"获得者，甘肃省555创新人才，西北师范大学教学名师，西北师大学生心目中最喜爱的教师；中国音乐家协会会员，中国评协音乐舞蹈委员会委员，全国西方音乐学会理事、甘肃省作家协会会员等。个人成就入《中国音乐家辞典》等。

王文澜的音乐创作先后近20次获得包括文化部设立的"群星奖"和甘肃"敦煌文艺奖"在内的省部级一、二、三等奖；完成10余项校级、省级、国家级科研项目；发表音乐及文学艺术类文章百余篇。除音乐外，他极其热爱其他姊妹艺术且有着相当的造诣。自幼酷爱文学的他，而今在文学领域有着显著的成就，现已创作出版包括小说、随笔、散文、游记、心语集在内的各种文学艺术著作20部。

李德隆教授，享受国务院特殊津贴专家，现为四川师范大学二级教授，音乐学院副院长、硕士生导师、四川师范大学教学名师，中国音乐家协会会员，全国高校理论作曲学会理事，教育部精品课程资源共享专家评委，教育部音乐与舞蹈学专业学位艺术硕士指导委员会专家，四川省高评委专家。先后出版学术著作5部；在国家核心刊物发表学术论文40余篇；发表独唱、合唱作品50余首；创作演出中小型器乐作品10余部；曾在1998年和2012年两次举办个人作品音乐会，多部作品在央视"青歌赛"及各类大型晚会中演出，代表作品有大型民乐合作《河姆渡印象》，三重奏《塞上曲》《太湖音韵》，合唱《美丽中国》《中国西部》，艺术歌曲《妹子你别走》《背影》《远方的妈妈》；主持四川省精品课程《中国民族民间音乐》和四川省特色专业《音乐学》，完成省级以上科研课题6项；论文、作品获得国家和省部级奖30余项，主要有甘肃省"敦煌文艺奖"、浙江省"精神文明"歌曲奖、四川省哲学社会科学成果奖、四川省"五个一工程奖"。德隆教授现今是一位成果丰硕、大有影响力的作曲家、音乐教育家。个人成就入编《中国音乐家辞典》和《中国音乐家名录》。

德隆教授小文澜教授几岁，两人是同吃一眼泉水长大的发小知音。他们难忘的童年、少年时代都在家乡度过。生活在不到二十户人家的小村庄，位于东西两山下的德隆和文澜两家，中间隔着一条小河。两家人从他们的爷爷辈开始交往，堪称友好往来的几代世交。外出求学离开故乡之前，原本要去干农活的两个人，会经常蹲在小河对岸的崖畔上，忘乎所以聊上大半天是经常的事……

李德隆的艺术人生之路跟文澜有些相似：上过同一所师范学校，而后都做过中学老师，再后考上同一所大学——西北师范大学音乐系（德隆是 1985 年白银地区唯一中举的音乐考生）。德隆就读大学期间，已经留校任教的文澜，还给德隆当过一阵班主任。后来由于工作缘故，他们相距遥远难得见面，但牢固的友情深藏心间。而今见面，两人无话不谈，无论是学术交流还是嗨谈人生，甚至是幽默趣事、童年回忆，以达到两人相互最懂也相互批评对方且从中受益的挚友。由此可见他们之间的友情非同一般！

聪慧可爱的李艺晖，是李德隆教授的爱女。有道是：隆（龙）门出凤女——在德隆夫妇（德隆妻子吴小燕先后毕业于西北师范大学音乐学院和首都师范大学音乐学院，获得声乐硕士，现任四川师范大学音乐学院副教授，硕士生导师）的精心培育下，2015 年，艺晖经过一关关激烈的专业角逐，最终以优异的成绩考取上海音乐学院，就读于该院钢琴系。

艺晖 6 岁随父学习钢琴，8 岁走上专业学琴的道路，19 岁参加高考，同时被四川音乐学院、南京艺术学院、上海音乐学院钢琴系录取，最终选择了去上海音乐学院就读。学琴期间曾获成都市儿童钢琴十佳、少年钢琴十佳，2014 年在成都举办首次个人钢琴独奏音乐会，2016 年获"第五届国际青少年钢琴家比赛中国赛区比赛"二等奖。

现任浙江温州大学音乐学院副院长、温州大学音乐艺术教育研究所所长的王文韬副教授，既是王文澜教授的胞弟，同时是他的学生。

文韬从小崇拜自己的大哥，敬重大哥的人品人格。他曾在一篇题为《教育就是一种影响力——我有一个好兄长》的文章中写到：

> 我家弟兄三个，我最小。长兄文澜在我人生转折的各个关键时期，总能给我彻底而纯粹的影响。他，是世间不多见的好兄长。文澜兄与"喜报""名列前茅"相伴，我的童年与他的琴声、歌声相随……文澜兄是我的人生偶像。

王文韬现在是一位有成就的音乐教育者。近年来先后被授予浙江省教坛名师、温州市 551 人才、温州大学优秀教师、温州大学中青年重点科研人才等众多荣誉称号；作为主要成员完成了全国艺术规划课题、全国教育规划重点课题等科研项目；主持完成了浙江省哲学社会科学规划课题、浙江省教育科学规划课题等；在国内多家重要专业刊物发表音乐学术论文 30 多篇。

本、硕、博毕业于中央音乐学院的王新宇博士，是文澜教授的爱子，现为浙江音乐学院青年教师。新宇虽出生在金城兰州，但受了家庭的影响和教育，他的骨子里有一种与生俱来的属于会宁人特有的优秀品格——真诚、质朴、沉稳、坚韧与执着。

新宇 5 岁开始师从著名钢琴教育家汪子良等名师学习钢琴，小学、中学分别在文化底蕴深厚的西北师大附小、附中度过。良好的家庭和学校教育环境，使得新宇在音乐艺术和文化课学习方面得以平衡发展。2007 年，他在专业和文化课两个方面均以极为优异的成绩，考取我国最高音乐学府——中央音乐学院"中国现代电子音乐中心"就读。如前所述，新宇本科、硕士、博士均在中央音乐学院就读，而且每个阶段都能够以绝对优势的成绩考取，博士导师为我国现代电子音乐的代表性人物张小夫教授。中央音乐学院求学期间，新宇的专业学习及艺术实践成绩十分出色，四次获得各种级别奖学金，个人创作的电子音乐作品、录音制作、专业论文等，多次参加比赛并获奖；和导师、友人一道参与创作的电子音乐作品多次参加北京国际电子音乐节的演出，甚至在国内其它城市和国外演出，获得良好赞誉。

王浩宇，是文澜和德隆从小玩泥巴长大的发小邻居王喜成先生的爱子。王浩宇曾先后师从于他的长辈文澜和德隆两位教授，并于 2009 年考入四川师范大学音乐学院学习声乐专业。无论是艺术的起步阶段还是四川师大就读期间，在学习、生活、艺术成长的人生道路上，浩宇深受文澜和德隆两位教授的诸多指导和关心培养，懂得积极进取，自我完善，形成良好的学习习惯和正确的人生价值观。大学阶段，浩宇在声乐和萨克斯两个专业都有可喜收获。声乐方面师从著名声乐家吴竹青教授指导，萨克斯专业则师从四川音乐学院王苏教授的指导。大学期间，参加了 2011 年成都区法国艺术节的萨克斯独奏表演，同年又参加了四川省庆祝建党 90 周年文艺演唱会，大学毕业后分派到中国华能大柳公司工作。凭着热爱艺术的激情，依据个人的兴趣和志向，而今的浩宇正在新的梦想之路上积极创业，开辟充满活力的发展空间。

下面说说在父辈影响下走上音乐之路的王氏一门其他三位音乐学子。

　　王溶钰，是文澜、文韬教授的亲侄女。2007 年以优异成绩考入西北师大音乐学院，毕业后考入会宁一所中学做音乐教师。溶钰是一个生来心怀缤纷梦想的艺术女孩，为圆自己艺术之路上更高层次的音乐梦想，大学毕业在中学从事音乐教学工作两年之后，再度考入母校西北师范大学音乐学院，成为理论作曲方向的硕士研究生，师从音乐学院副院长、我省青年作曲家盛鸿斌副教授。天生丽质、热情阳光的溶钰富于艺术气质，时常不忘向身在我国最高音乐学府的哥哥新宇虚心请教、交流和探讨音乐专业方面的问题。艺术，既需要勤奋刻苦的学习钻研，同时需要良好的天赋。溶钰有着出色的艺术天分，不仅能写出优美动听的旋律，而且能歌善舞，有着良好的表演才艺。

　　两位年少的音乐学童王新鉥和王新钰，是王文韬的双胞胎爱子。文韬夫妇（文韬爱人刘萍女士也是西北师大音乐学院声乐专业的毕业生，夫妇两人是当年的同班同学）堪称教子有方，他们的两个孩子 5 岁开始一同学习钢琴，成绩喜人。有趣的是，这小哥俩不仅学习钢琴，还拉小提琴，经过几年的努力学习，而今已是小有成绩。现在的小哥俩，经常登台亮相，已经可以像模像样地演奏包括有一定难度的古典协奏曲在内的各种乐曲。哥哥拉琴，弟弟钢琴伴奏，弟弟拉琴，哥哥弹伴奏；钢琴四手联弹是哥俩最受欢迎的表演形式。从生活到学习，再到艺术，真是哥俩情深，互帮互助，配合默契，其乐无穷。

　　良好的教育在于让孩子获得健康全面的发展。在家长合理有方的教育引导下，富于好奇心的新鉥和新钰，成为兴趣十分广泛的孩子。除了音乐之外，小哥俩在绘画尤其是文学方面，有着极大的兴趣和可喜收获。他们从小热爱阅读和写作，翻翻他俩装订成册的散文习作集，阅读那些富于想象力的故事，就连他们的"作家伯父"王文澜都感到惊异。文澜教授不无自豪地说："看来不久的将来，我们家又要出作家了。"

　　一方水土养一方人，上史河这个西部偏远山区名不见经传的小山村，竟能诞生这么多优秀的音乐人才，这一现象，即便是在远近闻名的博士之乡状元县会宁乃至国内发达地区，也不能不说是一件令人感到惊喜的事情。这不仅是音乐家们自己的骄傲，更是故乡会宁的骄傲。祝愿他们在未来的艺术人生之路上，不断进取，再造辉煌，为家乡、为国家不断争得荣誉，贡献力量。

2016-12-10

宁静致远的人生境界

——读王文澜的系列作品

王嘉毅①

前年冬天，我原来的同事——西北师范大学音乐学院王文澜教授打电话，说要送我他新出版的书。作为长期在大学工作过的人，我对老师们出版著作十分敬佩。当我们见面并拿到他的新书时，我还是很吃惊的，不是一本而是厚厚的四本！不仅有小说，还有散文、随笔等。三年前王文澜就送过我他出版的两本书。这次再看到他的四本新书，令我很吃惊他的勤奋和执着。遗憾的是一直没有时间仔细阅读他的著作。最近得空，认真拜读了王文澜的著作，让我对他更是钦佩！

我和王文澜相识很久了。记得20世纪八十年代中后期我在读大学时，王文澜已毕业留校工作，20世纪九十年代中期他去了北京中央音乐学院进修并攻读硕士学位。其间他给学生写来一封信，描述了在北京进修时的感受，鼓励在校的学生要好好学习，奋发向上。后来这封信被学校刊登在西北师大校报上，在师生们中间引起反响，产生良好效应。那时他就给我留下了深刻印象，尽管那时我还不认识他。我毕业留校工作后和王文澜老师逐步熟悉了。后来，他考取了教育学院音乐教育方向的博士生。在考取博士之后不久，他原来报考的导师工作变动，研究生院决定由我来指导他的学习及博士论文。尽管当时他已经是教授了，但当了学生的王文澜，学习依然勤奋努力，虚心认真，对博士学习的每个环节一丝不苟，能随时听取我的意见和建议。当我看到他的博士论文时，眼前一亮，很吃惊。因为作为一名音乐专业的教授，他研究中小学音乐课程标准及其实施，采用了实证的方法，无论是研究的过程还是研究的方法，都很规

① 王嘉毅，曾任西北师范大学校长，甘肃教育厅厅长，甘肃省委常委、宣传部部长、省委副书记等，现为教育部副部长。原文刊载于2015年10月23日《未来导报》、当日的《西北师大报》"印象师大"栏目以及"西北师范大学"微信公众号。

范，文字水平也非常好。这让我对他更是刮目相看。他博士毕业后，我们也时常在一起探讨学术、交流工作。

后来，我因工作变动离开了学校，见面的机会少了很多。在我的心目中他是一位优秀的音乐教育学的教授，是一位很儒雅的音乐理论工作者。特别是他长期潜心学术和教学研究，在多家核心期刊和艺术刊物发表学术论文及艺术类文章近百篇，完成国家、省级和校级音乐艺术科研项目十余项，音乐创作先后十五次获得包括"群星奖"和"敦煌文艺奖"在内的省部级奖项。如果说这些可喜的成果跟他从事和热爱的音乐艺术有关，那么最近这十年来他投入大量精力和热情、被他自己称为实现其"源自童年之美丽的人生梦想"的文学创作，堪称他的"业余爱好"。然而，就是这项可能真被人们视为业余爱好的文学创作，结出了出人意料的丰硕成果。

从 2012 年下半年开始，王文澜用了一年多一点的时间，连续出版了近 200 万字的包括作品集《真情是一种信仰》、小说集《游牧的心灵》《缪斯的情人》、散文集《爱与生命同行》、随笔集《谁能走进伊甸园》和艺术人生哲思录《思想的瞬间》在内的六部文学作品。此外，还有在这之后的近两年内出版的、我目前尚未看到的另外三部小说集和散文集等新作。如此可观的创作成果，恐怕不是每个人随便能够做到的，尤其是对一位音乐专业的教授来说，取得这样的文学成果是值得引起人们重视和思考的。从小的方面来看，可以将王文澜的文学创作理解为他在艺术方面的一种突破，理解为他对音乐艺术在更广阔层面上的深化与延伸；从大的方面来讲，则可以看作新时代的大学教授潜心打造和展示其综合文化实力，力求做真正的高品位文化学者的具体而有力的艺术实践。

王文澜所著的每部作品体现鲜明的个性特点，无论是小说、散文还是饱含思想的随笔、心语，无不体现内容丰富、感情真挚、诗意优雅、格调清新的审美趣味和高远境界。正是基于这样的审美追求，他为自己每本书精心选择拟定的书名，既是该书内容的概括性提炼，更是其思想、灵魂与人生追求的精华式浓缩。读他的每一部作品，从中可以感受到一位当今大学教授严谨的学术思想、艺术品位以及淡泊名利、宁静致远的人生境界。王文澜的文学作品，可以看作一个学者型艺术家践行自己独立人格和追求人生梦想的精神载体。

王文澜的创作有着开阔的艺术视野，但这种开阔的视野从来没有影响其创作在精神内涵方面一以贯之的极度关注点。对此，他有着如是的阐述："文学创作，从来是不同的创作者各有各的追求。对于每一位有追求的创作者来说，他们或仰望苍穹，或包揽大千，或独守一隅，或静观内心，此所谓萝卜青菜各有所爱，各有其择。有人热衷关注和揭露社会的假恶丑，我却要一再地歌颂和弘扬人性的真善美；有人不无肃然地关注天，关注地，关注宇宙的气象万千和人类历史的厚重苍茫，我却只用心关注一个很小很小的去处——人类的心灵。关注人类的心灵，呵护人类的心灵，这，便是我再明确不过的艺术人生和艺术审美追求。"毫无疑问，王文澜的创作的确是在倾心关注人类的情感、人类的心灵，但是如果真以为他会把自己的这一"关注点"理解为一个"很小很小的去处"，肯定是大错特错的。王文澜曾经撰写过这样一副对联："宇宙无垠纳万千，心灵有限藏宇宙"。只要看看作者的这副对联，便很容易理解他所言的人类心灵，是怎样一个"很小很小的去处"。

每个文学创作者都会有自己崇尚的写作风格。按王文澜本人的话来讲，他的文学创作追求"唯美现实主义风格"。这样的追求，这样的定位，是建立在他长期以来得益于大量的艺术熏陶、人生体验的基础之上的，是建立在对现实生活对大千世界的生命万物认真感悟和观照的基础之上的。细读他的每部作品，我们的确发现，他的写作正是这种审美理念之极为明确的艺术实践。"唯美"是他认定和一以贯之的艺术追求。对于这一重要理念，他有着自己明确且有见地的说法："文学和其他艺术一样，它首先必须是美的，必须具有艺术美的潜在魅力和高贵品质。它必须让人们感受和体悟到人生的意义和生活的美好，感受到这个世界的蓝天白云和阳光普照。之所以如此，恰恰是因为从本质上来讲这个世界还存在着太多的不尽如人意和不美好。也正因为生活中有如此多的不美好，所以文艺创作者要尽可能在自己的作品中追求美好，表现美好，弘扬人性的真善美，并以此来荡涤、清理和扫除人类精神世界的各种不美好。"

坚持唯美立场，决不意味着他会忽略现实生活中的各种假恶丑和不美好，只是他对看到的一切有自己特殊的面对和处置方式而已。对此，王文澜特别强调："毋庸讳言，在不少人的眼里，关注现实生活中的各种假恶丑和不美好比关注美和善的兴趣更大，意念更强，目光更敏锐，态度也更积极。跟他们相比，我选择我认为更有意义的关注点。可以这样说，我的作品中即便是一些旨在反映和暴露生活阴暗面的文学作品，也必须是出于对美好人性从另一角度另种层面的衬托和彰显。我希望通过我的艺术，让阅读和欣赏者感受到更多人生和人性的美——艺术创作的根本宗旨，在于引领人们对美好人生的追求和向往。"正因为有如此明确的思想和艺术观念，所以他在自己的众多文字中一再强调：文学创作的出发点问题，是每一个有远见、有责任、有担当的作家必须清醒思考和认真面对的问题。

唯美现实主义的观念，包含"唯美"和"现实"双重内涵，其唯美追求必然建立在现实的基础之上。王文澜的创作始终坚持立足生活，关注现实，表现生活。在他谈论创作的文字中可以看出，脚踏实地从生活出发，观察生活，体验生活，感悟和表现生活，美化和升华生活，是他文学创作的一贯追求。他笔下所表现的无论是现实生活还是被他艺术加工而充满幻想的"现实生活"，从来会披上一层令人感到温暖的霞光，散发令人身心惬意的人性美的浓烈气息。在这方面，他所从事的音乐艺术无疑对其产生了重大影响。看得出，多年来音乐艺术之大美不断地熏陶、感染和浸透了他的灵魂、他的精神世界，让他在不知不觉中变成了一个非常艺术化的、追求诗意和唯美风格的艺术家。这样的艺术人生体验和精神成长经历，必然促使他用艺术美的眼光和爱心，积极对待生活和表现生活。生活在当今这个时代，无限丰富的生命，无限精彩的生活，有着太多值得人们关注的方面。作为一个文学创作者，不同的思想意识和出发点必然会导致不同的关注视角和不同的发现结果。可以看得出，王文澜关注的正是他认为最值得关注的、无论对人对己对社会都有启发和积极引导意义的内容。此可谓艺术创作者心存善念、以美养善，呵护和弘扬美好人性的崇高追求。

　　唯美现实主义风格的总体观念引导下的创作，让王文澜在艺术实践中为自己制定了几条具体而明确的文学创作标准："感情真挚，富含哲理；情境感人，鲜活生动；品位高雅，诗意盎然；远离浮躁，追求卓越。"他不断精益求精的创作无不是在这些理念指导下的不断实践。作为一个从事音乐教育，长期行走在艺术世界里的文学写作者，王文澜的创作追求音乐气质，也富含音乐的诗意浪漫气质。他始终认为："音乐和文学一旦深入肌理地达成默契、幸福联姻，便会孕育出靓丽灵秀的孩子。"他十分真诚地谈到："在诸多文学作品里，我用满含真情与爱心的文字，表现我灵魂深处可以用心触摸的音乐。甚至在我看来，我的文学作品从根本上就是一种特殊形式的音乐艺术。她们是我心中之音乐的另种形式的表达。"可以说，音乐艺术的独特品格和丰厚营养，音乐家天然的敏感、激情和对生活的极端热爱与渴望，成就着王文澜独特的的艺术文学与文学艺术的美丽梦想。

　　文学创作者首先应该是一个生活的热爱者和积极的思想者。注重艺术性、思想性和高品位，应该是包括文学在内的一切艺术创作的根本追求。王文澜的文学作品，无论是小说、散文还是随笔，均有着极为丰富的思想内涵，充满正能量。在其所有著作中，他的一部内容极为丰富的《思想的瞬间——艺术·人生·梦想心语集》，更是他长期以来对文学、艺术、人生、人性、教育、信仰等诸多问题不断思考的思想结晶。作为始终怀揣美丽人生梦想的艺术家，他的这些旨在赞美生活、弘扬人性、追求人性的崇高亮丽的作品，相信会对广大读者产生越来越多的积极影响。

　　我们生活在一个充满勃勃生机的时代，但同时我们必须看到，在这样一个伟大的时代，我们周边甚至我们生活的角角落落都弥散着各种浮躁和拜物拜金的庸俗之气。王文澜有句励志铭言："一切不愿虚度年华，不愿碌碌无为，想要成就一番事业的有志者，当与浮躁不两立。"这既是一种真诚坦白的个人宣言，也是对社会的一种有益提醒。在今天这样一个科学和信息技术迅猛发展的时代，受市场经济大潮的影响，不是所有的人能静下心来，安分守己，实现自己的人生梦想。王文澜如上一番话，或许真的应该引起当下很多人思考。而他本人就是自己如上宣言的"与浮躁不两立"的默默耕耘和实践者。一个不争的事实是，在三年的时间里，他能够创作出版如此丰富的有质有量的文学和思想作品，如果没有克服浮躁和静心忘我的治学态度，恐怕是难以做到的。艺无止境，愿王文澜在艺术创作领域不断总结经验，继续努力，精益求精，坚持创新，在自己认定的艺术人生之路上走得更远。

　　看着王文澜的作品，我在想，在大学里其实做一个单纯的教授最好！可以专心教书，潜心学术。现在很多毕业的博士、小有成就的教授，都希望有个一官半职，好像不给个职务就是不重视。看来我们必须得反思大学的制度设计，要改变这种官本位的大学文化，让更多的教师能静下心来专注学术，精心育人。唯有如此，方能产生更多更好的学术成果！

2015-09-01